왼손의 영혼을 깨우다

내 삶을 이루는 것들에 관한 에세이

왼손의 영혼을 깨우다

내 삶을 이루는 것들에 관한 에세이

초판 1쇄 인쇄일 2016년 1월 10일
초판 1쇄 발행일 2016년 1월 13일

지은이 이근우
펴낸이 양옥매
디자인 이윤경
교정 조준경

펴낸곳 도서출판 책과나무
출판등록 제2012-000376
주소 서울특별시 마포구 월드컵북로 44길 37 천지빌딩 3층
대표전화 02.372.1537 **팩스** 02.372.1538
이메일 booknamu2007@naver.com
홈페이지 www.booknamu.com
ISBN 979-11-5776-146-3(03810)

이 도서의 국립중앙도서관 출판시도서목록(CIP)은 서지정보유통지원 시스템 홈페이지(http://seoji.nl.go.kr)와 국가자료공동목록시스템(http://www.nl.go.kr/kolisnet)에서 이용하실 수 있습니다.
(CIP제어번호 : CIP2016000154)

왼손의 영혼을 깨우다

이근우 수필집

내 삶을
이루는 것들에 관한
에세이

책과나무

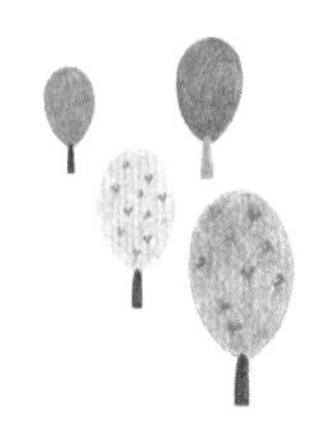

내 소중한 추억들을 소재로 진솔한 느낌과 마음을 담아 혹은 웃음 지으며, 혹은 참회의 눈물로, 또는 미래에 대한 희망에 부풀어 수필 형식을 빌려 써 내려간 글들을 엮어서 미래의 독자에게 조심스럽게 편지를 띄운다. 이 편지에는 누구라도 비슷한 처지를 공감하며 가벼이 웃어넘길 수 있는 내용도 있고, 혹 학문적으로 난해한 설명이 들어가 있어서 곰곰이 숙고하면서 읽어야 하는 내용이 있기도 하며, 그리고 다소 개인적인 내용이 수록되어 있기도 하다. 첫 수필집을 만들어 보는 신인 작가로서 독자들에게 가족과 우정 그리고 우리 사회의 소중함을 일깨워 주는 데 참고가 될 만한 여러 가지 내용을 듬뿍 담고 싶은 욕심으로 이 편지를 글쓴이 나름대로 다양한 용도로 작성하였기에 그런 결과가 초래된 것이다. 이 편지를 받는 분들은 부디 가벼운 마음으로 향긋한 커피 한 잔을 마시며 부담 없이 일독해 주시길 기대한다.

편지를 쓸 때는 항상 마음이 고요한 아침 이슬처럼 순수하게 정화가 된다. 글을 쓰는 내내 편지를 받을 상대방도 나와 함께 같은 공간에서 숨을 쉬고 있었다. 그와 나는 시간적으로, 공간적으로 아무리 멀리 떨어져 있어도 이 편지를 통하여 마음과 생각이 하나로 이어져 있다.

편지를 쓸 때는 항상 마음이 놀이동산의 어린아이처럼 설렌다. 상대방이 재미있게 읽고 잔잔한 감동이 일어나 기꺼이 즐거운 마음으로 답장을 보내 주고픈 마음이 들지 궁금하기 때문이다. 편지를 받는 이가 내 글을 열어 보고 나서 의미 있고 여운 있는 웃음을 씽긋 웃을 수 있게 내 미소를 함께 편지에 담는다.

편지를 쓸 때는 항상 학교에서 벌을 서는 초등학생처럼 두려운 마음도 있다. 상대방의 묵은 상처를 자칫 잘못 건드려서 마음을 훅 아프게 하지 않을까 걱정이 된다. 이 글을 통해서 우리 모두가 함께 아픈 과거를 서로 용서하고 위로하며, 아픔을 딛고 희망차고 아름다운 미래를 함께 만들고 싶은 마음이 일어났으면 하는 내 의도를 알아주기를 바라는 마음도 조심스럽게 내비쳐 본다.

편지를 쓸 때는 항상 어머니 품속의 어린아이처럼 용기가 생긴다. 편지를 받을 상대방이 넉넉한 아량으로 글 쓰는 작가의 가상한 마음을 읽을 것이기에, 그리고 내 서툰 글솜씨를 사나운 매의 눈초리로 흉보려 들지는 않을 것이라고 조심스럽게 기대하기에 그렇다.

아무쪼록 이 글을 읽는 시간 내내 잔잔한 감동과 공감을 느끼며 유익한 정보와 지침을 끌어내어 독자들의 앞으로의 삶에 나침반으로 활용이 될 수 있기를 간절히 소망한다.

P.S. 답장 꼭 부탁드립니다.

2016년 1월 북한산을 바라보며
글쓴이

| Contents |

제1부
어머니와 가족을 그리며

제2부
사랑을 찾아서

제3부
우정과 사회를 위하여

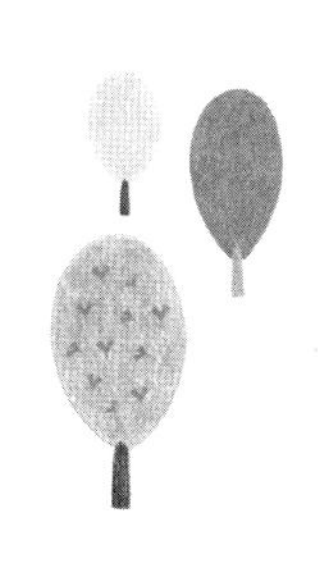

제 4 부

희망을 꿈꾸며

제 5 부

뜻을 기리며

제 6 부

멋을 찾아서

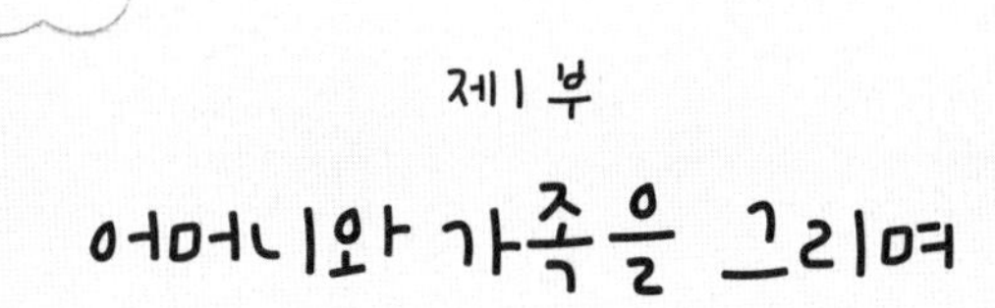
제1부
어머니와 가족을 그리며

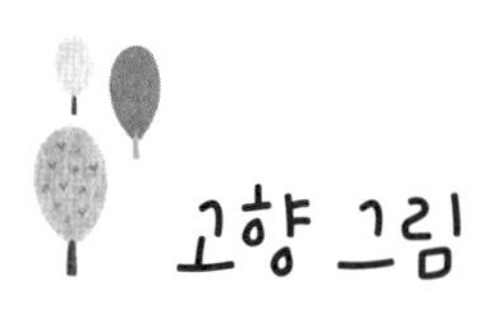

고향 그림

고향이라는 낱말을 들으면 누구나 처음 머릿속에 그림같이 떠오르는 것이 있다. 사람들은 흔히 자기가 태어나서 자란 장소를 떠올리지만, 고향이 비단 장소만을 의미하기에는 허전한 느낌이 든다. 고향이라는 말은 각자의 가슴에 아로새겨진 추억을 항상 머금고 있기에 그렇다.

나의 살던 고향은 아기 진달래가 사는 꽃 대궐은 아니지만, 나도 내 고향을 화폭에 담아 보고 싶을 때가 있다. 지인들이 나에게 서울 사람이라며 '고향이 없다.'라고 비아냥거릴 때는 특히 더 그렇다.

내가 태어나고 유년기를 보낸 내 고향에는 큰 개천이 동네 한가운데를 보란 듯이 가로지르고 있었다. 뒤에는 황소같이 우람한 두 산이 턱 버티고 섰다. 왼쪽이 호랑이가 살았다고 하는 인왕산이고, 오른쪽이 용머리를 닮았다고 하는 북악산이다. 두 산이 자웅을 다투듯 머리를 맞대어 이루고 있는 남쪽 기슭 골짜기는 오랜 세월 인왕산과 북악산의 땀물이 합쳐져서 자연스럽게 내리흐르는 물길이 되었을 것이다.

이 물길은 내가 태어난 청운동에서 발원이 되어 경복궁의 서편 동네인 신교동, 효자동, 통의동, 그리고 통인동을 거쳐 광화문에 닿았고, 이즈음 급격히 유속이 느려진 물줄기는 광화문 대로에서 한껏 거드름을 피우다가 다른 곳을 거쳐 온 여러 갈래의 물과 합류하여 청계천으로 빨려 들어갔을 것이다. 이 물길의 이름이 청운동에서 비롯되었다고 하여 청운천이다. 1950년대 이전에는 백운동천이라 불리었다고 한다. 1970년대 초에 복개되어 지금은 빛바랜 역사 속으로 사라졌지만 나에게는 내 고향 한 폭의 그림에서 커다란 한 조각을 장식하고 있다. 내 고향 화폭은 이 청운천의 발원지인 청운동 꼭대기에서 비롯되었다.

내가 태어난 곳은 청운동에서도 가장 높은 곳인 산1번지이다. 돼지해의 추운 음력 동짓달에 바람 의지할 곳 없는 그 꼭대기에서 태어났으니 나를 받으신 외할머니께서 얼마나 수고하셨을지 짐작이 된다. 꼭두새벽에 공동 우물물이 다 얼어붙었고, 동네 아낙들이 인색하게도 물을 모두 길어 가서 외할머니는 데울 물이 없어서 쩔쩔매야 했었다.

내가 세 살 무렵에는 우리 집 형편이 나아졌는지 산꼭대기에서 내려와 청운초등학교 뒷길 쪽에서 조그만 판잣집 구멍가게 하나를 차렸다. 그때 나는 어머니의 등에 항상 업혀 있어야 했다. 갑갑한 마음에 포대기 밖으로 항상 손을 내놓아 시원타 못해 차가운 바깥바람에 고사리 같은 열 손가락이 모두 얼었다. 지금도 내 손가락 마디들이 다른 사람보다 두텁다.

내가 다섯 살 때였다. 어린아이는 나비, 잠자리, 지렁이 등 무엇이든 주위에서 움직이는 것에 큰 관심을 기울인다. 청운동 집 안마당의 녹슨 수도펌프가 있는 수챗가에는 지렁이들이 꼬물꼬물 많이 살았었다.

무심한 지렁이한테 철부지가 쉬를 하면 뜨거워서 온몸으로 똬리를 틀고 괴로워하다가 노란 배를 드러내고 쭉 뻗었다. 그럴 때면 삼촌이 지렁이가 불쌍해 보였던지 고추에 지렁이 독이 타고 올라가 고추가 붓고 아프게 된다고 야단했다.

또 하나 내 흥미를 끌었던 것이 청운천에서 여울져 흐르는 냇물이었다.

1960년대 초반에 청운천에는 상류라 해도 맑은 물이 꽤 많이 흘렀다. 다섯 살의 꼬마아이는 아버지, 어머니가 일하러 나가 집을 비운 무료한 날이면 홀로 개천으로 이어지는 마을길을 타고 내려왔다. 천변에 나란히 있는 청운초등학교 운동장에서 귓가에 쌩쌩 바람소리 일으키며 달음질하고 놀았다. 뛰고 또 뛰어도 지칠 줄 모르는 모습은 마치 쉼 없이 흐르는 학교 앞 냇물 같았다.

더위에 축 늘어진 시간을 입안의 침이 하얗게 마르도록 쫓고 또 쫓았다. 이윽고 땅거미가 학교 건물 밑바닥에서부터 스멀스멀 기어 나오기 시작하면 발걸음을 다시 되돌려 천변을 거슬러 올라갔다. 집에 도착하면 시내 백화점에서 일하고 돌아온 어머니의 분 냄새가 어머니의 환한 미소 띤 품속에서 그윽했다.

연신 하품이 나오던 어느 날 나는 또 개천가로 내려왔다. 한 길 높이의 난간 없는 천변 제방에 웅크리고 앉아 청운천을 휘감아 도는 힘찬 물줄기를 내려다보고 있었다. 다섯 살 꼬마 철학자는 두 손에 턱을 괴고 앉아 미동도 없이 흐르는 물줄기가 보여 주는 텀블링 곡예와 냇물이 들려주는 활기찬 이야기 소리에 흠뻑 빠져 있었다.

그런데 갑자기 주위의 이상한 인기척을 느끼고 고개를 돌리는 순간,

아뿔싸! 이미 늦었다. 내 몸은 이미 개천 아래를 향해 허공을 가르고 있었다. 나를 발견한 동네 한 친구가 반가운 마음에 뒤에서 살며시 다가와 놀라게 해 주고 싶었던 모양이었다. 정신이 아뜩해지더니 다시 깨어난 순간에는 병원에서 어머니의 모습이 나를 반기고 있었다. 누나는 내 이마의 하얀 뼈가 훤히 들여다보이는 살을 꿰매는 의사선생님의 모습을 차마 눈뜨고 볼 수 없었다고 했다. 아무 일도 없었던 듯이 신나서 퇴원하는 집까지의 귀갓길은 어머니의 등 대신 아버지의 딱딱한 등에서였다. 아버지의 등도 생각보다는 포근했다. 그때 이후로의 청운동에서의 내 삶의 필름은 머릿속 스크린에서 끊어지고 말았다.

훗날 부모님한테 전해 들은 바에 의하면 지금의 청운동사무소 앞에 가로 놓여 있었던 새 다리(신교) 위를 지나던 엿장수가 저 멀리 상류 쪽에서 피범벅이 되어 제방을 기어오르려고 안간힘을 쓰고 있던 나를 발견해서 다시 살게 되었다고 한다. 엿장수 분들에게 내가 남다른 호의를 지니게 된 연유이다. 지금도 내 이마에는 어린 시절 개천으로 다이빙한 영광스러운 흔적이 살포시 남아 있다. 복개되기 전에는 개천 바로 밑에 삐죽삐죽한 화강암 바위들이 많이 널려 있었고, 개천 가운데에서만 물이 여울져 흘렀던 것으로 내 기억에 어렴풋이 남아 있다.

그런 일이 있은 후 우리 집은 아이들 안전을 생각해서 서둘러 청운동에서 청계천의 냇물이 조용히 흐르는 종로구 관수동으로 이사한 이후 그곳에서 내가 대학생 때까지 살았으니, 내 인생에서 청운동 시기는 그렇게 막을 내려야 했다.

지금은 청운동이 가옥들로 들어차 있지만 조선시대 때는 청운초등학교 뒤안길 깊숙이 있던 백운동이 서울의 절경 중의 하나였다. 그 밑에 있던 청하동에서는 청풍계라는 계곡이 있었는데, 그곳은 푸른 바람에 씻긴 맑은 옥수가 흘러내렸던 곳이라 한다. 청하동의 '청' 자와 백운동의 '운' 자를 각각 취해서 '청운동'이라 불리게 되었다고 전해지고 있다.

내 고향이 나에게는 어린 시절 다섯 해 정도밖에 안 되는 조그만 화폭의 그림이지만 내 운명의 시험대가 되어 주었 다. 또한 청운천의 시리도록 맑고 힘 있는 물줄기가 멋들어진 곡예도 보여 주었으며, 재잘재잘 그네들의 이야기도 들려주었다. 이처럼 호기심 많던 어린 날의 화폭을 채워 준 청운천은 지금까지도 내 인생의 행로를 가로지르며 미래를 향해 연면히 흐르고 있다.

명절 추억

"사촌 형제들과 함께 벌초하러 갔다가 예초기 칼날에 다칠 뻔했당께."

"칼날이 돌부리에 튕겨서 무릎을 다치기 십상이지라."

"땅벌도 조심해야 하시. 해마다 벌초하러 갔다가 벌에 쏘여 의식을 잃는 사람도 있응께."

내가 처음으로 취업이 되어 첫 발령지인 광주광역시에서 근무할 때 주위 사람들이 추석을 전후해 서로 나누는 이야기를 옮겨 본 것이다. 서울에서 태어나 서울에서 자란 나는 지방 사람들의 추석을 전후한 대화 주제 가운데 선산 벌초 이야기가 많은 것이 인상 깊었다.

어느 시골 며느리가 서울로 시집가서 선산에 성묘하러 따라갔다가 시아버지한테 이놈은 누구 묘이고 저놈은 누구 묘이냐고 물어보았다고 한다. 시아버지가 "이놈은 네 시조부 묘이고, 저놈은 네 시당고모 묘이다. 내가 죽으면 내 무덤은 뭐라고 부를 거냐?"고 하는 지방 사투리의 질박함을 이용한 우스갯소리도 있다.

내가 추석 때 지방에서 직장 상사 집에 초대받아 놀러 갔을 때였다.

앞마당에서는 젊은이들이 꽹과리, 징, 소고 등을 두드리며 한바탕 농악을 흥겹게 펼치고 있었다. 또 한쪽 윷놀이 판에서는 왁자지껄 흥겨움이 묻어 나왔다. 나도 같이 흥을 돋우고 싶었지만, 낯선 사람들 사이에서 못내 쑥스러움을 감출 수 없었다.

안방으로 안내되어 들어가니 친척들이 방 하나 가득 커다란 교자상에 둘러앉아 음식을 함께하며 즐거운 대화의 꽃을 피우고 있었다. 상사의 부인이 찬 중에서 제일 맛있는 음식이라며 나에게 먹어 보기를 권하였다. 고맙다는 인사를 하고 덥석 먹는데, 갑자기 코가 꽉 막히고 입에서는 음식을 도로 내보내려는 압력이 작용했다. 많은 어르신들이 지켜보고 있어서 꾹 참고 먹으니, 그 힘이 눈으로까지 밀고 올라와 두 눈에 눈물이 그렁그렁 고이는 지경이 되고 말았다. 홍어는 회로 먹는 것보다 삭힌 것을 쪄서 먹을 때 톡 쏘는 맛이 더 강하다는 것을 알게 된 자리였다. 그때가 벌써 근 30년 전의 일이다. 그것이 계기가 되었는지는 모르나 그 선배님은 지금까지도 나를 무척 좋아한다.

내가 어렸을 때 설이든 추석이든 명절이면 우리의 좁은 집에는 항상 친척들이 가득 자리를 메웠다. 친척들이 많이 모인 자리에서 서로 집안 내외에서 벌어지는 애환을 공유하며, 서로의 유대를 튼튼히 하려는 모습을 볼 수 있었다.

우리들 부모 세대는 형제자매의 수가 지금의 우리들보다 훨씬 많았다. 형제자매가 팔남매가 넘는 가족들도 흔히 볼 수 있었다. 그리고 그때는 주부들이 주로 가정에서 살림만 하다 보니, 수시로 서로 왕래하는 일이 많았다. 그러니 설, 추석같이 큰 명절에는 하루나 이틀 전부터 친척 아주머니들이 종갓집에 모여들어, 만두를 만들고 송편을 빚으며 누구는 이렇고 누구는 저렇고 도란도란 이야기를 나누었다. 아이들도 목욕탕에 가서 때를 밀어내고 새 옷으로 단장하느라 마음이 들뜨곤 했다.

우리 집은 명절 때면 명절 다음 날, 아버지와 어머니가 우리 사남매를 데리고 어머니의 친정 곧 외갓집으로 향했다. 어머니 쪽도 여덟 형제자매이다 보니, 외할머니 댁이 온통 북새통이었다. 우리 또래 아이들 10여 명이 윗방, 아랫방에 나뉘어 모여서, 팔씨름을 하기도 하고, 바깥으로 나가 숨바꼭질을 하기도 했다. 하루해가 어떻게 흐르는지도 몰랐다. 땅거미가 짙어 오면 외삼촌들과 나눈 술로 거나해진 아버지는 개선장군처럼 앞서고 온 가족이 새로 차려 입은 설빔을 자랑이라도 하듯 서울 시내 곳곳을 누비다 집으로 돌아오곤 했다.

지금 회상해 보면, 우리 어머니는 명절에 우리 형제들을 외갓집으로 데리고 가는 것을 무척 좋아했다. 어머니는 우리 집에서는 장손 집 맏며느리였는데, 음식 솜씨가 썩 좋지는 않았다. 어머니는 그 대가족 형제들을 위해 음식 장만하는 것을 무척 힘들어 하였다. 힘들다는 내색은 하지 못하고, 음식 재료만 장을 봐 두고, 급한 볼 일이 있는 듯이 동네 마실을 나갔다. 그러면 작은어머니들이 벌써 눈치를 채고 부엌 구석구석에서 신기하게도 음식 재료를 찾아 명절 음식 장만을 척척 해냈다. 아마도 막내딸로 자란 어머니는 집안의 큰일을 하는 것이 무척 부담스러웠을 것이다. 요즘 말로 하면, 어머니는 명절 스트레스를 많이 받은 것이다.

그러던 어머니는 우리 형제들을 데리고 외갓집만 가면, 이모들 틈바구니에 끼여 편안한 자세로 만두, 송편을 빚으면서 언니들과 이야기

나누는 가운데 고된 맏며느리 시집살이 타령을 늘어놓았다. 그렇게 기분 좋아 보일 수가 없었다. 일상의 고충을 그래도 시린 가슴으로 들어주는 친정어머니와 형제들이 있으니, 큰 위안이 되었을 것이다.

내 아내도 친정에서 막내딸이고, 나도 장남이니, 어머니나 내 아내의 처지가 어떻게 그렇게 똑같은지 모른다. 내 결혼 혼담이 오갈 때, 처형들 중에 한 분이 아내가 어려운 집안 큰며느리로 시집가는 것을 크게 만류했던 이유가 충분했다. 어머니에 대한 연민이 자연스럽게 아내에게로 그대로 애잔하게 이어진다.

지금은 나나 내 친구들의 경우를 보아도, 설이나 추석 같은 큰 명절이라도 친척들이 예전처럼 많이 자리를 함께하지 않는다. 맞벌이로 바쁜 삶을 살아가는 탓도 있겠지만, 형제자매들의 수가 크게 준 탓도 있으리라 본다. 요새는 명절이 되어도 사람 사는 집의 크기는 늘었지만, 모이는 친척들의 규모는 훨씬 줄어들었다. 그 활기 넘치고 다정한 이야기들은 다 어느 허공을 맴돌고 있을까? 명절 때면 가슴 한구석이 먹먹해지곤 한다.

우리들 세대가 떠나고 나면, 우리들 다음 세대의 명절은 또 어떤 모습으로 변할까? 우리들 세대는 산아제한을 한다고 하여 많이 낳아야 두세 명밖에 낳지 않았다. 우리들 자식 세대는 자식의 수가 한두 명이거나 없을 수도 있다. 그동안 장묘 문화도 매장에서 화장으로, 기제사도 4대 봉제사에서 자기 부모 정도의 봉제사로, 상속 제도도 장자 중심 상속 제도에서 형제자매 간 균분 상속 제도로 변화되었다.

추석이 다가오면, 조상의 선산에 자손들이 함께 모여 정성껏 봉분을 다듬어 드리며 친족애, 형제애를 나누고 벌초를 직장에서나 친구들 사이에서나 커다란 이야깃거리로 삼던, 그러한 우리의 끈끈한 전통 명절 문화가 언젠가는 박제되어 버리고 말 것이 아닐까 하여, 자꾸만 가슴이 저며 온다.

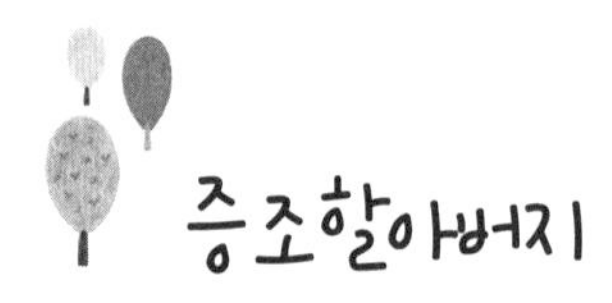

증조할아버지

머리가 어질어질했다. 말이 헛나오고 나도 모르게 웃음이 슬금슬금 입꼬리를 비집고 올라왔다. 다리가 꼬여 제대로 걸을 수가 없었다. 형제들이 신기한 듯 나를 바라보며 연신 까르르까르르 웃음보를 터뜨렸다. 지금으로부터 약 50년 전 내가 일곱 살 때의 일이었다.

그날은 증조할아버지 제삿날이었다. 아침부터 작은어머니들이 우리 집으로 와서 제사 음식을 준비하느라 분주했다. 어머니와 작은어머니들의 대화 소리가 집 안 구석구석에서 메아리쳤다. 명태전 굽는 냄새, 불고기 산적 지지는 냄새, 평소에 맡기 어려운 고소한 기름 냄새가 코끝을 유혹했지만 저녁 늦게 제사가 끝나기 전에는 먹을 수가 없었다. 요행히 찢어진 전이나, 떨어져 나온 고기 조각이라도 있으면 맛볼 수 있으련만, 그런 행운을 기대하기에는 작은어머니들의 손놀림이 만만치 않았다. 그래도 늦은 저녁에는 포식을 할 수 있겠구나 하고 행복감에 젖을 수 있었다.

작은어머니들이 정성을 다해 솜씨 있게 만든 음식을 물끄러미 바라보고 입맛만 다시고 있는데, 비로소 제주인 아버지가 제상 앞에 머리를 조아리고 섰다. 나는 원래 성격상 엄숙한 것을 좋아하지 않았다. 집에서는 형제자매들 사이에서 제일 장난기가 많은 아이였다. '쇠똥이 굴러도 깔깔대고 웃는다.'는 말이 있다. 실제 내가 그랬다. 평소에도 진중한 밥상머리에서 이유 없이 낄낄 웃는다고 호랑이 같은 아버지에게 혼나서 진땀을 빼곤 했다. 그래서 어떤 때는 나 혼자 밥그릇을 들고 옆방에서 밥을 먹는 경우도 있었다.

제사가 시작되었다. "버릇없이 굴면 돌아가신 증조할아버지, 증조할머니가 혼을 낸다."는 말을 들은 나는 즐거운 마음을 짐짓 숨기고 숙연한 체했다.

아버지가 향로에서 타오르는 향나무 향기를 씌운 첫 잔을 증조할아버지, 증조할머니에게 올렸다. 아버지가 먼저 두 번 절한 다음 꿇어앉아 고개를 조아렸다. 아버지가 축문을 읽었다. 향불 내음이 내 코끝을 간질이는데, 아버지의 축문 읽는 가락이 우습기 그지없었다.

"유우우우우 세에에에 차아아아……."

일부러 목소리를 떨어 가며 울지도 않으면서 마치 우는 것같이 천천히 축문을 읽어 내려갔다. 가슴속 깊숙한 곳에 숨겨 둔 웃음을 참기 어려웠다. 입안에 군침이 도는 것을 삼켜 가며 아버지 삼형제들을 따라 절을 몇 차례 더 해야 했다.

인내심이 한계에 도달하려는 즈음 비로소 철상이 되어 제사가 끝났다. 막내 작은아버지는 용감해진다고 하며 제상에 올렸던 숭냉을 내게 먼저 건넸다. 그날따라 나는 이상하게도 제상에 올라와 있는 빨간 물이 신기해 보였다. 이윽고 내 장난기가 발동하여 그 숭냉을 마다하고 고집스레 그 빨간 물을 먹겠다고 떼를 쓰니 호랑이 아버지가 일갈을 하였다.

"그 녀석 먹고 취하게 다 먹으라고 해!"

제주의 그 한마디에 모두는 황망해 했다. 제상에 놓여 있던 그 빨간 물 한 종지를 삼촌이 마지못해 내게 건넸다. 나는 호기심 가득한 동그란 눈망울을 하고 그 종지를 받아서 선 채로 꼴깍꼴깍 다 마시어 버렸다. 달착지근하였다. 그런데 이게 어떻게 된 일인가. 멀쩡하던 우리 집 방바닥이 갑자기 흔들흔들 움직이기 시작하는 게 아닌가. 얼굴은 화끈화끈 불을 집어삼킨 것처럼 달아오르고 형제들의 말소리가 아득하게 멀리서 들리는 듯했다. 이것이 내 인생에서 첫 음주로 기록되는 순간이었다. 나는 그해 여름 어머니가 뒤뜰 항아리에 정성스럽게 담가 특별히 예쁜 종지에 부어 올려놓은 포도주를 눈살도 찌푸리지 않은 채 한 번에 들이켰던 것이었다. '아! 내가 지엄하신 증조할아버지, 증조할머니를 모시는 제사에서 버릇없는 짓을 또 하였구나. 그래서 내가 벌을 받아 이렇게 어지럽구나!'라는 생각이 들었다.

내게 그런 형벌을 내린 우리 증조할아버지는 구한말 한일합방 전에 의병 활동을 하다가 일본군들의 총을 맞고 집으로 돌아와 소총을 초가지붕 밑에 숨겨 놓고는 세상을 떠났다고 했다. 시골에서 증조할아버지가 돌아가시고 초상을 치르고 있는데, 장단군 주재소에서 일본 순사들이 들이닥쳤다. 집을 샅샅이 수색해서 소총을 찾아내고는 상중에 있는 나이 어린 우리 할아버지를 붙잡아 갔다. 어린 할아버지는 며칠 후 상주를 끌고 가는 법이 어디 있냐고 동네 사람들이 탄원을 하여 간신히

풀려나긴 했지만, 주재소에서 일본 순사들에게서 모진 고초를 겪었다. 일본의 식민 통치가 시작되기도 전의 일이었다.

얼마 전 『항일 의병사』를 대학 도서관에서 찾아 꼼꼼히 살펴보았는데, 구한말 한일합방 전에 경기도 장단군 지역에서 항일 의병과 일본군과의 전투가 치열하였다는 기록을 찾아볼 수 있었다. 의병 동지들과 전장을 누비고 다니던 분기탱천한 증조할아버지의 모습을 보는 것 같아 생생한 전율을 느꼈다.

아버지는 해마다 증조할아버지 제사 전날 지방을 썼다. 나는 아버지의 수고를 덜어드리기 위해 내 얼굴만 한 벼루에 먹을 정성껏 갈아 드렸다. 지방에는 항상 '현조고학생부군신위顯祖考學生府君神位'이었다. 특별한 벼슬 없이 공부하는 유생이라는 뜻이다. 아버지가 돌아가신 뒤, 내가 아버지가 하던 역할을 이어받게 되자, 나는 증조할아버지의 지방에 '현증조고의병부군신위顯曾祖考義兵府君神位'라고 썼다. 증조할아버지의 장한 애국 충정을 기리어야겠다는 생각에서였다. 증조할아버지가 하늘나라에서 틀림없이 증손자를 자랑스러워 할 것이다. 내가 증조할아버지의 지방을 이렇게 쓰는 것을 내 아들들이 보고서 무엇인가를 느끼기를 바라는 마음도 있다.

나는 아버지, 어머니가 돌아가신 이후 20년이 넘게 한 번도 거르는 일 없이 3대 봉제사를 올려 왔다. 넉넉지 않은 형편에서도 집안 장손으로서 많은 친척들을 보살피고 세 아들을 건사함은 물론 비싸더라도 가장 좋고 깨끗한 제물을 준비해서 조상님의 은혜를 생각하며 정성스럽게 제사를 지내 왔다. 이렇게 조상님에게 도리를 다하는 것이 작은아버지 식구들, 내 형제 식구들 모두를 같은 자손이라는 공동체 의식으로 굳건히 지켜 줄 수 있는 큰 수단이라고도 생각했다.

그렇지만 이제 나는 두고두고 증조할아버지, 증조할머니에게 속죄를 해야만 한다. 두려운 마음을 안고 내가 결정해야만 한다. 증조할아버지, 증조할머니의 제사를 언제까지나 계속 그렇게 지낼 수 없는 상황에 이르렀기 때문이다.

"존경하는 증조할아버지, 증조할머니. 정말 죄송합니다."

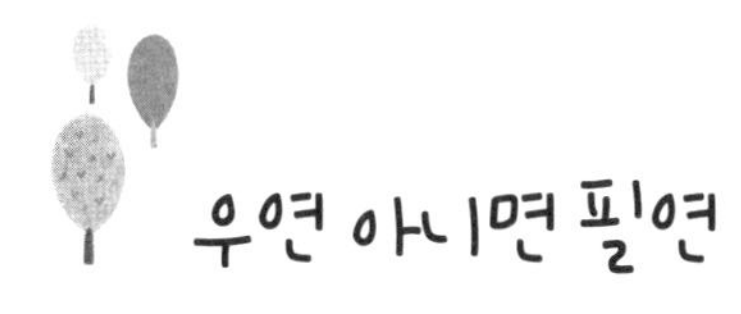

지금은 어떨지 모르겠지만 우리 세대가 한창 아이들을 생산한 시기인 1980년대, 1990년대에는 산부인과에서 임산부의 뱃속 태아의 남녀 성별을 미리 알려 주지 않았다. 불법인지 아니면 직업윤리 때문인지는 모르겠으나 의사들이 절대 알려 주지 않았다.

지금은 '남아선호사상'이라는 말을 하면 어디 역사책에서나 나오는 철학사조인가 하고 낯설어 할 것이다. 그러나 그 당시에는 유치원, 초등학교에서 남녀의 성비가 맞지 않아 자기 짝이 여자아이가 아닌 동성인 남자아이인 아이들이 한 반에서 예닐곱 명에 이르러 큰 사회문제가 되어 있었다.

이와 같은 문제는 우리들 세대인 소위 '베이비부머'와 밀접한 관계가 있다. 지금은 한 해에 44만 명 정도밖에 태어나지 않지만 1955년부터 1963년 사이에 태어난 베이비부머는 한 해에 무려 현재의 두 배가 넘는 80~90만 명이 태어났다.

이들 베이비부머들이 우리의 부모 세대처럼 평균 네댓 명씩 아이를 낳게 되면 가뜩이나 비좁은 국토에 사람들로 넘쳐날 것이 불을 보듯 뻔한 상황이었다.

그래서 정부에서는 산아제한 정책을 펼쳤고 방방곡곡에 '아들 딸 구별 말고 둘만 낳아 잘 키우자!'는 현수막을 걸었다. 그 후에 둘 낳는 것도 불안했던지 그 표어는 어느 사이에 슬그머니 '잘 키운 딸 하나, 열 아들 안 부럽다!'로 바뀌어 있었다.

이렇게 절실하게 추진했던 정부의 산아제한 정책은 크게 성공을 거두어 우리 베이비부머들은 대다수가 아이를 하나 아니면 둘을 낳는 것을 당연하게 여겼다. 그런 상황에서 우리 이전 세대가 지니고 있던 남아선호사상이 작용하게 되면 우리 2세들은 남녀 성비 차이로 총각으로 늙어 죽는 사람이 많을 수밖에 없었다. 그러니 산부인과 의사들이 당시 어머니 뱃속의 여자아이를 지키는 수호신 역할을 수행하였던 것이다.

이 글을 읽으시는 8090세대에 출생한 여성들이여, 부디 산부인과 의사선생님들을 생명의 은인으로 여겨 임신의 몸으로 자주 찾아가 은혜에 보답하시길!

내 아내는 셋째 아이의 출산을 한 달여 남겨 놓고 있었다. 매월 한 차례 하는 정기 검진일이 되어 깨끗이 목욕을 하고 속옷도 갈아입고 동네 산부인과 병원을 찾았다. 아이들을 어디다 맡길 데도 마땅찮던 아내는 고만고만한 두 아들을 양손에 잡고 뒤뚱뒤뚱 펭귄 걸음으로 병원 문을 들어섰다.

간호사들이 반갑게 맞이해 준다. 아내가 준비된 침대에 눕자 남산만한-키가 작고 체구도 작아 더 커 보이는-봉우리에 하얀 구리스 칠을 하고 난 후 의사선생님이 여기저기 쓱쓱 문대 본다. 새까만 하늘에 비가 죽죽 내리는 것 같은 모니터 화면 속에서는 형체가 불분명한 물체가 꿈틀대며, "철거덕 철거덕" 규칙적인 소리를 요란스럽게 낸다.

"네. 이제 되었습니다. 정상입니다. 곧 나올 테니까 산기가 느껴지면 바로 오세요."

비용을 지불하고 아내가 나서는데 간호사가 비밀을 발설하듯 나지막한 목소리로 "축하드려요. 딸인 것 같아요!" 하고 오버를 한다. 아내도 그렇지 않아도 셋째는 또 무엇일까 하고 궁금하던 차였는데 기대도 하지 않은 '성인지 사전 고지'를 자진해서 해 주는 것이었다.

간호사들은 틀림없이 아들을 둘이나 이미 낳았는데 산아제한이 한창인 시대에 또 하나를 더 낳으려고 하는 것은 틀림없이 여자아이를 낳고 싶어서일 거라고 판단하고 축하의 말을 미리 해 주고 싶어서 그동안 안달이 났었던 모양이다.

집으로 돌아온 아내가 저녁에 내게 병원에서 간호사가 전해 준 얘기를 해 준다.

"아, 그래……?"

마침내 한 달여가 다시 지나 드디어 셋째가 세상 밖으로 나오는 날이다. 아침부터 산통이 시작되었기 때문이다. 몸 풀기 전에 최종 검진을 한 간호사가 다시 한 번 기쁨을 함께 나누고자 한다.

"축하드려요. 딸인 것 같아요."

"네. 감사합니다."라고 아내는 건성으로 대답한다.

산통의 주기가 점점 짧아지더니 마침내 셋째가 빠끔히 머리를 비집고 나와 "앙" 하고 울어 댄다. 아이를 다 꺼내 든 간호사가 눈이 휘둥그

레진다. 아니, 이게 어떻게 된 일인가. 고추를 달고 있는 사내아이 아닌가. 아뿔싸, 이거 어떻게 하나.

"죄, 죄송합니다, 어머니. 아, 아들입니다. 튼튼한……." 하고 말꼬리를 흐린다.

"네……에!" 하고 응답하고는 아내는 과거의 일을 회상하면서 이내 깊은 잠에 빠져 든다.

배가 남산만 한 아내가 첫아들을 손에 잡고 뒤뚱뒤뚱 펭귄 걸음으로 찬거리를 사러 시장으로 향하고 있었다.

"잠깐, 새댁. 나 좀 봐요." 시주 자루를 등에 멘 까까머리 늙은 여승이 배부른 아내를 막아서서 말을 건넸다.

"새댁은 내가 보니까 팔자에 딸이 없구먼! 뱃속에 있는 둘째도 아들이야. 아들만 셋이야. 잘 키우게. 다들 잘될 거야!" 하고 예언을 하며 시주를 하라고 한다. 엉겁결에 미래 운명을 들은 아내는 겨우 찬거리 살 만큼의 돈을 가지고 있었지만 주머니를 털어 최대한 성의를 표하고 감사하다는 인사도 잊지 않았다. 그날 밤 우리 부부는 "에이, 그 말이 맞겠어? 둘만 낳는 세상에……." 하고 대수롭지 않게 여기면서도 한편으로는 신비감에 사로잡혀서 잠자리에 들었다.

그해 둘째가 오랜 산고 끝에 태어났다. 고추를 달고서. 그러고는 삼 년이 훌쩍 지나고 있었다. 어느 날 제사가 있어서 시골에서 두 아이들을 데리고 아내와 서울 부모님 집에 와 있었다. 그동안 지방에서 근무를 하면서도 집에 제사가 있으면 한 번도 거르지 않고 온 식구가 올라오곤 했다. 내가 장손이기 때문에 맏며느리가 제사를 직접 준비를 해야만 했기 때문이었다.

장손이 아들 둘을 낳았으니 듬직하게 여기던 아버지가 우리 부부에게 욕심을 부렸다.

“장손 집에는 식구가 많아야 하니 아들이든 딸이든 하나만 더 낳아라.” 하고 주문을 하시는 것이 아닌가. 아내와 처가의 완강한 반대에도 불구하고 아버지에게 불효하고 싶지 않은 나는 부모의 기대를 저버릴 수가 없었다.

그래서 임신을 세 번째로 하게 된 아내는 그 고통스러운 입덧 한 번 없이 뱃속에서 잘 자라 주는 아기가 대견하고 고마웠다. ‘아! 이 아이의 운명인가 보다.’ 아내는 셋째를 낳아야 하는구나 하는 막연한 의무감을 느끼고 있었다.

셋째를 출산하고 깊은 잠에서 깨어난 아내는 셋째 아들을 신기한 듯 바라보며 예전에 비구니 할머니가 예언했듯이 정말 운명이란 것이 정해져 있을까 하고 의심을 해 보았다. 그렇게 세월이 흐르고 또 흘러 셋째 아들이 일곱 살이 되던 해 우리 다섯 식구는 미국으로 떠났다. 내가 박사학위를 따기 위해 미국 대학에 유학하기를 희망했기 때문이다.

오랫동안 고된 직장생활에 지친 나와 내 가족에게는 미국에서의 유학생활이, 낯선 나라에서 적응하는 것이 쉽지만은 않았지만 그래도 천국에서의 삶과 진배없었다. 그렇게 행복하고 보람된 생활을 만끽하며 누리고 있던 차에 갑자기 아내가 한 번도 찾지 않던 시디신 자두 같은 것이 먹고 싶다고 하는 것이 아닌가?

세 아들놈을 데리고 미국에서 어렵사리 공부를 해야 하는 내 형편에 판단은 뻔한 일이었다. 그다음 날 우리 부부는 이역만리 이국땅에서 천륜을 거스르는 공범이 되고 말았다. 세월이 한참 지난 지금도 나는 우리 삶의 궤적이 우연인지 아니면 필연인지 아직도 잘 모르겠다.

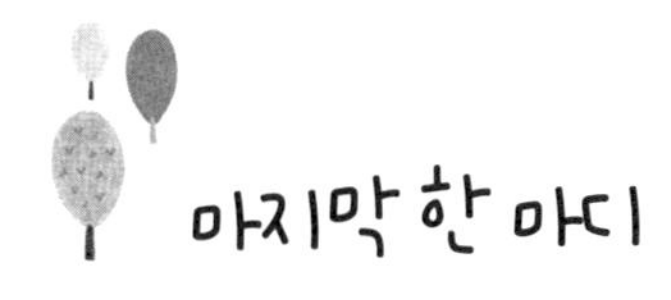

마지막 한 마디

이제 한 달 후면 아내와 함께 추석 전에 아버지, 어머니 산소에 성묘를 다녀와야 한다. 매년 설과 추석 전에 미리 산소에 내려가 부모님을 뵙고 온 지가 벌써 20년이 넘었다. 강남의 남부터미널에서 버스를 타면 중간에 청주에서 차를 한 번 갈아타는데 서울에서 약 세 시간이 걸린다. 우리 부모님들이 영면하고 있는 곳은 충청북도 보은군 보은읍 용암리 대비마을이라는 곳의 마을 바로 뒷산 나지막한 곳이다. 나는 이곳이 우리 아버지가 태어난 곳도 아니고 대대로 우리 조상들이 묻힌 선산도 아니지만 지명을 보면 참 신기한 생각에 사로잡히곤 한다.

산소에 올라오면 항상 상쾌한 기분이 든다. 내 아내도 그렇다고 한다. 마음이 통하나 보다. 묫자리를 잡을 때 그 마을에서 용하다는 지관 선생님이 정동향의 토끼 묘혈 자리라고 하였다. 산소 좌우와 뒷면은 풍수의 북현무, 좌청룡, 우백호가 모두 둥그런 산으로 둘러쳐 있고, 앞은 툭 터져서 너른 밭과 논이 펼쳐져 있다. 더 고개를 들면 작지 않은 개천이 산어귀를 굽이치며 돌아 보은읍으로 들어간다. 조금 더 고개를 들면 우리나라의 명산 속리산의 문장대 봉우리에 시선이 일직선으로 닿는다.

올해는 북한의 목함 지뢰 사건으로 남북 간에 긴장감이 최고조에 달했다. 남북 고위 당국자 간의 회담이 사흘 동안이나 이어지면서 온 국민의 손에 땀을 쥐게 하더니 갑자기 분위기가 반전되어 남북 간의 화해 무드가 그 어느 때보다도 뜨겁게 달구어지고 있다. 아버지한테 가서 뵙고 이야기할 것이 많아졌다. 아버지가 내 이야기를 듣고 얼굴이 벌겋게 상기되며 흥분을 감추지 못할 모습을 미리 머릿속에 그리니 가슴이 벅차오른다.

호랑이 시어머니가 꼭두새벽부터 집 일꾼을 앞세우고 길을 나설 채비를 마쳤다.

"어멈아, 빨리 서둘러라. 날 밝기 전에 가야 한다." 쉰 목청을 힘껏 돋운다.

오랜 눈칫밥에 지칠 대로 지친 표정의 며느리가 서둘러 머리를 가다듬으며 대청마루로 나선다. 시어머니와 며느리는 마을 뒷산으로 앞세운 돌쇠를 따라 한참을 황계산 산길을 오르더니 커다란 노간주나무가 버티고 서 있는 용바위 앞에 당도한다. 이 커다란 바위에서 두 분이 함께 치성을 드린 지 벌써 100일째이다.

이후 며느리에게서 태기가 느껴지더니 비로소 시어머니가 원하던 첫 아들을 낳았다. 내리 딸만 넷을 낳았었는데 용바위에서 두 분이 함께 정성스럽게 기도를 드린 탓에 아들을 낳은 것이라고 가족들은 여겼다. 그때가 1928년 무진년, 즉 용띠의 해이다. 손이 귀하던 집안에서 6대째 장손으로 바로 내 아버지가 태어난 것이다. 그곳은 지금은 북한 지역인 당시 지명으로 경기도 장단군 대강면 라부리 512번지이다.

그곳은 휴전선 이북으로 지금의 적성면 주월리에서 '새미내'라고 불리는 냇가를 따라 북쪽 상류로 한 10리쯤 올라가는 지점이다. 그곳은 조선 2대 왕이신 정종의 넷째 아들 선성군이 삶의 터전을 잡은 이래로 아버지에 이르기까지 19대가 약 550년 가까이 집성촌을 이루며 살아왔다고 하였다. 우리 조상들은 임진강으로 흘러내리는 새미내 강을 사이에 두고 펼쳐진 장단 평야를 일구며 살았고 새미내 강은 하얀 모래톱이 냇물에 반사된 햇빛과 함께 눈부시게 빛나는 깨끗한 시내라는 뜻으로 이름 붙여졌다고 하였다. 유명 인사로는 동의보감을 지은 허준의 고향이 바로 이웃마을 우근리라고 한다.

의병 활동으로 할아버지가 돌아가신 후 할머니는 어려워진 살림에 마음 여리고 놀음하기 좋아하는 큰아들과 그 식솔들을 이끌며 생계를 꾸리고 대를 잇기 위해서 성격이 동짓달 해 저문 날 삭풍이 몰아치듯 강퍅하고 매서웠다고 하였다. 내 아버지는 그 무서운 호랑이 할머니의 총애를 한 몸에 받고 귀하디귀하게만 자랐으니 모든 누나들이 항상 남동생 앞에서는 얼씬거리지도 못했다고 하였다.

성장하여 해방되는 무렵 광화문 내수동에 있는 보인 고등보통학교-당시 중등교육을 실시하는 5년제 남자 중학교-에 다니던 아버지는 해방이 되어 38선으로 남과 북이 갈리자 북쪽의 김일성 정권이 우리 집에 해코지할 것을 예단하고 기회를 보아 식구들을 모두 데리고 서울로 내려오기로 결심을 하게 되었다.

여담 한 가지 덧붙이면 내가 1972년 보인중학교에 추첨 배정되었을 때 입학식에 어머니와 함께 참석한 아버지는 무척 자랑스럽고 감개무량해 하였다. 한번은 아버지가 보인 고등보통학교에 다닐 때에 월사금-지금의 기성회비나 학교운영지원비에 해당함을-못내 전전긍긍하고 있는데 행정실에 근무하던 학교 직원 한 분이 대신 내주었다며 그 당시의 행정실을 찾아 올라가 보며 눈시울을 붉히었다.

해방 후에 아버지는 당시에 어려운 집안 형편을 돕기 위해서 시골에서 돼지를 사서 도축해 이남에 있는 고랑포-임진강의 뱃길을 이용하여 큰 배가 왕래할 수 있는 수운의 종점에 해당하는 곳으로서 한국전쟁 이전까지 서해안의 조기, 새우젓, 소금배 등이 경기북부 지역의 농산물들과 교역을 하던 곳으로 임진강에서 가장 번성했던 포구 중의 하나-로 내려와 팔고 다시 올라가곤 했다고 하였다. 그럴 때는 항상 밤에 야음을 틈타 보초를 서는 인민군들을 피해 다녔고 혹 발각되었을 때는 흰 무명저고리와 바지가 눈에 띄기 쉬웠으므로 옷을 홀딱 벗고 숨 죽인 채 숨어 있었다며 아슬아슬하게 넘긴 수많은 고비 이야기를 들려줄 때는 나는 까닭 모를 미안한 마음이 들어 몸 둘 바를 몰랐었다.

아버지는 집안의 장남으로서 각박한 서울에서 해방 후에 한국동란을 거치며 온 가족을 건사하기 위해 이루 말할 수 없는 온갖 고충을 겪었다고 했다. 충분히 이해가 되는 상황이다. 나는 자라면서 우리 형제들 중 유난히 아버지와 갈등을 많이 겪었다. 우리 아버지가 나만 미워하는 줄로 생각해 왔다. 그래도 내가 종로 국민학교(지금의 초등학교)에 입학하기 며칠 전부터는 길을 익힐 수 있도록 아버지는 내 손을 꼬옥 잡고 자랑스러운 듯 관수동 집에서 화신 백화점 건물을 지나 수송동에 있는 학교까지 수차례 같이 가 주었다. 하루는 가던 길에 내 멋쟁이 새

구두의 끈이 풀리자 맨땅에 무릎을 꿇고 고쳐 매 주던 아버지의 모습이 재미있어서 구두끈이 또 풀어지기를 은근히 고대했었던 기억이 어느새 맺힌 눈물에 아롱거린다.

내가 아들 셋을 키워 보니까 가슴 아프지 않은 아들은 하나도 없다. 누가 더 예쁘고 누가 더 미울 수가 있을까. 예쁜 짓을 하면 그래서 더 귀엽고, 미운 짓을 하면 그래서 더 가슴 아프게 미안하다. 내가 아버지를 얼마나 가슴 아프게 했을까 생각하면 하루 종일 남 몰래 눈물로 속죄하여도 시원치 않다.

아버지의 삶과 내 삶을 견주어 보면 나는 한없이 부끄러워진다. 내가 얼마나 야속했을까. 그래도 아버지는 내가 용기를 잃을 수 있는 말을 한 마디도 한 적이 없었다. 내게 평생 공부하라는 말 한 번 한 적이 없고 몸이 약하니 운동을 열심히 하라고 잔소리 한 적도 없었다. 부모님이 희망했던 법대를 내가 진학하지 못하고 사범대를 그것도 재수까지 해서 진학했을 때에도 실망하는 기색 하나 보이지 않았다.

언젠가 “너는 사내대장부로서 사회를 위하여 큰 봉사를 해 보는 게 어떠냐?” 하는 아버지의 말 한마디에 정신을 차리고 열심히 공부해서 결국에는 아버지 기대를 충족시켰을 때, 아버지의 말없는 행복감을 지금도 잊을 수가 없다.

이제 아버지는 차가운 땅 밑에 누워 있다. 더 이상 미운 오리새끼인 나와 가슴 아픈 다툼을 할 필요도 없다. 이제는 아버지에게 내가 저지른 그 많은 죗값을 어떻게 속죄하느냐만 남은 것 같다. 생전에 아버지는 “에이 내가 죽어야지.”라는 말을 제일 싫어했다. 가장 못난 놈이 그런 말을 하는 거라고 했다. 내 잘못을 회피해서는 안 된다. 당당하게 떨치고 일어나 내 역할을 다함으로써 용서를 빌어야 한다.

보은 용암리로 아버지, 어머니를 찾아갈 때마다 나는 산소 뒤에 있는 용바위에 먼저 인사를 한다. 내 증조할머니와 할머니가 빌었던 아버지의 고향 황계산에 있는 용바위가 어떻게 생겼을까도 궁금하지만 보은 용암리에 있는 용바위도 신기하게 생겼다. 입을 쩍 하고 벌리고 있는 모습이 정말 용과 흡사하다.

내가 아버지에게 속죄를 하는 가장 확실한 방법이자 아버지가 가장 좋아할 것은 아버지가 돌아가시기 전에 한 유언을 들어드리는 것일 게다.

"이 다음에 통일이 되면 나를 내 고향에 꼭 옮겨 주어!"

내가 통일을 학수고대하고 있는 이유이다. 남북이산가족 상봉이 곧 다시 이루어진다. 그 어느 때보다도 남북 간의 화해 무드가 뜨겁게 달아오르고 있다. 가슴이 벅차오른다. 통일의 그날, 나는 우리 부모님들과 함께 노간주나무가 서 있는 그 용바위를 다시 찾을 것이다.

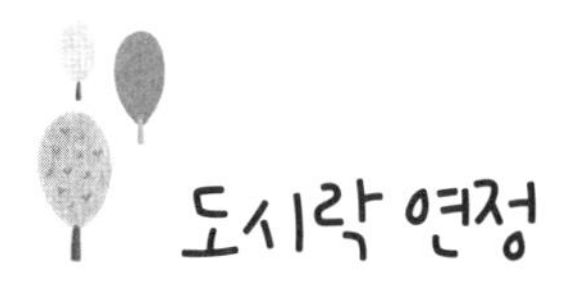

도시락 연정

학창시절 왜 나는 우리 부모님들이 학교에 오는 것을 창피하게 생각했을까? 특히 아침에 내가 직접 도시락을 챙기지 못하여 점심시간 무렵 부모님이 도시락을 싸들고 학교에 올 때는 더욱 그랬다. 모든 학생들이 다 똑같은 마음은 아니었을 것이다. 우리 반의 반장, 부반장처럼 자기 부모님이 학교에 와서 친구들에게 자랑스러운 아이들도 틀림없이 있었을 테니까 말이다.

나는 예전에 담임선생님들이 우리 집에 가정 방문 오시는 것도 무척 창피해했었다. 우리 집의 누추한 모습을 선생님에게 보여 드리는 것이 마치 내 벌거벗은 모습을 보이는 것같이 느껴져서 창피스러웠다. 그것은 부끄러운 가난 탓이었다고 하더라도 도시락이 무슨 죄가 있다고 그랬을까? 그런데 실은 내가 어렸을 때에는 우리나라 대부분의 가정이 어려운 때라서 우리 집처럼 서울 복판에 집을 가지고 있는 사람은 가난하다고 할 수도 없었을 것이다.

학창시절 나는 게으른 편이었다. 아침에 자는 잠이 어찌나 달콤한지 아침 시계바늘이 하루 중에 그 어느 때보다도 부지런한 것이 야속했다. 아침에 불안한 마음을 안고 바쁜 걸음으로 총총 운동장에 들어서면 개미새끼 한 마리도 보이지 않을 때가 많았다. 선생님은 내가 으레 그렇게 늦는 학생이라서 야단도 안 치셨다.

그렇게 종종 내가 늦게 일어나거나 혹은 어머니가 늦게 일어나서 도시락을 미처 챙겨 가지 못할 때에는 항상 그랬던 것은 아니었지만 어머니나 아버지가 도시락을 들고 학교를 찾아오는 경우가 있었다. 그런 부모님이 무척 창피스러웠다. 차라리 점심을 굶는 것이 낫다고 생각했다.

그런데 점심시간이 다 되도록 교실 창밖으로 내려다보이는 학교 정문으로 부모님이 들어오는 기색이 전혀 보이지 않고 도시락이 정작 배달이 되지 않는 날이면 막 성장기에 있던 나는 배가 고파서 어쩔 줄을 몰라 했다. 허기를 참다못해 학교 운동장으로 뛰쳐나가서 수돗물로 배를 속여도 허기는 잠깐 사이도 나에게 틈을 보이지 않았다. 천벌을 받고 있었던 것이다. 부모님을 창피스럽게 생각한 중죄에 대한…….

사실 그때 다른 친구들은 그런 우리 부모님을 보고 부러웠거나 아니면 무관심해서 아무런 생각도 들지 않았을 것이다. 들었다 하더라도 그저 '아, 근우 어머니가 도시락을 챙겨서 오셨구나!' 하고 그뿐이었을 것이었다. 그런데 왜 나는 낯빛이 붉어지며 쥐구멍을 찾았어야만 했을까 의아스럽다. 그 고통스러운 배고픔으로 죗값을 치르면서도 말이다.

우리 부모님이 천연두를 앓아 얼굴이 곰보이길 했나, 소아마비를 앓아 다리를 저는 절름발이길 했나, 아니면 배우지를 못해 남 사기나 치는 사기꾼이나 불한당이기를 했나. 그 정반대로 선량하기 그지없고,

사지 멀쩡했고, 얼굴은 탤런트 뺨치는 인물들 아니었던가?

이런 정서가 또 유전인지도 모르겠다.

우리 아이들 학창시절에 아내는 학교에 봉사활동을 하러 뻔질나게 드나들었다. 그러다 보면 우리 아이들과 마주치는 경우가 생기는데 첫째 녀석은 모르는 체하고, 둘째 녀석은 "엄마!" 하고 반갑게 다가오고, 그리고 막내 녀석은 아는 체도 아니고 모르는 체도 아니게 어정쩡하게 행동한다는 것이었다. 둘째 녀석만 빼고 이 점에 있어서는 다 내 피를 이어 받았나 보다.

그렇다면 반대로 학교에서 자기 자식들을 보는 부모의 마음은 어떨까?

우리 부모님이 학교에서 나를 보고 와서 별다른 얘기를 하거나 서로 이야기를 나누어서 나중에 내 귀에 들어온 적이 한 번도 없었다. 내가 학교에서 잘 지내며 열심히 공부하는 모습을 보고 마냥 흐뭇했을 것 같다는 생각이 든다. 왜냐하면 내가 그렇기 때문이다. 부모로서 자식에 대한 마음은 자식들이 학교에 잘 다녀 주는 것만 해도 무척 고맙고 자랑스러운 생각이 든다.

내가 아이들 학교에 갈 기회가 있어서 학교에서 자식들을 보면, 나는 내 자식들이 학교에 다니는 것만 봐도 무엇과도 견줄 수 없게 좋았다. 가슴이 벅차오르도록 좋았다. 학교에서의 내 자식의 모습이 무척 자랑스러웠다. 마치 아이들을 통하여 어릴 적 학교 다니던 내 모습을 보는 듯했다. 아니, 학창시절의 내 모습보다도 훨씬 더 멋있고 듬직해 보였다. 내 아이와 함께 있는 다른 학생들도 덩달아 탤런트같이 내 눈에 비쳤다. 밥을 안 먹어도 배가 든든한 느낌이었다. 내 어깨가 으쓱해지고 발걸음도 당당하게 다리에 저절로 힘이 실렸다.

내 이런 마음을 보면 우리 부모님도 틀림없이 그런 마음이었을 것이라고 추측한다. 실은 내가 학창시절 학교에 오시는 부모님의 표정을 보면 얼굴 만면에서 환한 미소와 함께 자랑스러워함을 읽을 수 있었다.

따듯한 도시락을 부모에게서 건네받으며 그들의 뜨거운 마음도 함께 전해 받을 수 있었다. 그리고 부모님이 직접 가져다준 그 김이 모락모락 나는 도시락은 다른 학생들의 부러움의 대상이 되었던 것이다.

당시의 그 따듯한 도시락의 밥맛을 아직도 느끼는 듯하다. 부모님의 나에 대한 변치 않을 따듯한 사랑과 함께…….

당시 내가 도시락을 들고 오시는 부모님을 창피하게 생각했던 것을 깊이 반성하면서 저승에 계신 부모님께 사죄하는 의미로 시 한 수를 바친다.

도시락 연정

어머니 사랑의 꽃
아직도 온기가 그득한
도시락 뚜껑을 열자
모락모락 피어오르네.

달콤한 늦은 잠에 쫓겨
허둥지둥 가까스로
책가지만 챙기어도

학교로 아버지 통해
배달된 도시락 전령
어머니 사랑이
뜨겁게 달아오르네.

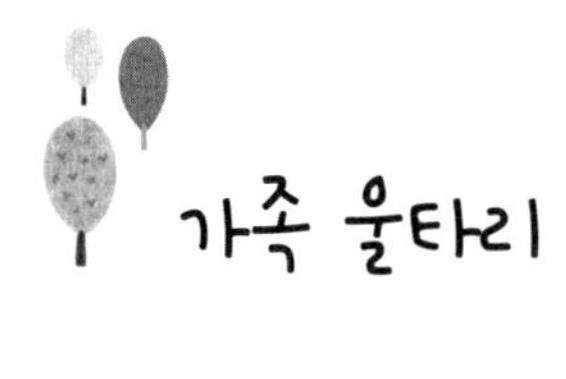

가족 울타리

우리 사회에 맞벌이 부부가 늘면서 요양원이 새로운 문화로 정착되고 있다. 요양원들이 시내 변두리 곳곳에 속속 세워지고 있다. 우리의 부모 봉양의 풍속이 변화되고 있음을 상징적으로 알리는 표식이다. 산업화의 과정과 마찬가지로 집중화, 대규모화, 효율화의 원리가 적용되고 있다. 이 원리가 진화되어 심지어는 요양원 간의 경쟁이 유발됨으로써 차별화, 고급화까지 이루어지고 있다.

부모에 대한 마지막 효도가 더 좋은 요양원에서 모시는 가격 경쟁으로 변질된 것 같은 느낌이 들어 안타깝다. 한 달에 400~500만 원이 드는 요양원들도 많다고 하니 웬만한 가정에서는 엄두도 못 낼 다른 세상 이야기같이 들린다. 앞으로 요양원 문화가 더욱더 우리 사회 깊숙이 침투되어 더 좋은 요양원에 가기 위하여 자식들에게 유산으로 남겨 주기보다는 자신이 번 돈을 요양원에 갖다 바치는 세상이 오지 않을까 두렵다. 부모 돌아가실 때까지 봉양하던 우리의 가족 형태가 산사태처럼 와르르 무너져 내리는 모습이다.

자식에 대한 내리사랑이 사라지고 자기 노후도 자기가 책임지고 생전에 모은 모든 재산을 요양원에 쓸어 넣은 채 부모, 자식 간의 정은 옛 전설로만 남게 되는 것은 아닐지 지켜볼 일이다. 예전에는 봉사활동을 가면 고아원이나 양로원 또는 장애인 복지시설이 주로 차지했는데 요즈음은 그런 후진국형 시설들은 찾아보기가 어렵다. 10에 9를 차지하는 것이 노인 요양원으로, 요즘 봉사활동의 주요 무대가 되고 있다.

얼마 전에 지방에서 근무할 때 매달 한 번은 정기적으로 직장에서 동료들과 함께 단체봉사활동을 하였다. 오후 시간을 이용하여 시간이 허락하는 직원들로 구성하기 때문에 직장의 업무 수행에 큰 차질을 빚는 일도 아니어서 기업의 사회적 책무 차원에서도 바람직한 일로 여겨졌다. 수년에 걸쳐서 매달 봉사활동을 하다 보니 봉사담당 부서 직원이 봉사 장소와 대상을 물색하는 것도 쉽지 않은 눈치였다. 그래도 그 봉사담당 책임자는 직원들과 함께 항상 헌신적으로, 또 열정적으로 업무를 수행하여 봉사에 참여하는 모든 이들이 마음속으로 존경심을 품게 하였다. 나도 항상 감사의 마음을 지니고 있다.

봉사단 조끼를 맞추어 입고 전문 봉사 단원답게 약 40~50여 명이 각자의 재능과 취향에 따라 봉사대상 기관에서 능숙하게 봉사활동을 수행하니까 지역 곳곳에 소문이 나서 와서 도와 달라는 기관도 생길 정도로 지역 사회에서 인기가 많은 봉사단이었다. 더욱이 이 봉사단은 노력 봉사만 하는 것이 아니라 참여자들이 각자 자진해서 기부금을 각출해서 현금 기부까지 하니까 더욱더 인기가 높았다. 우리나라 기업들이나 공공기관에서 본받을 만한 모범적인 봉사활동이라고 여겨졌다. 이

봉사단이 활동한 곳도 자연히 요양원이 제일 많았다.

나는 매달 봉사활동을 한 번도 거르지 않고 하다 보니 요양원의 특징들이 자연스럽게 인식되었다. 요양원에 수용되어 생활하고 있는 대부분의 노인들이 거동이 어려울 정도로 연로하지 않다는 것과 자신이 원해서 들어온 노인은 하나도 없다는 것이 특징이었다. 물론 거동이 무척 불편해서 가정에서 돌봐드릴 수 없는 노인들도 당연히 있었다.

어느 요양기관에 봉사를 하러 갔을 때의 일이다. 그곳에서는 몇 명의 봉사 단원에게 노인들 식사를 거들어 줄 것을 요청했다. 나는 그 일을 해 보겠다고 자원을 했다. 점심시간이 되어 스스로 수저를 들 수 없는 분들의 식사를 도와드리는 것이었다. 음식은 씹어 드셨지만 손을 마음대로 쓸 수가 없어서 다른 사람의 도움이 필요한 노인들이 대여섯 분은 되었다. 노인들의 음식물 씹는 시간을 고려하여 천천히 떠서 드리라는 요양보호사들의 요청이 있었다. 내가 도와드리는 분은 연세가 한 70대로 보이는 할머니였는데 외관상으로는 그렇게 심하게 불편해 보이지 않았다. 요즈음 70대 정도면 그렇게 많이 늙어 보이지도 않는 세상이니 더욱 그렇게 보였다. 이 할머니는 아무 말씀도 하지 않고 인상이 굳어 있었다. 손이 불편할 뿐이니 다른 분들은 "도와주어서 고맙다."느니, "어디에서 왔냐?"느니 말을 걸기도 하였기 때문에 이 할머니와 구별이 되었다. 도와드리면서도 의아한 생각이 머릿속에서 떠나질 않았다.

내 표정을 읽었던지 요양보호사가 이 할머니는 오신 지 얼마 되지 않았는데, 자식들이 자신은 싫다고 하는데도 피를 나눈 가족의 그늘 밖으로 억지로 밀어냈다고 노여워서 아무 말도 하지 않는다고 귀띔을 해 주었다. 그 말을 듣는 순간 내 가슴도 무너져 내렸다. 내 미래 모습을 보는 것 같아 어깨의 힘이 쏙 빠져 나갔다. 원인을 알 수 없는 서러움이 밀려와 눈물이 나오려는데 억지로 참고 아무 말도 없이 억지웃음을 지어 드렸다.

외국에 가족과 모두 유학을 가 있는 동안 돌아가신 어머니의 임종도 지켜드리지 못한 죄스러움에 나는 무거운 마음으로 흰 쌀죽을 한 술 한 술 정성껏 떠 드렸다. 항상 보던 흰 가운의 사나운 요양보호사가 아니라 아들 같은 사람이 밥을 떠 드리니 할머니가 서러움에 북받쳐 뜨거운 눈물을 흘리셨다. 할머니의 인생 역정을 생생히 듣는 듯하였다. 할머니는 이제는 집으로 다시 돌아갈 수 없다는 절망감에 사로잡혀서 두려움과 상실감으로 어찌할 바를 몰랐을 것이다. 이것이 우리나라의 현대판 고려장의 모습이다.

가족들은 어머니를 전문 요양보호사들이 돌봐드리는 시설 좋고 깨끗한 요양원에 모셨으니 자식 도리를 다했다고 위안을 삼을지는 모르겠다. 나이가 들면 다시 어린애로 변한다고 하지 않던가. 나도 어린 시절 학교 갔다가 집에 왔을 때 어머니가 눈에 띄지 않으면 얼마나 가슴이 허전했던가. 애꿎은 가방만 아무렇게나 방 한구석에 던져 놓고 늘어진 어깨를 무겁게 달고 텅 빈 가슴으로 거리를 헤매지 않았던가. 그 할머니가 아무런 희망이 없는 삭막한 요양원에 홀로 버려졌다는 공포가 얼마나 컸을지 짐작이 된다.

지금 우리나라에 셀 수 없이 들어서는 것이 바로 이러한 요양원 시설들이다. 우리 집 바로 밑에도 안마당과 뜰이 넓어 보기 좋던 단독 주택이 하루아침에 요양원으로 변해 있었다. 그 건물을 새로 지은 사람이 지인이라서 들으니 시설을 최고급으로 했으며 1인당 300~400만 원을 받을 요량이라는 것이었다. 우리 집에서 가까우니 나도 늙으면 그 시설로 들어갈 테니 싸게 해 달라는 농을 건넸다. 가슴 한편으로는 곧 현실화될지도 모르겠다는 서늘한 생각이 머리를 스쳐 지나갔다.

1970~80년대 산업화 과정을 직접 겪은 나로서는 우리나라가 세계에서 가장 못 살던 나라에서 이제는 세계경제 대국들과 경쟁하는, 열 손가락 안에 드는 부유한 나라가 된 것에 대하여 무한한 자부심과 긍지를 가지고 있다. 어린 시절 봄이면 쌀이 떨어져 보리가 자랄 때까지 굶기를 밥 먹듯 했던 가난이 무엇이라는 것을 체감한 세대로서 이 혜택이 얼마나 영광스러운 것인지는 누구보다도 더 잘 안다. 그러나 한편으로는 우리의 온정이 그득했던 따듯한 가족 문화가 산업화의 검은 그늘 아래에서 붕괴되어 가슴이 이렇게 멍들어야만 하는지에 대하여는 의문을 감출 수가 없다.

어린 시절 어머니의 품이 항상 그리웠듯이 나이 들어서도 가족의 영원한 사랑의 울타리에서 벗어나지 않는 행복한 삶을 그리는 것이 과욕일까?

부부 이별

내가 어렸을 때 엄마, 아버지랑 같이 길을 나서면 해 달라고 조르던 것이 있었다. 각각 내 손을 잡고 나를 번쩍 하늘 높이 들어 주는 '양팔 그네 띄우기'였다. 그러면 내 몸이 마치 하늘을 나는 것 같은 착각에 빠지는데 그것 못지않게 내 양손을 각각 잡고 나를 띄워 주며 덩달아 하늘 높이 오르는 듯 기분이 좋아지는 부모님의 모습이 좋아서였다.

엄마와 아버지가 나를 통하여 우리 모두 하늘을 나는 것이었다. 나는 엄마, 아버지의 나에 대한 애정을 양손으로 느끼며 온 세상을 얻은 것처럼 부러울 것이 하나도 없었다. 내 부모님이 항상 내 곁에 그렇게 남아서 내가 하늘 높이 자랄 수 있게 내 양팔을 언제까지나 잡아 주리라는 자신감에 차 있었다. 우리 부모님은 어쩌다 아버지의 일방적인 신경질로 다툼이 일어나도 어머니의 인내로 이내 휴전이 되어 어린 우리 형제들의 가슴이 크게 조여 들지는 않았었다. 우리 형제들이 다 성장할 때까지 언제나 우리의 커다란 그늘이 되어 주신 부모님께 항상 감사한 마음이다.

아버지가 모질게 엄마를 다그쳐도, 주위 사람들이 그렇게는 아무도 못산다고 수군거려도, 어머니는 미동도 하지 않았다. 그저 서러운 마음에 눈물 몇 방울 찍어 내면 그것으로 끝이었다. 그러는 어머니가 내 눈에는 천사로 비쳤다. 어머니의 마음에는 항상 우리들이 자리 잡고 있었기에 그랬으리라고 생각한다.

이 느낌과 교훈을 내 아이들에게도 고스란히 전해 주고 싶었다. 세 아이들이 어릴 때 우리 부부가 같이 길을 나설 때면 부부가 한마음으로 세 아이 모두 예외 없이 이 양팔 그네 띄우기를 해 주었다. 어릴 때의 나처럼 아이들이 너무 좋아서 벌어진 입을 미처 다물지 못하고 가슴 벅차게 깔깔 대며 웃는 모습이 마치 어린 시절 나를 보는 것 같아 흐뭇했다.

그런데 한 가지 다른 것이 있었다. 아이들의 양팔을 하나씩 우리 부부가 각각 잡고 하늘 높이 띄워 줄 때 내가 느낀 새로운 감정이 있었다. 바로 부부간의 팀워크였다. 부부간에 보조가 안 맞거나 올려 주는 높이가 서로 차이가 나면 아이를 제대로 띄워 줄 수가 없었다. 부부간의 부조화와 불협화음을 은연중에 아이가 느낄 수가 있을 것이라는 점이었다.

이 그네 띄우기에서 아이를 제대로 만족시켜 주기 위하여서는 아내의 보폭 그리고 각자 들어 주는 높이에도 신경을 써서 키 큰 내가 키 작은 아내에게 맞추어 주어야만 가능했던 일이었다. 바로 부부간의 한마음이 이 그네 태우기 놀이에서 확인될 수가 있는 것이다. 다행히도 우리 세 사람은 이 놀이로 하나가 되어 하늘 높이 날 수가 있었다.

부부는 각각 서로 다른 타고난 특징과 성격이 있다. 어떤 부부도 성격이 동일할 수는 없다. 하지만 그렇기 때문에 부부가 되어 서로 하나로 맞추어 나가는 노력이 필요한 것이다. 키 큰 사람이 키 작은 사람에게 맞추어 주듯이 서로 강약, 장단을 보완해 주며 한 지붕 아래에서 아이들의 웃음소리 그득히 사랑을 나누며 한 가족으로서 살아가려는 의지와 노력이 필요한 것이다.

요즈음 주위에서 이혼한 가족을 쉽게 발견할 수 있다. 예전에 우리 어릴 적에 주위에서 찾아보기 어렵던 현상이었는데 세태가 그간 그만큼 크게 변한 것이다. 두 사람이 한 평생을 죽음이 갈라놓을 때까지 같이 살기로 가족, 친지, 친구들 앞에서 약속하고 혼례도 올리고 살다가 헤어질 때에는 그럴만한 나름대로의 이유가 있겠지만 부부란 단순한 친구 사이가 아니지 않은가?

더군다나 둘 사이에 아이들까지 생산한 상태에서 둘 간의 틈이 벌어져 결국 갈라서야 한다면 아이들의 아픔은, 결손은, 그리고 미래는 누가 책임져야 한단 말인가? 결혼이 장난이었던 건가? 아이들의 운명을 이렇게 참담하고도 불운하게 만들 권리가 어른들에게 있단 말인가? 그렇다면 반대로, 부부가 늘 부딪혀 번개가 치고 찬바람이 휘몰아치는 환경이라도 아이를 위해서라면 부부의 인생은 포기해도 좋을까? 비정상적이고 위태로운 가정보다는 차라리 갈라서서 평온하게 각자 사는 것이 아이들을 위해서도 좋은 것이 아닐까? 판단하기가 쉬운 일은 결코 아니다.

흔히들 성격이 안 맞아서 헤어져야 한다고 한다. 그러면 소크라테스나 링컨은 어떠했는가? 그들의 부인이 못됐기로 역사에 길이 남아 있는데 그들은 오히려 그 시련을 찬란한 업적으로 승화시키지 않았는가?

나는 개인적으로 두 사람이 결혼을 하여 가정이 화목하려면 서로 양보해야 한다고 생각한다. 부부가 자기 입장을 따지고 서로 자기만 편하고자 한다면 처음부터 결혼을 하지 말아야 한다. 왜냐하면 결혼을 하면 경제적으로도 더 힘들어지고, 해야 할 일도 훨씬 더 많이 늘어나기 때문에 혼전보다 더 편하기 위해서 하는 결혼이라면 포기하는 것이 낫다고 생각한다.

가슴 아픈 일이지만 예전에는 두 내외가 결혼한 후에 경제능력은 부족한데 아이가 덜컹 생겨서 감당을 못하니까 서로 상의해 아이를 부잣집 앞에다 두고 와 평생을 가슴에 무거운 짐을 지고 살았다는 이야기를 종종 들은 적이 있었다. 그들이라고 자기 아이를 남에게 맡기고 싶었겠는가? 아이를 키우다가 잃어 버려 평생을 울며 지내는 부모의 심정을 보면 알 수 있을 것이다. 그렇게 결혼은 결코 만만한 것이 아니다. 아무리 사랑한다고 할지라도 경제적인 능력이 안 되면, 가족을 위해 희생 봉사할 자세가 안 되어 있으면 가정은 지옥으로 변하고 만다.

최근 미국 과학자들이 커플들을 네 가지 유형으로 나누어 각각 결혼에 성공할 확률을 조사한 연구 결과가 있다. 그 과학자들은 네 가지 중에서 가장 결혼할 확률이 높은 커플을 '상대방 중심 커플'로 꼽았다. 이 유형에 속하는 커플은 상대방을 다른 무엇보다도 중시하는 사람들이라고 한다.

이 연구 결과는 내가 생각하고 있는 결혼관을 그대로 객관적 조사를 통해 입증한 것 같다. 나 또한 상대방을 나보다도 더 귀하게 여겨야 한다고 생각한다. 상대가 아플 때 내가 아픈 것 이상으로 아픔을 공감할 수 있어야 한다는 뜻이다. 우리 부모님들이 서로에게 어떻게 마음을 썼는지, 그들 자식들에게 어떻게 정성을 쏟았는지 보면 알 것이다. 나는 상대방을 내 부모 위하듯, 내 자식 위하듯 사랑하지 않고 가정 분위기가 물과 기름처럼 어울리지 못하고 사는 부부를 많이 보았다.

부부가 평생 함께 살면서 어떻게 서로에게 잘못을 한 번도 안할 수가 있겠는가? 이 세상에 완벽한 사람이 있을 수 있겠는가? 서로 흉, 허물이 없을 수 없건마는 서로 진심으로 사랑하는 마음이 있다면 용서하지 못할 일이 어디 있으며, 반성하지 못할 일이 어디 있겠는가? 어떤 이유가 됐든 천진한 아이들이 부모가 헤어져 생가지 찢기듯 어린 마음에 큰 상처를 입고 살아가는 일은 없어야 할 것이다.

제 2 부

사랑을 찾아서

사춘기

어느새 찬바람이 꽤 매섭다. 바람이 겨울 교복 바지를 뚫고 들어와 속살을 아리게 했다. 지나간 여름방학 동안에는 날씨가 승객들로 꽉 들어찬 완행열차를 탄 것처럼 지루하고 꽤 무더웠다. 스멀스멀 땀구멍을 몰래 비집고 나오는 굵은 땀방울을 연신 훔치면서 눅눅히 젖은 두툼한 영어 교재 책갈피와 힘든 씨름을 했었다. 그것도 콩나물시루처럼 빼곡히 들어앉은 200여 명의 남녀 고등학생들의 쉰 땀 내음으로 뒤범벅이 된 한 시내 학원의 대형 강의실에서 말이다. 그래도 강사의 현란한 몸놀림과 스피커에서 우리들 귓가에 꼬리를 물고 잇따라 떨어지는 말재간에 매료되어 입가에 잔잔히 미소를 지으며 더위를 잊던 때가 엊그제 같은데 어느새 고등학교 1학년 겨울방학을 앞두고 있었다.

학원 수업이 끝나자 나는 한 여학생을 따라 무엇엔가 이끌리듯이 같은 버스에 올라탔다. 그 여학생은 내가 뒤쫓아 함께 탄 것을 전혀 눈치 채지 못하였다. 내 가슴은 어느새 두근두근 울렁이고 있었다. 차창

밖 눈이 온 종로의 밤거리는 가로등 불빛을 머금고 하얗게 반짝이고 있었다.

사실 나는 피 끓는 사춘기를 언제 보냈는지 가늠하기조차 어렵다. 사춘기가 이성에 대하여 가슴으로 먼저 눈을 뜨는 시기라고 한다면, 초등학교 때가 그 시기였을까? 한 동네 살던 나보다 한두 살 어린 예쁘장한 여자아이만 보면 내 가슴이 두근두근 숨이 가빠오고 얼굴이 나도 모르게 화끈 달아오르는 것을 느꼈었다. 그 아이 앞을 지나게 될 때는 혹시라도 그 아이에게 내 뛰는 가슴과 붉어진 얼굴을 들킬까 봐 억지로 태연한 체하느라 힘들었다. 그러던 어느 날 그 아이가 어디론가 이사 가고 나서는 그런 가슴앓이가 없어졌다. 그렇게 내 싱거운 사춘기는 큰 열병 없이 수줍은 짝사랑으로 지나간 줄 알았다.

그리고 중학교 3년간은 얼굴에 여드름 한 번 제대로 돋아 보지도 않고 지나갔다. 2학년 때 다른 친구들은 무엇인가를 선생님 몰래 돌려보며 신기해했다. 나는 떳떳하지 못한 일이라는 생각이 들어 관심이 없었다. 같은 반 친구가 어느 스산한 가을 저녁 바바리코트 옷깃을 곧추 세우고 경복궁 돌담길에서 여자 친구와 데이트하는 모습을 본 적이 있었다. 부럽다는 생각은 없이 그저 무척 성숙한 친구라는 생각이 들었었다. 그와 같은 학년이라고 하더라도 소심하기 그지없던 나는 상상도 못했던 일이었다.

어느덧 나는 세월에 등을 떠밀려 고등학교에 진학하게 되었다. 한 해 전부터 고교평준화가 시행되고 있었다. 고등학교를 시험을 치러 진학하지 않고 뺑뺑이를 돌려 추첨 배정하였기 때문에 어느 특정 고등학교 진학을 염두에 두지도 않았다. 배정받고 보니 청운동에 있는 경복 고등학교였다. 우리 2년 선배까지 전국의 우수한 학생들이 시험을 치고 자랑스럽게 진학했던 명문 고등학교였다.

고등학교에 진학하여 교복 상의의 옷깃 한가운데 학교 배지 '福' 자가 눈에 크게 띄니 나도 명문고에 다니는 우수학생이라는 착각에 빠져 들었다. 그러한 근거 없는 동일시의 오류는 단과학원에서 수강과목을 선택할 때에 내 수준보다 한 단계 뛰어넘는 과목을 선택하는, 터무니없는 자만으로 나타났다. 기본영어 정도가 수준에 맞았지만 두터운 종합영어 책이 바람 든 자만심을 지켜 줄 것 같았다.

그뿐만 아니라, 경복 고등학교 교복만 입고 있어도 여학생들에게 인기도 있을 거라는 막연한 자기도취에 빠지기도 했다. 가을에 학교에서 축제가 열렸다. '미스터 경복'을 뽑는 육체미 대회가 인기가 있었다. 외부에서 형형색색 교복의 여학생들이 큰 강당을 그득 메워 평소 시큼하게 찌들었던 사내아이들의 땀내를 향긋하게 중화시키고 있었다. 무대 위의 우리 학년 학생들도 몸을 언제 그렇게 담금질했는지 근육들이 꿈틀꿈틀 살아 움직였다. 그들의 몸동작 하나하나에 여학생들의 찢어지는 탄성이 어우러지면서 구경하는 우리들의 질투심을 자아냈다.

그때 나와 내 친구 서넛에게는 가슴 설레는 행운이 기다리고 있었다. 고등학교 선배가 자기 사촌 동생과 그 친구들을 초대했으니 소개시켜 준다는 것이었다. 마침내 우리들의 자기도취가 도마 위에 올랐다. 속으로 나는 어찌할 바를 몰랐다. 그럼 나도 중학교 때 그 조숙한 친구처럼 가을 바바리코트를 장만해야 하는 것인가?

키가 늘씬한 여학생 서너 명이 우리한테 사뿐히 날아와 어색하게 통성명하는가 싶더니 어느 사이에 이 여학생들이 선녀처럼 어디론가 사라졌다. 나무꾼이 마음에 들지 않았다는 뜻이었다. 우리 친구들은 갑자기 황망해져서 서로 말을 잊었다. 우리들의 막연한 자만심이 한순간에 무너져 내렸다. 나는 속으로 오히려 다행이라고 야릇한 미소를 지었다.

그렇게 내 고교 1년이 거의 마무리되어 갈 즈음 방과 후에 종로 2가 뒷길에 있던 학원에서 친구와 함께 '고급수학' 과목을 듣고 있었다. 대형 강의실에는 수강생들이 하나 가득 들어차 모두 숨소리까지 죽여 가며 강사의 판서를 힘들게 좇아가고 있었다. 학생들의 학습 열기가 전쟁터에서의 피투성이 전투 못지않았다.

그런데 나에게 이상한 습관 하나가 발견되었다. 강의실에서 수업이 시작되면 내 두 눈은 어느새 그 수많은 학생들 틈바구니를 비집고 한 여학생의 모습을 찾아 길 잃은 개처럼 헤매고 다녔다. 그 여학생의 위치가 확인되면 내 눈은 교단의 강사와 그 여학생 사이를 수시로 오고 갔다.

머리 스타일에 힘을 주었거나, 교복에 멋을 가미해 남학생들의 눈길을 끄는 그러한 부담스런 학생은 아니었다. 은은한 잿빛 교복이 잘 어울리는, 어릴 때 한 동네 여자아이처럼 청순한 모습이었다. 나는 그 여학생을 보면 가슴이 까닭 없이 잔잔하게 울렁거렸다.

운명에 이끌리듯 눈길에 미끄러지는 낯선 버스를 올라탔다. 우리 집 반대 방향으로 향하는 그 버스가 어디까지 가는 노선인지도 모른 채 말이다. 이번에는 혼자만의 짝사랑으로 끝나 버리는 일은 없어야 한다는 막연한 생각이었다. 거리에 네온사인의 빛이 추위에 떨며 움츠려 들어가는 곳에서 하차하였다. 세찬 바람을 맞으며 나는 거리를 두고 조심스럽게 그 여학생의 뒤를 따라 어느 골목길로 들어섰다. 그때까지도 그 여학생은 내 존재를 의식하지 못한 눈치였다.

"저, 잠깐만요. 말씀드릴 게 있어요."

그 여학생은 흠칫 놀라며, 뒤 돌아서서 때 마침 내리는 흰 눈발에 더욱 커 보이는 눈으로 나를 바라보았다. 나는 갑자기 머릿속이 하얗게 지워지고, 두 다리가 마치 허공에 떠 있는 것같이 힘이 다 풀려 부들부들 떨었다. 어머니의 모습이 갑자기 아른거렸다. 말을 이어야 했다.

"저는 공부하는 학생이에요. 관심 없어요. 돌아가세요."

그 여학생은 뒤도 돌아보지 않고 골목 안으로 휑하니 멀어져 갔다. 그녀의 뒤를 성성한 흰 눈발이 골목 안을 가득 채우고 있었다. 불현듯 돌아온 내 사춘기는 또다시 그렇게 눈보라에 식어 갔다. 버스를 타고 그 지역을 지날 때면 당시 그 골목을 가늠하며 차창 밖에서 내 사춘기를 부질없이 찾아보곤 한다.

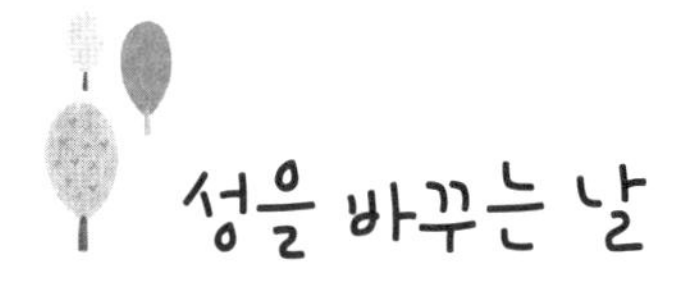

성을 바꾸는 날

사람이 이 세상에 나서 좋은 팔자를 타고 나와 풍요롭게 살든, 험한 팔자로 구차하게 살든, 모든 사람들에게 똑같은 날이 두 번 있다. 가장 기쁜 날과 가장 슬픈 날이다. 가장 기쁜 날은 사랑하는 이와 그들만의 보금자리, 그들의 가정을 이루는 혼례식 날이고, 가장 슬픈 날은 사랑하는 이가 그의 곁을 영원히 떠나는 장례식의 날이다.

미국 사람들이 좋아하는 표현을 빌리자면 전자는 내 영혼의 반쪽을 찾아 온전한 하나가 되는 날이고, 후자는 그 하나가 다시 반쪽으로 갈라지게 되는 날이다. 중국 사람들은 결혼하는 날을 '여자가 성을 바꾸는 날'이라는 의미로 글자를 만들었다. 즉, 혼례일婚禮日의 '혼婚' 자가 바로 그 뜻이다. 이는 아마도 부계 중심사회에서 만들어진 개념일 것이라는 추측을 하게 된다. 아이러니하게도 혼인과 동시에 여자의 성씨가 바뀌지 않는 나라가 중국과 한국이고 대부분의 나라에서는 여자의 성이 바뀐다고 한다. 그러나 형식적으로는 성이 바뀌지 않더라도 실질적으로는 여자가 새로운 자기만의 성을 쌓는 날인 것임은 동서양을 막론하고 동일한 현상일 것이다.

여자는 본능적으로 심리적 공간 개념이 무척 강하다. 자신만의 심리적 공간을 꾸미고 그 울타리 안에 안주해야 정신적으로 건강한 상태를 유지하며 행복감을 느낄 수 있다. 사람이 군거 생활을 하는 원동력도 아마도 여성의 이러한 영역 본능에 기인하지 않을까 추측해 본다. 어느 노랫말에 '남자는 배, 여자는 항구'라는 표현이 있다. 남자가 음식을, 사랑을 실어 나르는 배에 비유된다면, 여자는 항상 동일한 곳에서 사랑을 머금고 언제든 기다려 주는 안식처 같은 공간이라는 뜻으로 해석된다.

오래전 내가 가족을 떠나 혼자 외국에 나가서 일 년간 기러기 가족처럼 생활하는 동안 아내와 나는 이메일로 소식을 주고받았다. 물론 현대 문명의 이기로 인터넷 화상통화로도 수시로 서로의 얼굴 모습을 확인할 수 있었음에도 불구하고 아내는 글로 자신의 심정을 전하고 싶었던 모양이었다. 아내의 이메일 서한에서 가장 많이 등장하는 표현이 "여보, 당신이 나의 든든한 울타리가 되어 주어 고마워. 항상 건강 조심해!"였다.

혼인은 여성에게는 자기만의 보금자리, 심리적인 안식처, 그리고 가족과의 왕국에 울타리를 치는 날인 것이다. 그 무엇과도 바꿀 수 없는 여자만의 유일한 천국을 만드는 날이다. 하느님이나 예수님조차도, 그 어떤 악마도 침범할 수 없는 가장 신성하고 고귀하며 아름다운 공간인 가정을 비로소 꾸미는 첫 날인 것이다. 그러한 가장 행복하고, 가장 중요하며, 가장 역사적인 날에 그들만의 공간을, 그들만의 보금자리를 꾸민다는 것을 온 천하에 알리는 것이 바로 혼례식의 의미이다. 하늘에게도, 모든 혼령에게도, 그리고 온 천하의 사람들에게도 새로운 가정, 새로운 왕국이 세워졌음을 선포하는 의미 있는 날이다. 자연히 혼례식은 남성보다는 여자에게 맞추어 설계가 되어야 할 것이다. 그날은 온전히 신부의 날이기 때문이다.

요즘 우리나라 혼례식은 여자를 위한 세심한 배려라기보다는 재력을 과시하기 위해 고안된 것 같은 느낌이다. 커다란 호텔 연회장을 빌려서 화환도 즐비하고 하객도 연회장 하나 가득하며, 고급 안심 스테이크 요리에, 스크린에는 신랑, 신부의 연애 시절 찍은 사진들이 현란하게 비추어진다. 비용이 만만치 않아 보인다. 호텔 연회장 대관료에, 하객들 대접할 요리, 그리고 각종 무대 장식등에 심지어 1억 원이 넘게 소요된다고도 한다. 하기야 축하객들이 십시일반으로 축의금을 보태주어 순수 본인 부담은 줄어들겠지만 누구 돈이 들든 혼례 한 번 치르는 데 그렇게 많은 비용이 드는 구조인 것이다.

그런데 그렇게 막대한 비용이 드는 행사치고는 그 내용이 너무나 단순하고 빈약하기 이를 데 없다. 주례를 모시고 신랑, 신부 앞에서 주례사 한 번 들으면 실질적으로 그 행사가 모두 종료되는 것이다. 어떤 이들은 단순함을 피하기 위하여 친구들이 축하 노래와 연주를 해 주는 행사를 추가하기도 한다. 두 사람에게는 일생일대의 가장 크고 의미 있는 행사치고는 내용이나 형식이 단조롭기 짝이 없다. 혼인을 하는 당사자들이나 축하를 해 주러 온 하객들이나 모두 볼거리도 없고 기억에 남을 일도 없다. 하객들은 밥 한 끼 먹으러 온 것밖에는 특별히 하는 일도 없다. 문화적 빈곤이다.

예전에 내가 참석한 어느 결혼식에서는 교회당에서 목사 주례로 혼례가 진행이 되었는데 기독교도들답게 여러 차례 예배와 찬송이 다채롭게 진행이 되었고 영적으로도 충만한 느낌이 들었으며, 예식 후에 교회 앞마당에서 제공된 국수는 비록 양념간장에 김치 정도밖에 없는 소찬이었지만 혼례를 치른 새로운 부부의 앞날이 국수같이 길라는 의미도 담겨 있어 참석한 사람 모두 흡족해 했다.

30년 전에 우리 부부가 결혼식을 올릴 당시에는 대부분의 사람들이 예식장에서 주로 혼례를 치렀다. 한 시간에 한 부부씩 공장에서 연탄을 찍어 내듯 새 부부를 탄생시켜 너무나 여유가 없게 혼례가 진행되었다. 그것이 못마땅하여 우리는 당시 충무로에 있던 '한국의 집'이라는 곳에서 전통 혼례로 식을 치렀다. 고풍스러운 한옥으로 둘러싼 넓은 마당에서 우리 조상들의 얼이 서린 전통 혼례를 그대로 재현한 세심한 절차로 서두르지 않고 하루에 한 쌍만 혼례가 이루어지기 때문에 참석한 하객들 모두 흥미로워 했다. 절차 하나하나에 깊은 뜻이 담겨 있어 해설사의 해설에 모두들 우리 전통 혼례 문화의 심오함에 탄복하였다. 지금의 일류 호텔에서의 화려한 결혼과 비교하여도 내용 면이나 형식 면에서 손색이 없이 훨씬 더 풍요롭고 다채로워 좋았다.

내가 미국에서 공부할 때에 대학원에서 같이 공부하던 여학생이 조그만 청첩장을 보내왔다. 결혼을 알리는 내용이었다. 미국 사회의 결혼 풍습을 몰라서 나는 우리나라에서처럼 약간의 현금을 준비해서 봉투에 담아 축하한다는 메시지와 함께 미리 그에게 주었다. 당일 그 혼례 장소로 가 보니 학교 앞에 조그만 홀을 빌리고 목사 한 분을 모셔서 친지 가족과 조촐히 식을 치르는 것이었다. 물론 화환도 없었고, 축의금 접수함도 없었으며, 우리의 안심 스테이크는 더더군다나 없었다. 많은 인파의 하객도 없었다. 신부가 검소한 웨딩드레스를 입고 마냥 즐거워하는 모습이 인상 깊었다.

우리나라에서도 실은 혼례식도 올리지 못하고 구청에 혼인 신고만 하고 한평생을 사는 사람들도 많이 있다. 그분들이 웨딩드레스를 한 번 입어 보는 것이 소원이었다고 하는 얘기를 TV에서 접한 적이 있다. 어느 독지가들은 그분들의 소원을 들어주어 단체 만혼 혼례 잔치를 열어 주기도 했다. 그분들의 삶을 들여다보았을 때 혼인식을 치르지 않았다고 해서 가정의 행복감이 손상되었다는 인상을 전혀 느낄 수가 없었다. 오히려 미래의 희망을 안고 더 열심히 서로 의지하며 살아왔다는 인상이 짙었다.

혼례식은 결국 상징적인 형식에 불과한 것이 아닐까? 검소하면서도 의미 있는 혼례식이 이루어졌으면 하는 바람이다.

관상

7년 연애 끝에 내가 대학교도 졸업했으니 독립할 여건이 되어 우리는 결혼식을 올리기로 했다. 아내와 나는 당시 27세 동갑이었다. 나는 결혼 적령기였으나 아내는 나를 기다리느라 당시 노처녀가 된 셈이었다. 그야말로 혼기가 꽉 들어차 물러설 수도 없는, 시쳇말로 신붓감으로는 똥값이었던 것이다.

혼인 전에 어머니에게는 몇 차례 인사를 드려서 얼굴을 많이 익혔으나 아버지에게는 아직 인사를 드리지 못한 상태였다. 어머니는 아내를 처음 보았을 때 무척 맘에 들어 했다. 어머니를 통해서 이미 아버지 귀에도 맏며느리가 될 참한 처녀가 있다고 들어갔을 것이었다. 드디어 아버지를 처음 대면하는 때가 찾아왔다.

우리 아버지는 관상을 무척 따지는 사람이었다. 젊었을 때부터 중국의 고전 『마의상법麻衣相法』에 무척 심취해 있었다. 책의 내용과 대조해 가며 당신의 얼굴을 요모조모 뜯어보고 '이런 형태는 어떻고, 저런 형태는 어떻고' 평가하는 것을 어깨 너머로 자주 들었다. 우리 형제들 관상도 이리저리 살펴보면서 품평회를 가족들 앞에서 하였다. 꽤 공부가 깊었던지 아버지는 "얼굴의 형태도 중요하지만, 얼굴의 혈색도 그에 못지않게 중요하다."고 설파하곤 했다. 듣기만 해도 조예가 깊은 것 같은 느낌을 주었다.

드디어 첫 인사를 드리는 날 아버지는 의례적인 질문을 몇 마디 던지는 것으로 곧바로 어색한 면담 시간이 끝났다. 그리고 아내는 어머니를 따라 부엌으로 가서 같이 음식을 만들었다. 그 첫 대면이 끝나고 어머니를 통해서 들은 아버지의 소감은 "좀 빈한하게 생겼다." 그 한마디였다. 이 말이 어떤 경로로 결혼하고 몇 년이 지난 나중에야 아내 귀에 들어갔던 모양이었다. 큰 며느리에게 미움을 사기에 충분하고도 남음이 있는 시한폭탄 같은 말이었다.

아무리 아버지가 시아버지로서 위세가 등등하다고 하더라도, 대원군과 명성왕후와 같은 관계가 아니겠는가? 보통 심각한 일이 아니었다. 내가 극구 부인해도 곧이들을 아내가 아니었다. 거대한 두 세력의 틈바구니에서 아들로서, 그리고 남편으로서의 중간자 역할에 큰 부하가 걸린 셈이었다. 아내의 그동안의 삶의 과정에 비추어서 전혀 수긍할 수 없는 관상 평이었기에 그랬다. 우리가 사주풀이 점을 보든가 관상을 보든가 할 때는 두 가지 영역의 정보력을 기대한다. 먼저 과거력이고, 그다음이 미래 예언력이다. 내 과거를 일기장처럼 훤히 들여다보듯 하면 우리는 그 역술인의 신통력을 인정하고 그런 연후에 내 미래에 대한 신빙성 있는 예언을 기대하는 것이다.

모든 역술인에 대한 평가는 과거력의 정확성에 달려 있는 것이다. 그

것을 뛰어넘는 예지력은 있을 수 없다. 이러한 명제에 기초하여 아내의 관상 평을 정리해 보면, 첫 번째인 과거력에 대한 평가를 아내는 도저히 납득할 수 없었을 것이다. '부유하다', '빈한하다'의 개념은 두 가지 측면에서 그 진위가 성립할 수 있다. 하나는 사회 평균적 기준에 비추어 평가하는 것이고, 또 하나는 두 주체 간의 비교적 평가이다. 즉, 이 개념은 상대적인 비교를 통하여만 성립할 수 있는 평정어이지 혼자서도 존재할 수 있는 절대적 기준을 나타낼 수 있는 것은 아니다.

이 두 가지 척도에 비추었을 때 아내에 대한 평가 결과는 터무니없어도 너무나 터무니없는 사이비 평어였던 셈이다. 이렇게 되면 이미 두 세력 간의 싸움은 그 저울이 명성왕후 쪽으로 기울 것이라는 것이 명약관화하였다. 큰 먹구름이 우리 종손 집에 드리우고 있었으니 장차 어떤 폭풍우가 휘몰아칠지 불안하기 짝이 없는 상태가 된 것이다. 수많은 친척들이 어느 그늘 아래 의지할지 전전긍긍해야 할 상황인 것이었다.

이것은 고부간의 갈등도 아니고 우리나라 사전에도 찾아볼 수 없는 시부와 자부 간의 긴장상태였던 것이다. 종손이라는 현재의 막강한 권력에 의지할 것인지, 아니면 종부라는 미래의 권력에 아부할 것인지 판단하기 어려운 상황이었다. 한 치도 다름이 없는 국가정치의 축소판이 우리 집에서 전개되고 있었던 것이다.

나는 읽을 수 있었다. 어머니를 비롯해서 모든 친척들은 낮에는 아버지 휘하에 그리고 밤에는 아내 쪽으로 양다리를 걸치고 있었다. 양대 세력에게서 조금도 희생당하고 싶지 않은 눈치들이었다. 현실 정치하고는 차이가 있는 행동들이었지만 이것이 가능한 이유는 아마도 사랑이라는 큰 가족 울타리 안에서 이루어지는 찻잔 속의 태풍 같은 사건이라 가능했을지도 모르겠다. 어떠한 권력도 미래 권력에는 이길 수 없는 법이다. 하물며 친정에서 막강한 화력을 지원받을 수 있는 싸움에서는 애당초 성립할 수도 없는 도전이었던 것이다.

다행히도 승자의 아량은 아버지의 임종의 순간까지 며느리의 지극정성의 간호로 나타났다. 하늘도 이를 똑똑히 지켜보았으니 먼 훗날 어머니가 아내 꿈에 나타나서 아내에게 아버지의 고맙다는 감사의 전언과 함께 그 포상으로 금궤를 선사하였다. 아버지는 생전에도 그 원죄로 아내에게 직접 말하지 못하고 늘 어머니를 통해서 그의 뜻을 전하였다.

우리 집 관상에 얽힌 그 어마어마한 전쟁이 무사히 잘 끝나서 아무 힘도 없는 중간자는 감사할 따름이었고, 나머지 소원은 어머니가 아내에게 건네주신 그 금은보화가 들어 있을 금궤로 인하여 우리 집안이 화평하고 자식들이 건전한 정신에 건강한 신체로 올바르고 성실하게 잘 자라 나라를 위해 큰 역할을 하여 주었으면 하고 바랄 뿐이다.

관상의 비밀은 함부로 발설할 일이 아니다!

요사이 '관상보다는 심상이, 그리고 심상보다는 바른 습관이 운명을 바꾼다.'는 말이 있다. 하나도 그른 것이 없는 진리이다. 무엇이든 위대한 인류의 유산은 인간의 의지의 산물인 것이다. 인간이 어떻게 마음을 갖느냐에 따라 사물의 변화가 자연의 법칙을 벗어나서도 존재할 수가 있게 된다. 그런데 많은 경우 사람의 마음 또는 사람의 의지가 일관되지 못하고 수시로 조변석개하는 모습을 많이 볼 수 있다. 인간이 이룰 수 있는 위대한 업적은 어떠한 역경에서도 변치 않는 지속적인 실천의지의 산물인 것이다. 감탄고토로 쉽게 변하지 않는 금강석과 같이 굳은 지조와 끊임없는 절차탁마의 노력이 있으면 어떠한 난관도, 난공불락같이 여겨지던 운명마저도 바꿀 수 있는 것이다.

며느릿감이나 사윗감을 처음 접하는 부모들이여, 관상을 탓하기보다 아름다운 심상을 만들어 주고 또 이를 지속적으로 습관화할 수 있도록 북돋아 주는 지혜를 갖추어 보자!

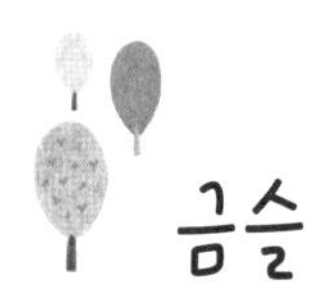

금슬

결혼을 하여 신혼여행에서 돌아오자마자 오색 한복을 곱게 차려 입고 서로 손을 맞잡고 우리는 처갓집에 첫 인사를 갔다. 장인, 장모님은 우리의 큰절을 받고 씨암탉의 푸짐한 상차림과 함께 훈훈한 덕담을 해주었다. TV 드라마에서 익히 보던 장면이었다. 무슨 말씀이 있을지도 어렵지 않게 짐작이 되었다. 그런데 뜻밖에도 흔히들 하듯이 우리들에게 결혼생활 중에 있을지도 모를 부부간의 다툼에 대한 경계 말씀이 아니었다. 단지 힘들게 어려운 공부를 하여 직장을 구했으니 건강관리 잘 하면서 직장생활을 성실히 잘 하고, 장손집이나 아이 키우기 힘든 세상이니 아이들은 조금만 낳아 잘 키우라는 말이었다. 아마도 아내에게의 당부는 장모님이 따로 했을 터였다.

아무리 어려워도 싸우지 말고 사이좋게 잘 살라는 당부의 말을 하지 않았던 이유가 장인, 장모가 우리 새 부부의 말 없는 성품을 미리 잘 알고 있었기에 그랬는지 아니면 6남매 중 다섯 번째 딸의 일이라 식상해져서 그랬는지는 모르겠다. 돌이켜 보면 그분들 덕담에서의 말 없는 믿음처럼 우리 부부 사이에서는 지난 30년 동안 진정 싸움다운 싸움을 한 번도 해 본 기억이 없다. 혹 아내는 내 생각과 달리 서운했던 적이 꽤 있었다고 할지 모르나 내 머릿속 저장고에는 말다툼 한 번 제대로 한 조그만 흔적도 남아 있지 않다. 오히려 아내의 잔소리와 괴롭힘에 내가 슬그머니 꽁무니를 뺀 적은 수도 없이 많지만 얼굴을 붉히며 내 입에서 거친 말 한 번 제대로 나온 적이 없었다. 그래서 그런지 남들에게서 "금슬이 좋다."는 말을 들었다.

과연 우리 부부는 금슬만 좋고 사소한 싸움한 번도 없었을까? 앞서 설명에 의하면 그렇게 들릴 테지만 사실은 전혀 그렇지 않다. 수십 년을 서로 다른 환경에서 살아왔고 또 남녀 간의 서로 다른 취향에다가 서로 다른 지향점을 갖고 있는 두 사람이 평생을 같은 공간에서 빠듯한 공동 주머니의 돈을 쓰면서 싸움이 없을 수가 있겠는가? 시댁과의 갈등, 자녀 교육 문제, 고착된 생활습관 등등 곳곳이 지뢰밭이다. 한 번은 내가 직장에서 동료들과 술을 먹고 잔뜩 취해서 집에 들어오니 나를 반긴 것은 추운 겨울날 저녁에 차가운 물 한 바가지였던 때도 있었다. 부부간에 다툼 없이 산다는 것은 불가능한 일일뿐더러 바람직하지도 않은 일이다. 건강한 부부 사이란 서로 다른 관점을 진정한 대화로 이해하며, 사랑으로 감싸 주고, 인내하며 현명하게 잘 개선해 나갈 줄 아는 것이다.

우리도 아이들이 다 성장해서 결혼할 시기가 되었는데, 우리는 아들만 셋이 있고 딸이 없다. 나같이 우리 부모 세대의 가치관이 아직 몸에 배어 있는 사람에게는 시집보낸 딸을 가진 부모의 마음은 남다를 것 같다는 생각이 든다. 그들은 평생 '딸아이가 시집가서 다투지 않고 사이 좋게 잘 살아야 할 텐데…….' 하며 항상 가슴 졸이며 살 것이다. 실은 정도의 차이일 뿐이지 그런 마음은 아들 둔 부모라고 크게 다를 것이 없을 것이다. 요새처럼 여권이 크게 신장되어 여자의 영향력이 오히려 더 크게 느껴지는 세상에서는 더욱 그렇다.

요즈음은 여자가 남자에게 매어 있다는 '여자 인생, 뒤웅박 신세'라는 말이 사라진 지 오래이다. 가정에서나 직장에서나 남녀의 차이가 없다. 남녀평등이 활짝 꽃 핀 시대이다. 그런데 문제는 주위를 둘러보면 부부간에 이혼을 하였거나 사이가 벌어진 가정을 쉽게 발견할 수 있다. 살기 넉넉하고 남녀평등의 좋은 시대에 좀처럼 이해하기 어려운 일이다. 예전에 미국 영화를 보면 이혼을 손바닥 뒤집듯이 하는 것을 보고 커다란 문화적 충격을 받았는데 요즈음의 우리 사회가 그런 모습을 닮아서 무척 가슴이 아프다.

내가 미국에서 잠시 살 때 혼자 적적해서 동네 노인들하고 말동무하며 지냈었는데 '쑤다'라는 이름의 폴란드계 70대 할머니 한 분은 자기 남편 흉을 그렇게 보아 댔다. 안타까운 마음에 앞으로 얼마를 산다고 그러냐고 타일러도 아무 소용이 없었다. 남편 욕을 할 때는 그렇게 흥분이 되어 어쩔 줄을 몰라 했다. 점잖은 남편이 그렇게 잘못을 저질렀던 것도 아닌 것 같았다. 아마도 내 어림에 예전처럼 아내의 늘어난 잔소리에 인내심 있게 잘 귀 기울이지 않았기 때문이라고 추측해 보았다. 무료함을 달래려함께 쇼핑몰에 구경 가면 그렇게 소녀같이 좋아하던 그 할머니는 말이 끊임없이 많았고, 이웃들 험담도 많이 늘어놓았다.

그전에 살기 팍팍했던 우리 부모님 세대까지만 해도 소위 '삼종지도

三從之道'라 해서 여자가 언제 어디서든 참고 견디는 삶을 강요받았다. 우리 어머니도 툭하면 서럽고 애달프게 눈물, 콧물 찍어서 우리 형제자매의 가슴을 아프게 했다. 혹시 어떻게 되는 것은 아닌가 하고 어린 마음에 불안하기 짝이 없었다. 바보스러울 만치 순하고 순한 어머니의 그러한 희생적인 인내 속에서 가정의 안녕과 평화가 오래 지속될 수 있었다. 그러한 우리의 '남녀칠세부동석男女七歲不同席'의 엄격한 사회풍속에 자유부인 사상이 등장하더니 곧이어 페미니즘이 널리 알려지게 되었고, 더 나아가 이제는 양성평등 사상이 보편화되었다. 문자 그대로 음양이 조화되는 살기 좋은 세상이 실현된 것이다.

이러한 세태의 변화는 한마디로 예전 여성의 강요된 인고의 삶이 완전히 해방되었음을 의미한다. 여기서 우리가 깊이 성찰해 보아야 할 것이 있다. 예전에는 가정집 벽에 걸려 있는 가훈들 중에서 심심찮게 '백인유화百忍有和', '백인가화百忍家和'라는 글귀를 접할 수 있었다. 참고 또 참아야 비로소 가정에 평온이 있다는 말이다. 이 교훈은 비단 가정사에만 적용되는 말은 아닐 것이다. 인간사 어디서든 적용될 수 있는 말이다. '인내는 쓰다. 그러나 열매는 달다.'고 했듯이 어떠한 위대한 일도 이러한 쓰디쓴 인고의 세월이 없이 이루어진 일은 하나도 없을 것이다. 만고불변의 진리인 셈이다.

이제 이 진리를 다시 가정마다, 가슴마다 현판을 달 때가 됐다. 부부유별夫婦有別의 시대에 여성에게만 지침이 되었을 이 진리는 양성평등 시대에 남녀가 따로 있을 수 없다. 돈만 있으면 손쉽게 마트에 나가서 물건을 구입하거나 아니면 TV나 인터넷을 통해서 이역만리 먼 해외에서도 원하는 모든 것을 살 수 있는 세상이지만, 자기 배우자를 그렇게 사서 갈아 치울 수는 없는 것 아니겠는가.

우리 부부의 커다란 특징이 하나 있다. 아내가 화가 나서 잔소리를 끓어 부으면 나는 가만히 그것을 끝까지 참고 들어 준다. 아내도 마찬가지이다. 내가 나이가 들어가며 어린아이처럼 관심받기를 원해 젊어서 안 하던 자질구레한 이야기를 반복해서 해도 늙은 아내는 무던히도 참고 끝까지 들어 준다.

그것이 우리 부부 금슬의 비결이 아닐까?

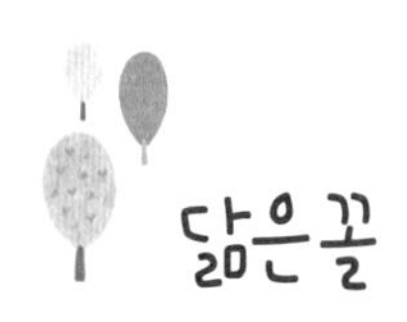

닮은꼴

내가 아내에게 "당신은 왜 우리 어머니를 닮았어?" 하고 말하면 아내는 "싱겁긴, 내가 왜 당신 어머니를 닮았어?" 하고 부정을 한다. 생물학적으로 피가 섞이지도 살이 섞이지도 않았다는 뜻이다. 그 말이 맞긴 하다. 진정 며느리가 시어머니를 신체적으로, 생물학적으로 닮을 수는 없는 것이다. 그럼에도 불구하고 나는 가끔 신기하기도 흡족하기도 하여 싱겁게 "당신은 어머니를 닮았네." 하고 말하게 된다.

인간은 타인을 모방하는 동물이라고 한다. 이를 학자들은 '사회적 카멜레온'이라고 표현하는데, 사람은 자신도 모르게 끊임없이 무의식 중에서도 타인의 표정이나 제스처, 눈빛을 살피고, 그와 동시에 그 몸짓들의 의미를 해석하며, 이를 따라하는 과정이 자연스럽게 일어난다고 한다. 그렇기 때문에 어쩔 수 없이 오래된 친구나 연인, 부부는 그 행동이, 그리고 심지어 그 모습까지도 닮아 가는 것이라고 해석한다. 타고난 물리적 외모보다는 표정, 제스처 등의 비언어적 행동

nonverbal cue이 그 사람의 마음을 드러내는 창이자, 인성의 중요한 요소인 탓에 존경의 대상이거나 호감이 가는 사람들의 그러한 비언어적 행동이 모방의 손쉬운 대상이 된다는 것이다.

나는 오래된 친구들이 꽤 있다. 고등학교 때부터 가까이 지내는 사이이니 근 40년 가까이 취미 생활을 같이 해 오고 있는 셈이다. 친구들 중에서도 한 친구는 유난히 다른 사람들로부터 우리가 서로 많이 닮았다고 형제냐고 묻는 질문을 자주 듣고 있다. 형제도 아니면서 친구 사이에 그럴 수도 있겠구나 하면서도 의아해하곤 했다. 친구 사이가 오랫동안 유지될 수 있는 것도 친구의 모습이나 행동을 통하여 무의식적으로 익숙한 내 모습을 확인할 수가 있어서 그렇지 않나 생각해 본다.

내가 아내에게 어머니를 닮았다고 하듯이 요즘 들어 처형들이 30년을 함께 산 나와 아내더러 서로 닮았다는 말을 자주한다. 나는 키가 조금 크고 얼굴이 하얀 편이고 눈꼬리가 사납게 올라간 형상이다. 반면 아내는 키가 작고 얼굴이 불그스레하며 눈꼬리가 웃음 짓듯 처진 형이다. 누가 보더라도 얼굴이나 외모에서 풍기는 인상 자체가 대조적인데도 처형들이 우리더러 닮았다고 하는 것도 마찬가지 이유일 것이다. 물론 외형이 닮았다는 것이 아니라 행동 특성이 닮았다는 말일 것이다.

그들이 느끼기에 내 독특한, 예를 들어 알뜰하다거나 꾸준한 노력형이라든가 자기 소신이 뚜렷하다든가와 같은 특징이 내 걸음걸이든 아니면 손놀림이든 또는 얼굴의 미묘한 표정이나 말투와 결부된 형태로 내 전체적인 인상이 그들에게 이미 아로 새겨져 있었을 것이다. 형제들이라고 항상 만나는 것은 아니다. 일 년에 한두 차례 정도 만나기를 수십 년 하는 동안 어느 순간에 내 아내에게서 나와 비슷한 행동특성, 즉 전반적인 독특한 인상을 발견하게 된 것이다. 그때는 마치 내 아내를 통해서 나를 보고 있는 듯한 인상을 받게 되는 것이다.

나는 오랫동안 한 이불을 덮고 잔 아내를 볼 때에 나를 발견하는 것이 아니라 언뜻언뜻 내 어머니의 모습을 발견하고 흠칫 놀라곤 한다. 그럴 때면 나도 모르게 "당신은 어머니를 닮았네." 하고 입 밖으로 탄성이 흘러나오는 것이다. 이런 현상은 나뿐만이 아니라 대부분이 느끼고 경험했으리라고 나는 생각한다. 인간은 결국 보편적인 범주의 인간일 수밖에 없지 않겠는가.

아내의 모습을 통해서 내 입 밖으로 어머니의 모습이 탄성으로 새어나올 때, 아내에 대한 반가움과 함께 감사함이 내 말에 짙게 배어 있게 된다. 사람은 마음속으로 진정 존경하고 좋아하며 고마운 사람을 가장 많이 닮는다. 아내가 낯설고 물설은 우리 집으로 혈혈단신 시집을 올 때는 남편 하나 의지해서 왔을 것이다. 그 수많은 시집 식구, 친척들이 모두 새로 들어온 식구인 아내를 고운 시선으로만 보지는 않았을 것이다. 게다가 아내와 같이 종부의 자격으로 들어왔을 경우에는 더욱이 예사롭지 않은 매의 눈초리로 일거수일투족을 감시, 평가하려 들었을 것이다. 천애고아와 같은 시월드에서 남편 하나 의지하자고 했더니 남편이란 사람은 허구한 날 술만 먹고 늦게 들어오고, 오히려 그런 못된 행동을 새색시 탓으로 돌릴까 시부모 눈치만 보게 만드니 도움은커녕 부담만 되는 존재로 전락했을 터였다.

그래도 외로운 마음에 의지할 데라고는 남편밖에 없어 시집살이의 고충을 털어놓을라치면 따듯한 위로 한마디가 아니라 오히려 속없이 시집 식구 편이나 들어 벙어리 냉가슴만 앓던 아내였을 것이다. 불쌍하고 기특한 내 아내, 세 아들을 건강히 잘 키워 줘 대견스럽고 고마운 내 아내, 그 힘들고 어려운 시집살이 초기 시절에 도움도 주지 못하고 훼방만 놓은 이 철부지 못난 남편이 한없이 원망스러웠을 것이다. 그러한 고군분투의 시월드 전투에서 마음씨 곱고 넉넉한 성품의 시어머니의 고운 눈길 한 번, 따듯한 손길 한 번에 어두운 부엌에서 남몰래 감동하여 울고 또 울었을 것이다.

시월드에서는 며느리의 학식이나 능력은 크게 소용이 되는 것 같지는 않다. 어머니는 며느리에 비하여 학식이 많은 것도 아니고 사회생활을 통하여 세상사는 이치를 훤히 꿰뚫고 있는 것도 아니다. 어머니가 잘한 것이라고는 꽃다운 이팔청춘에 장손 집에 큰며느리로 시집와서 남편 공부한답시고 돈벌이도 시원찮을 때 여린 몸으로 생계 책임지랴, 아이들 건사하랴, 속병이 들어 항상 앞가슴이 더부룩해도 아이들 쑥쑥 자라는 기쁨에 아이들 앞에서 웃음을 잃지 않았던 것밖에는 없었다. 그런 시어머니를 며느리가 우습게보아 무시하려 들면 어머니는 속절없이 또 남몰래 눈물, 콧물을 찍을 수밖에 없었을 것이다. 그러나 며느리는 다행히도 되바라지지 않았다. 그런 시어머니를 오히려 마음 깊이 더 존경하고 사랑했다.

며느리는 시어머니의 담벼락 같은 굳은 삶의 의지, 가족과 자식을 위한 끝도 없는 희생정신, 그리고 마르지 않는 샘물과 같은 자애로움에 한없이 존경심을 가슴에 품었을 것이다. 어머니의 모습을 통하여 앞으로 자신의 자화상을 보았을 것이다. 어머니는 한없는 존경의 대상이었을 뿐만 아니라 자신의 미래의 모습으로 동일시의 대상이었던 것이다.

어느덧 시집살이 30년에 자연스럽게 시어머니의 모습까지 빼닮은 내 아내는 시월드를 휘하에 확실하게 장악하고 아들 셋을 교두보로 새로운 세상의 지평을 넓히려 준비하고 있다. 예전의 큰 바위 같던 우리 어머니처럼!

나는 우리 어머니를 닮은 내 아내가 한없이 고맙고 자랑스럽다.

1억 원

우리 어렸을 때는 우리 사회에서 내놓으라고 하는 갑부를 일컬어 '백만장자'라고 불렀다. 영어의 'millionaire'를 번역한 뜻이다. 우리 돈 가치로 '백만 원'을 가지고 있다는 것이 아니라 달러로 '백만 불'의 재산을 의미하니, 환산하면 '10억 원'을 뜻한다. 우리가 흔히 어렸을 때라 하면 초등 · 중학교 정도의 나이 때를 말하니까 1960년대 말 1970년대 초 시기에 최고 갑부가 되려면 10억 원 정도의 자산가는 됐어야 했다.

40여 년이 지난 지금은 화폐가치가 크게 떨어진 한편, 부유해진 사람들도 많아서 지금 화폐가치로 10억 원 정도 가지고 있는 사람은 이루 다 헤아릴 수 없을 만큼 많다. 이제는 백만장자라는 말이 그 효용가치를 잃은 지 오래이다. 지금은 큰 부호를 백만장자 대신 '억만장자'라고 부른다. 영어로는 'billionaire'이다. 우리 돈 가치로 환산하여 '1조 원'이다. 현대에 1조 원의 자산가라고 하면 가히 대부호라고 칭하지 않을 수 없다. 실제로는 내 조그만 간담으로 보아서는 100억 원 이상만 되어도 실로 큰 갑부라는 말은 붙여도 그리 손색은 없을 듯하다.

이렇듯 최소한 100억 원 이상이 되어야 갑부 소리를 듣는 시대에 1억 원이 꿈이라면 어떤 생각이 들까? 모든 사람들이 그렇게 간이 콩알만 해서 무엇에 쓰려고 하냐며 혀를 찰 것이다. 그렇다. 누가 보아도 아주 소박한 꿈에 불과한 것이다. 이 소박한 꿈이 내 아내의 최근 소원이 되었다. 그러나 아내의 이 소박한 꿈이 결코 소박하지 않다는 데 내 고충이 있는 것이다.

내게 아내의 통장 잔고에 1억 원을 모아 달라는 강압적인 주문인 것이다. 이것이 실현 가능한 현실성 있는 꿈이라면 최소한 지금 통장에 그 반 정도는 있을 것으로 짐작이 될 것이다. 그러나 안타깝게도 그 반대로 마이너스 2,000만 원을 항상 육박한다. 이런 상태가 우리나라에 마이너스 통장 제도가 도입된 이래 계속되고 있으니 근 10년은 넘었을 것 같다. 아내 통장이란 표현을 쓰니까 아내가 돈벌이가 있어서 따로 개인 통장이 있는 것으로 오인할지 모르나 실은 내 명의의 봉급 통장을 말하는 것이다. 그 봉급 통장을 가정주부로서 살림을 하는 아내가 전적으로 관리를 하고 나는 일절 관여를 못하니 아내 통장이라고 표현한 것이다. 나는 평생 내 봉급 통장을 관리해 본 적이 없다. 아내 몰래 헛된 욕심으로 도박을 하거나 증권을 하여 아내 통장의 돈을 축내 본 적도 없다. 재주는 곰이 부리고 돈은 왕 서방이 챙기는 꼴이다.

이런 마이너스 통장으로 그래도 용케도 세 아이들이 다 성장하도록 키웠으니 고맙기 그지없다. 이제 나도 몇 년 후면 직장에서 정년을 하게 될 것이다. 그럼에도 불구하고 아직도 마이너스 통장 신세이니 아내는 마음이 불안했던 모양이었다. 그래서 이제는 자신도 허리띠를 더욱 졸라매 어떻게든 마이너스 빚을 청산하고 한 걸음 더 나아가 현금 잔고를 1억 원으로 만들어 보겠다는 포부를 밝힌 것이다.

아내 생각에는 아이들 중에서 두 명이나 이미 대학을 졸업하였으니 이제는 교육비 부담이 줄어들어 매달 틈틈이 저축을 하면 마이너스 빚에서 벗어나게 되고 더 나아가 이제 노후에 우리도 남들처럼 해외여행이라도 한 번 다녀오려면 모질게 저축을 해야 한다는 속셈이었을 것이다. 그러나 어찌된 일인지 아이들이 다 성장하였어도 스스로 독립해 나가 자립한 아이가 하나도 없고 오히려 대학원에 다니고 또 막내는 아직도 공부를 하고 있는 상태에서 그전보다 아이들에게 들어가는 지출이 늘어나고 있는 형편인 것이다.

게다가 내가 알기로는 우리나라에서는 내 나이 정도면 웬만한 직장에서 이미 명퇴를 하고 구들장 신세를 지고 있는 형편이다. 극히 일부 대기업의 임원을 하고 있는 사람을 제외하고는 1억 원이라는 돈을 현금으로 은행에 예치하고 있는 사람은 극히 드물다. 나는 대기업 임원하고는 거리가 먼 직업에 종사하고 있으니 복권이라도 사서 당첨이 되면 모를까 내 아내의 꿈이 이루어지기는 난망한 일이다. 그나마 아직까지 월급을 타고 있는 것만 해도 천만다행인 것이다.

그러한 형편을 모를 리 없는 아내가 그런 헛된 꿈이라도 꾸는 것은 아마도 대기업 임원으로 퇴직한 언니네 또는 잘 나가는 동네 친구들의 당당함과 그들의 은연중의 자랑에 자극 받아서일 것이다. 그러나 뱁새가 황새를 쫓아가기란 쉽지 않은 법이다.

우리나라가 2002년에 월드컵 4강에 오른 이후로는 '꿈은 이루어진다.'가 국민적 슬로건이 되었다. 게다가 '꿈은 반드시 이루어진다.'는 주제의 『씨크릿』 류의 성공 처세서들이 서점가를 한때 휩쓸면서 국민들의 뇌리에 누구나 꿈만 꾸면 그것이 저절로 이루어지는 줄 알게 되었다.

사람은 희망을 먹고사는 동물인 것 같다. 막연한 미래에의 기대가 없다면 현재의 현실생활의 고통을 이겨내기는 쉽지 않을 것이다. 지금은 이렇게 쪼들리지만 조만간 형편이 나아지겠지 하며, 아이들 학비를 우선 학자금 대출로 충당하고 쥐꼬리만 한 월급으로 생활에 전적으로 충당하면서 살다 보니 우리도 모르는 사이에 아이들이 어느새 훌쩍 커버렸다. 아내가 우리한테 남은 것은 빚밖에 없다고 푸념하는 한숨 소리를 들을 때면 나는 "여보, 그래도 이렇게 벌써 30년을 살아왔다. 또 어떻게든 되겠지. 너무 걱정 하지 마!" 하고 위로하며 불안한 미래에 대한 걱정을 가라앉혀 준다.

그리고 나는 부질없이 퇴직 후의 제2의 인생에 대하여 장밋빛으로 머릿속에 그려 본다. 아내의 꿈을 실현시켜 주려면 아내의 평소 말대로 75살이 될 때까지는 건강하게 활동을 해야 할 텐데…….

지난 30여 년의 직장생활에서 아내에게 이름뿐인 통장을 쥐어 주었건만 그 최종 성적표는 마이너스 2,000인데, 어느새 눈이 침침해지고 귀가 아득해지고 있는 나에게 정년이 불과 몇 년도 남지 않은 상태에서 하루아침에 플러스 1억이 되어야 한다는 소리 없는 아내의 아우성을 들으며 요술램프의 요정이 머릿속을 떠나지 않는다.

그래도 우리의 숨은 성적표, 건강한 세 아들이, 그리고 우리의 안정된 미래가 있어서 항상 가슴은 뿌듯하다.

아내의 변심

늦은 나이에 쫓기듯 나에게 시집온 아내가 낯설고 물설은 우리 집에 들어왔다. 조그만 체구에 허리는 개미만 하고 두 발은 마치 장난감 신발을 신겨 놓은 듯했으며, 두 손을 잡으면 부수어질 것같이 약해 보여 부모님의 근심도 컸다. 어머니는 "너무 말라서 애기는 낳겠냐?"며 끌탕을 했다.

넉넉한 집에서 6남매 중 막내로 자라 물에 손 한 번 안 묻혀 봤을 아내가 용케도 맏며느리 살림을 도맡아 했다. 3대 봉제사로 일 년이면 제사 6번, 명절 차례 2번, 부모님 생일상, 친지들 대소사 등등. 어머니는 맏며느리가 들어오자마자 집안 큰일을 며느리에게 떠넘기고 칭얼대는 손자만 업고 동네방네 줄행랑을 놓았다. 아내는 여린 몸매로 고단한 시집살림에 남몰래 부엌에서 주책없이 흐르는 코피를 감추어야 했다.

게다가 내 알량한 주제로 산비탈에 겨우 엉덩이만 의지할 수 있는 조그만 집을 따로 장만한 탓에 세 아들을 둘러업고, 안고, 끌고, 비탈길을 비가 오나, 눈이 오나 하루에도 몇 번씩 오르내리는 모습이 꼭 우스꽝스러우면서도 애처로운 곡예사 같았다. 여자는 약해도 엄마는 강하다고 했던가.

시부모님 두 분이 약간의 시차를 두고 갑자기 병석에 앓아누워 병수발을 혼자 다 했어야 했다. 시아버지 오줌, 똥 기저귀를 갈아 드리면서도 쓰다 달다 말 한 마디 없던 아내. 어디 그뿐인가. 친정아버지가 노환으로 거동도 제대로 못하게 되니 만만한 막내딸만 그렇게 찾았던 모양이었다. 내 눈치를 봐 가며 고만고만한 세 아들을 데리고 멀리 처갓집까지 몇 번이나 차를 바꿔 타 가며 수시로 드나들었을 것을 생각하면, 나는 인색하고 매몰찬 악덕 고용주와 다름없었다. 아내는 내가 안쓰럽게 생각할까 보아 나에게 이런 사실을 숨겨 왔었다.

상황이 그러하면 남편이라도 도움이 되었어야 할 텐데 남편이 오히려 한술을 더 떴다. 직장생활 한답시고 직장에서 술을 먹고 들어와 몸도 제대로 못 가누는 것은 그래도 양반이었다. 그것도 모자라 허구한 날 친구들을 밤늦게 집으로 데려와 쩔쩔매며 없는 반찬을 다 끄집어 내 술상을 차려 주면, 친구들과 맞장구치며 "우리 아이들이 공부를 못한다."고 친구들에게 아들들 흉을 봐 아내의 시린 가슴에 대못까지 치던 못난 남편. 그래도 야속하다는 말 한 마디 없이 나를 이해하고 따라준 천사 같은 아내.

같이 길을 갈 때는 나는 미안하고 자랑스러운 마음에 아내 손을 꼬옥 붙잡고 맞잡은 손을 흔들며 걸어간다. 어린 시절 동네 계집아이와 소꿉장난 하듯이. 남부끄러워 손에 땀이 많다며, 내 손아귀에서 자꾸 빠져나가던 그 가녀린 손이 이제는 손에 실주름도 많아지고, 수줍은 땀

기도 전에 없이 말랐다. 꼬마 철인 아톰같이 장하기만 했던 아내도 어느덧 비껴갈 수 없는 세월의 힘에 포박당해 손에서 그릇이 제멋대로 떨어져 나가고, 은행통장 잔고가 항상 마이너스 대출 한도를 위협해도, 아이들이 기대처럼 번듯한 대학과 직장을 못 다녀도, 그럼에도 불구하고 가슴 한구석에서 자라나는 아내의 자신감은 오히려 하늘을 찌를 듯하다. 체구도 담금질된 살이 옹골차게 붙어 다부져 보이고, 목소리도 화통소리마냥 우렁차기만 하다. 나이 들어 당당한 모습이 얄밉도록 좋다.

과거 우리 어릴 적에 까다롭기 그지없던 아버지의 성깔 때문에 마음씨가 여리기로 한이 없었던, 막내딸로 자란 어머니가 눈물을 남몰래 많이 찍어 내곤 했다. 어머니의 그 아픈 가슴이 우리들에게도 그대로 전해져 우리 형제자매들의 눈물을 그렇게 짜냈었다. 그런데 중년에 접어든 어머니가 웬만한 아버지의 성깔에도 꿈쩍도 안 하는 것을 보고 흠칫 놀란 적이 있었다. 막내딸로 자란 아내도 이제 그 곱디곱던 마음이 팍팍한 현실생활의 고문으로 무디어질 대로 무디어진 것일까? 아내의 변화가 놀랍기만 하다. 요즈음은 아내가 나를 보는 시선이 예전 같지 않다. 아내 자신은 모를 것이나 나는 느낄 수 있다. 아내에게 내 존재감이 자식들의 그것보다 덜한 느낌이다. 아내도 심정적으로 나에게서 멀어져 가는 이즈음, 황혼 무렵으로 접어들고 있는 내 가을은 서럽게 서늘하기만 하다.

도대체 나이 든 여자들의 자신감은 어디서 오는 걸까? 미래 희망에서 온다. 남자들은 신체적으로 나이가 들어 가며 급격히 체력이 고갈된다. 과거 혈기 방장하던 때와 현저하게 다름을 느끼게 된다. 반면, 여성들은 커다란 체력 감소가 눈에 띄지 않고 오히려 호르몬의 작용으로 상대적으로 더 건강해지는 것같이 보인다. 50대 이상 중년이 되면 생활도 안정이 되어 감과 동시에 신체적으로도 체력이 뒷받침이 되어 자신감이 더욱 늘어날 수밖에 없다. 게다가 한 가지 더 확실한 요인은 자식들을 다 키워 놓은 것이다. 자식들은 엄마의 미래이다. 가장 든든한 후원자이자 보호자가 될 것이다. 예전에 아버지가 "여자는 나이 들어도 자식들이 있어 걱정 없다."고 나 들으라고 한 말씀 그대로이다.

또한 나이 든 여성의 자신감은 역할의 안정성에서도 기인한다. 남자들은 퇴직하면 직장에서 가정으로, 그 활동영역에 극적인 변화를 겪게 된다. 그러나 여자들은 본래 자기 가정 중심의 영역 본능이 매우 강하다. 처음부터 가정주부의 경우에는 원래부터 가정이 직장이었고 나이 들어서도 그 변화가 없다. 가정주부들은 집에서 생활하며 나름대로 바쁜 하루 일과를 보낸다. 남자들이 휴일에 집에서 쉬면 하루 종일 구들장 신세만 지는 것하고는 천양지차이다. 감정의 기복이 있을 리 없다. 더욱이 내 아내처럼 대가족에서 세 아들이나 나름대로 성공적으로 키우며 쌓은 생활의 노하우는 가면 갈수록 더욱 강력한 힘을 발휘할 것이다.

외식을 하다 보면 가족이 2~3세대가 함께 식사하러 나온 장면을 볼 수 있다. 유심히 그들의 행동 모습을 관찰하면 할아버지는 항상 꿔다 놓은 보릿자루처럼 그 가족 외식분위기에서 말도 못하고 어색하기만 하다. 할머니 중심으로 자식 내외와의 대화가 이루어진다. 우리 집도 머지않아 며느리들이 셋이나 들어올 것이다. 아내를 중심으로 새롭게 형성되는 새로운 역학관계는 실로 메가톤급이 될 것이다. 벌써부터 아내는 내 말투와 행동거지에 지청구가 늘어났다. 그런 식으로 하다가는 며느리 밥도 못 얻어먹을 거라고…….

마음이 변했다고 내가 불퉁거리면 이해 못할 미소로 흘려버린다. 실제로 그 곱디고운 마음이 변한 걸까? 아니다. 아내의 변심 탓이 아니라, 아내의 내조자로서의 역할이 세월에 무디어 가며 집안에서의 전반적인 역할이 자연히 더욱더 커지고 중요해지고 있는 것이다. 상대적으로 남편의 존재가치가 덜해지며 박탈감을 느낄 수밖에 없는 남편은 아내가 변한 것으로 느낄 수밖에 없을 것이다. 아내의 변심은 인류 문화적 차원에서 자연스런 현상이었던 것이다. 그렇다면 이제 곧 나는 남자로서의, 남편으로서의, 가장으로서의, 우리 집에서의 위상을 다시 정립해야 한다. 아내와 집에서의 역할을 두고 경쟁해서는 절대 승산이 없다. 그렇다면 나는 퇴직 후의 내 다른 존재 이유를 서둘러 찾아야 한다.

가족 외식에서 왕따 당한 처량한 옛 가장의 모습으로 비춰지지 않으려면…….

제 3 부

우정과 사회를 위하여

어떤 친구

취미는 '등산', 특기도 '등산.' 이것이 대학생 때부터 내 신상조사서 기록 내용이다. 당시 내 또래가 주로 기록했을 '바둑', '포커', '당구', '축구', '테니스', '야구경기 관람' 등과는 사뭇 달랐다. 요즈음 작성하라고 하면 내 또래는 틀림없이 '골프', '사교댄스' 또는 '사진'을 추가할 것이다. 나는 또 이것들과도 거리가 멀다.

만약 취미와 특기를 반드시 다르게 작성하게 했다면 내 특기는 '음주'가 되었을 것이다. 지금은 아니지만. 그러고 보니까 대학생 시절부터 얼마 전까지 내 여가 시간의 대부분을 차지한 것이 등산과 음주였다. 나이가 더 들어 가면서 최근에는 음주가 운동에게 자리를 내주었지만 말이다. 앞으로는 은사님 등살에 독서도 추가될 성싶다.

이와 같이 내 신상명세서를 통해서 볼 수 있듯이 내 인생 포트폴리오의 대부분은 등산과 음주, 그리고 최근의 운동으로 채워져 있다. 이 세 영역 중에서 등산에 대하여 반추하고자 할 때 내 머릿속에 강한 인상으로 남아 있는 사건이 하나 있다.

"근우야, 사랑해. 사랑한다!"라고 말하고 떠난 어떤 친구에 얽힌 이야기이다.

나는 대학교 다닐 때 장차 사회생활을 할 때 도움을 받을 생각으로 일반인들로 구성된 동호인 모임인 산악회에 가입했다. 육체적 건강뿐만 아니라 정신적 담력을 쌓기 위해서였다. 모임 이름은 '바우 산악회'였다. 회원들은 대부분 학창시절에 전문적으로 산악 등반 훈련을 체계적으로 받았던 사람들이었다.

나는 그 산악회에서 대학 재학 중부터 대학교 졸업 이후까지 수년 동안 매주 전문적인 암벽 등반을 하거나 혹은 전국 각지의 산들을 트래킹하면서 건강과 담력을 다졌다. 암벽 등반은 자칫하면 떨어져 죽을 수도 있기 때문에 팀원 간에 무한한 협력과 신뢰가 없으면 안 된다. 경우에 따라서는 팀 전체의 생존을 위해 자신의 목숨도 희생해야 하는 양보의 미덕이 필요한 활동이다.

취업이 되어 고된 사회 초년병 시절에는 등산은 거의 하지 못하고 산우회에만 참여했다. 어느덧 세월이 쏜살같이 흘러 나는 나이 마흔을 넘어가고 있었다. 미국에서 유학을 마치고 돌아오니 마흔세 살이 되었고 나이만큼이나 내 허리둘레도 40인치를, 몸무게는 90㎏을 넘나들고 있었다. 이대로 가다가는 온갖 성인병에 시달려 사람 구실도 제대로 못하겠다는 위기 의식을 느꼈다. 그래서 평소 음주로 단합된 친구들과 매주 등산을 다니기로 결심을 하였다.

친구들과 매주 토요일, 일정한 장소에서 사전 연락 없이도 무조건 집결해 북한산을 등산하기로 굳건히 다짐을 하였다. 모임 이름도 '북한산 산우회'로 명명하였다.

그 이후로 문자 그대로 비가 오나 눈이 오나 한 번도 거르지 않고 단 한 사람이 올라가는 한이 있더라도 북한산 산우회는 꾸준히 산을 올랐다. 그러다 보니 외부로 이것이 입에서 입으로 빠르게 퍼져 나가 우리 모임 활동이 동창들 사이에서 많이 회자되었던 모양이었다. 우리 산우회 소식을 듣고 찾아와 찬조 등반을 하거나 아예 눌러 앉아 우리 산우회 회원이 되는 일이 잦았다.

북한산을 오른지 5년째 접어들던 어느 날이었다. 한 친구가 오겠다는 말도 없이 홀연히 우리 산우회를 찾아왔다. 내 눈에는 외로움을 겪는 듯했다. 얼굴에서 웃음기가 사라진 지도 오래되어 보였다. 그래도 이 친구는 다행히도 빠른 속도로 우리 산우회 문화에 동화되고 있었다.

그런데 이 친구는 고등학교 다닐 때부터 학생들 사이에서는 가까이하기 힘든, 좀 까다로운 천재기가 있는 친구로 여겨지던 이였다. 키가 180㎝가 넘고 말과 행동이 분명해서 보통 아이들은 어울리기가 만만치 않던 학생이었다. 고등학교를 졸업한 이후 그가 밟은 화가로서의 외로운 창작의 세계에서 자신과의 혹독한 싸움에 버티기 어려웠던 모양이었다.

세월이 많이 흘렀지만 워낙 성격이 까다로운 친구라 근심하던 차에 아니나 다를까 문제가 발생하기 시작했다. 등산 행선지 등을 놓고 이 친구가 주장하는 말이 더욱 빈번하게 들리는 듯하더니, 버럭 화를 내기도 하였다. 오랜 세월 동안 음주 현장에서 그리고 북한산 등반에서 꾸준히 다져진 우리들의 독특한 단합된 문화가 이해 안 되는 부분들로 눈에 띄기 시작했던 모양이었다.

사실 나도 그런 일들이 있은 후 어느 술자리에서 이 친구로부터 오해

받을 수 있는 술 세례를 받았다. 그러나 나는 취중행동으로 대수롭지 않게 생각하던 터였다. 그런데 산악대장 격인 내가 당한 사건 이후로 우리 산우회 분위기가 사뭇 달라졌다. 이 친구를 빼 놓고 대책회의를 하여 그를 제명하자는 의견이 개진되었고 내 결심을 기다리고 있었다.

그런데 우리 산우회는 개방체제로, 토요일 정해진 시각에 정해진 장소로 누구든 오는 한, 따라오지 못하게 막을 방도가 없었다. 그 친구의 행동이 개선되기를 바랄 뿐으로, 나도 어떻게 할 도리가 없었다.

결국 우리 모임은 세 가지 형태로 나뉘어졌다. 아예 다른 등산모임을 만들어서 다른 코스 등산으로 떨어져 나간 다수의 친구들, 어중간하게 가뭄에 콩 나듯 어쩌다가 북한산 산우회에 합류하는 한두 명의 친구들, 그리고 끝까지 잔류한 한 사람, 곧 나였다. 결국 나만 왕따 신세가 된 셈이었다.

그렇게 우리 산우회가 뿔뿔이 흩어진 이후에도 나는 고집스럽게 매주 토요일이면 어김없이 같은 장소로 나갔다. 그런데 그 친구도 말없이 나와 있었다. 그 친구는 나와 아무 일도 없었던 듯이 북한산 여지저기를 함께 누비고 다녔다. 그러면서 그는 나에게 그가 살아 온 역정을 하나하나 풀어헤쳤다. 전업 화가로서 생활하면서 어려워서 아내와 헤어진 이야기, 남겨진 딸 하나를 미국에 있는 누나에게 보낸 이야기, 새로운 여자와 만나 단칸방에서 살고 있는 이야기 등등. 명문대 미대를 졸업한 실력 있는 준재답게 산에 핀 생강나무 꽃에 대한 상세한 묘사를 해 줄 때는 참으로 흥미로웠다.

그러던 어느 날 차가운 겨울바람이 매섭게 창문을 두드리던 밤, 갑자기 이 친구의 뜻밖의 죽음 소식을 접하게 되었다. 몇 주 동안 산에 나오지 않아 궁금해 하던 차였다. 장례식장으로 황급히 달려가니 우리 산우회 친구들도 모두 와 있었다. 그들 모두 아무 말 없이 내 눈길을 조용히 맞이하고 있었다. 갑작스런 간암 말기 판정으로 병원에 입원한 지 보름도 채 못 버티고 죽었다고 했다. 또다시 홀연히 우리 곁을, 내 곁을 간다는 말없이 떠나간 것이었다. 영정에서 그 친구는 오래전 웃음기 없던 모습으로 나를 쓸쓸히 내려다보고 있었다. 이상하게도 그의 그런 영정 모습이 산에서 그가 내게 보여 주었던 그의 쑥스러운 미소와 겹쳐 보였다.

이 친구와 뒤늦게 만나 같이 살던 미망인은 우리들이 보태 준 몇 푼 안 되는 부의금을 모두 모아 고아원에 기부하고, 그 친구의 시신마저 해부실습용으로 의대에 기증하였다. 생전에 그 친구의 뜻이었을까.

그 친구는 우리 산우회 친구들 모두에게 깊은 여운을 남기고 떠나갔다. 우리는 앞으로도 내내 그 친구와의 관계의 숙제를 풀어야 할 것이다. 나에게는 숙제 하나가 더 있다. 나와 그 친구 단둘이서 북한산을 외로이 헤맬 때 그가 산 아래 세상에서 찌들대로 찌든 숨을 거칠게 몰아 내쉬다가 쑥스러운 미소를 지으며 뜬금없이 내게 외친 한마디도 함께 말이다.

"근우야, 사랑해. 사랑한다!"

머쓱해 답변도 못하고 어색한 표정만을 지었던 내가 한없이 못났었다는 생각이 든다. 그 친구는 얼마나 그에 대한 답을 내게서 듣고 싶었을까? 용서하게, 이 못난 친구를…….

그 친구가 그렇게 우리들을 떠나가고 우리 친구들은 또다시 북한산을 오르고 있다. 마치 어제 뜬 태양이 오늘 다시 떠오르듯이…….

봉이 김선달

옛날 땅이 많은 어느 부자 노인 두 명이 있었다. 이 부자 노인들은 자신의 땅을 가지고 후손들이 열심히 일해 계속 번창하며 잘살기를 원했다. 고민 끝에 한 노인은 그 땅을 자식들이 모두 똑같이 나누어 갖고, 서로 거래를 허용치 않고 자기의 능력과 관계없이 항상 똑같이 공동 소유토록 했다. 다른 노인은 그 땅을 자식들이 처음에는 모두 똑같이 나누어 갖되, 서로 거래를 허용하여 자기의 노력과 능력에 따라 소유토록 했다. 두 노인의 후손에 대한 사랑하는 마음과 잘살게 하려는 목적은 같았으나 그 방법에서 차이가 있었던 것이다. 두 노인이 죽고 세월이 많이 흘렀다. 거래를 허용하지 않은 노인네 후손들은 서로 꾀를 내어 누가 더 일을 적게 하며 잘살까 궁리하며 서로 헐뜯고 싸웠으며, 거래를 허용한 노인네 후손들은 서로 누가 더 땀 흘려 일을 많이 하여 다른 사람 소유의 땅을 더 살까 고민하며 자기 자신과 싸웠다. 두 노인 간의 유일한 차이점은 '거래를 허용하였느냐, 아니면 금지시켰느냐'였다. 이 원리를 가장 잘 이용한 것이 재산을 잘게 쪼개어 무수한 후손들이 거래에 참여토록 한 것으로서 이것이 바로 주식 거래이다.

현대인들 중에서 주식에 대하여 모르는 사람은 거의 없을 것이다. 심지어 주식에 대하여는 통 모를 것 같은 아녀자들도 주식에 대하여 얘기를 나누는 것을 보면 주식이 웬만한 성인들에게 보편화되어 있다는 느낌이다. 나도 예전에 대학교를 졸업할 무렵 약간의 용돈이 있어서 공부 삼아 주식 거래를 한 적이 있었는데 나는 대학에서 경영학을 전공하지를 않아서 그런지 기업에 대하여는 도무지 문외한이었다. 그때 약간의 주식투자를 하면서 수익과 관계없이 기업들의 특성에 대하여 공부하는 기회가 되어 유익했다.

대학을 졸업한 이후 기업과는 거리가 먼 공적 분야에서 일을 하다 보니 자연히 주식에 대하여는 더욱 알 필요도 느끼질 않아서 주식을 하지 않았다. 그런데 만약 내가 주식에 관심이 많았다면 주식의 성격상 하루에도 수시로 등락이 발생하기 때문에 틈만 나면 주위 증권회사 객장에 나가서 전광판에 표시된 주식 시황을 확인하려 들었을 것이다. 그리하여 주식을 통해서 많은 돈을 벌었을는지는 모르겠으나 회사 일에 전념하기가 쉽지 않았을 것이라는 생각은 든다.

1990년대 말에 우리나라에서는 주식 붐이 일어 너도 나도 주식에 투자하는 분위기이었다. 아마도 우리나라 기업들이 그동안 자산이나 경영능력 등이 저평가되어 있었기 때문에 곧 정상화되면서 주식의 가치가 오를 것이라는 소문이 돌며 평소 주식을 모르던 일반시민들도 뒤질세라 빚을 내서 주식을 사들였던 탓도 컸다.

나같이 소심한 사람은 그래도 주식에 투자하지 않았다. 당시에 공기업들이 민영화되면서 일부 자산 가치를 주식으로 공개하였는데 이를 공모주라고 하여 일반인들에게 매각을 하였었다. 포항제철이라든가, 한국전력이 이에 해당했다. 이런 기업들의 공모주는 누구나 사 두면 이득을 예상할 수가 있었기에 동네 할머니들의 취득자격도 그 자식이 명의를 빌려서 투자를 할 정도였다. 그런데 이러한 공모주는 누구나 전 국민이 신청했기 때문에 정작 개인에게 할당되는 주식 수는 고작 2~3주에 불과했다. 즉, 투자 가치가 없었다는 뜻이다.

같은 공모주라고 하더라도 모두 안전한 것은 아니었다. 동화은행이라고 예전에 새로운 은행이 신설되었는데 이 은행에서 이북이 연고인 사람들에게 주식을 공모하였다. 은행은 안전할 거라는 생각으로 개인 할당 분량만큼만 공모주를 소유하고 있었는데 나중에 미국에 유학차 몇 년 거주하는 동안 까맣게 잊고 살다가 한국에 돌아와서 소문을 들으니 동화은행이 망해서 그 주식들이 모두 휴지 조각이 되었다는 것이었다. 그러니 나는 더욱더 주식투자에 대하여는 관심과 애정을 가질 수가 없었다. 더군다나 주위 사람들이 주식투자를 하였다가 크게 손해를 보아 집 한 채를 날렸다고 하는 바람에 더욱 겁을 먹고 주식은 가까이도 하지 않았다.

그러나 이론적으로 주식은 자본주의 사회에서 기업을 경영하기 위한 자본금을 확보할 수 있는 효과적인 수단이기 때문에 기업을 운영하는데 필수 요소이다. 무수한 일반 국민들이 소액을 투자하여 큰 기업을 이룰 수가 있어 국가 경제발전을 위해서도 주식투자가 활성화되어야만 한다. '흩어지면 죽고 뭉치면 산다.'는 말처럼 자본도 한데 뭉쳐서 유용하게 쓰일 때에 국가 경제발전에 기여할 수가 있는 것이다. 따라서 자본주의 시장경제 질서에서 가장 핵심적인 요소의 하나이다.

그리고 주식투자는 현대사회에서 개인의 재산을 분산 투자하는 중요한 수단의 하나이다. 자산관리의 지침에 '나의 자산을 한 곳에 집중 투자하기보다는 여러 곳에 분산 투자하여 위험 부담을 분산시켜라.'라는 조언이 있다. '계란을 한 광주리에 담아 두지 말라.'는 속담과 동일한 취지이다.

또한 주식투자는 자산 증식의 중요한 수단이기도 하다. 은행 의 정기 적금 등 예금이 그 이식의 발생으로 원금의 규모가 점차 불어나듯이, 또 부동산 투자도 세월이 흐르면서 화폐가치의 하락 및 토지 효용가치의 증가로 부동산의 가액이 증가하듯이, 주식투자 역시 기업의 자산 증가 및 영업 수익 확대 등으로 그 평가액이 해가 감에 따라 늘어나기 때문에 일반인들의 주요 투자처가 될 수 있다.

이렇듯 개인적인 미시경제 차원에서든 국가 경제의 거시적인 차원에서든 주식투자의 확대는 바람직한 현상임에는 누구도 부정할 수 없다. 특히 우리나라와 같이 자산 포트폴리오에서 부동산이 차지하는 비중이 다른 국가에 비하여 현저하게 높은 나라에서는 건전한 자산 분산 투자 측면에서도 국가적으로 권장하여야 할 투자요령이기도 하다.

문제는 주식 거래를 통하여 부자가 되는 사람이 있는 반면에 망하는 사람도 있다는 것이다. 이것은 큰 땅을 물려준 조상을 원망할 수도 없는 본인의 능력 탓이므로 어디다 하소연할 곳도 없다. 자기 자신이 자율적으로 책임지고 판단할 일이다.

어떤 이들은 주식투자를 재산 증식의 수단으로만 이용하는 것이 아니라 생계 수단으로 활용하기도 한다. 이것은 주식의 가치가 수요공급의 원칙에 따라 하루에도 수시로 등락이 이루어지며 또 주식 소유자는 언제든 봉이 김선달이 대동강 물을 팔아먹듯 이 주식을 매각할 수 있도록 만든 제도 때문에 가능한 일이다. 즉, 가격이 떨어졌을 때 매입하고 이를 다시 가격이 올랐을 때 매각을 하면 그 차액이 발생하는 것이다. 소위 기관 투자자들은 전문적인 기업 정보를 바탕으로 정교하게 고안된 주식거래 프로그램을 이용하여 거래하기 때문에 개인 투자자들보다는 유리한 입장에 있을 수 있다. 개인 투자자들이 모두 불리하다고 단정 지을 수는 없지만 유념해야 할 일이다.

봉이 김선달이 대동강 물을 팔아먹은 것과 같은 기발한 아이디어로 등장한 주식이라는 제도가 현대 자본주의 국가들이 경제적으로 크게 발전하는 데 획기적으로 기여하였음은 틀림없는 사실이지만 그 그늘에는 수많은 봉이 김선달에게서 골탕을 먹은 상인들이 있음을 깨달아야 한다. 주식을 통한 부의 축적과 손실의 차이는 개개인의 분별력과 자제력에 달려 있으니 옛 조상의 뜻을 잘 살펴야 할 것이다.

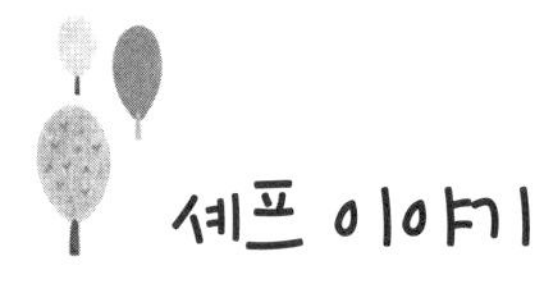

셰프 이야기

미국에 잠시 연구원으로 가 있을 때의 일이다. 같은 연구원에 종사하는 미국인들과 가끔 외부로 식사를 하러 가면 이들이 즐겨 하는 대화 주제가 음식 이야기, 요리사 이야기, 그리고 식당 이야기였다. 미국에 와 있는 유학생들이나 그곳 현지에 사는 교포들과 만나서 이야기하면 우리들끼리 주로 나누는 대화 주제는 단연 골프 이야기, 구경거리, 그리고 쇼핑 이야기였다.

요즈음은 우리나라 TV에서도 어느 채널을 돌리나 모두 음식 이야기, 요리사 이야기, 그리고 식당 이야기이다. 예전에 사람들이 사업구상을 하려면 선진국을 다녀와야 한다고들 했다. 시간 차이만 있을 뿐이지 결국은 선진국에서 유행하던 것이 국내에도 상륙해서 일대 광풍을 일으키며 젊은이들의 호주머니를 가볍게 한다는 것이었다. 청바지가 그랬고, 전문 커피숍이 현재 대유행을 하고 있고, 또 서서히 미국의 할로윈 축제 문화가 속속 상품화 채비를 하고 있다. 그런 맥락에서 소위 셰프 문화도 이미 국내에 상륙한 것 같다.

내가 그때 미국인들과 대화를 나누면서 그들이 셰프 누구누구는 어떻게 살았고, 취미가 뭐며, 지금은 어느 식당에서 일하고 있다는 등 유명 정치인도 아니고 요리사를 가지고 마치 영웅이나 되듯이 줄줄 스토리를 꿰고 있고 또 이를 흥미롭게 들어 주는 모습을 보고 사뭇 의아해했었다. 대학 총장도 지냈고 대학 소속 국제 연구소에 소속되어 전문적인 학술 및 정책연구에 종사하고 있으면 미국 사회에서도 최고 엘리트 계층에 속할 텐데 그들의 대화 주제가 고작 와인 이야기, 음식 이야기 그리고 영웅같이 묘사하는 요리사, 셰프 이야기란 말인가? 도저히 이해할 수 없는 일이었다.

그런데 이게 웬일인가. 그런 경험이 있은 지 10년도 채 못 되어 우리나라에서도 틈만 나면 요리사, 음식 이야기를 하고 있는 것이 아닌가? 이러한 현상은 우리만이 아니라 프랑스나 일본 등지에서도 마찬가지라고 한다. 어린아이들 미래 희망을 조사해 보아도 요리사가 대세이다. 우리 어릴 적에는 상상도 못할 일이었다. 우리 사회도 이제 선진국들처럼 학벌이 무너지고 어떤 분야에서든 최선을 다하면 자긍심과 존경을 받을 수 있는 선진 사회가 되었음을 방증하는 것이다. 실로 지난 산업화, 민주화 과정을 거치며 바라고 또 바랐던 사회상이다. 이제 비로소 다양성이 존중받는 다양화 사회로 나아가고 있는 것이다. 각자의 서로 다른 색이 어울려 아름다운 조화를 이루는 무지개 사회인 것이다.

나는 개인적으로 음식을 신성한 것으로 여긴다. 하늘이 내려 주고 인간의 땀이 맺힌 거룩한 산물이라고 생각한다. 그래서 나는 직장 구내 식당에서 배식을 받으면 쌀 한 톨, 김치 한 조각도 남기지 않고 깨끗이 비운다. 사람들은 나를 대식가로 평가하지만 실제로는 대식가라기보다는 적당한 양의 음식을 남기지 않고 처리하는 음식 진공청소기이다.

일반 식당에 가서 음식이 남으면 웬만하면 싸 달라고 해서 집에 가지고 온다. 남자 체면이 손상된다고 할지는 모르나 요즈음에는 식당에서도 남은 음식을 싸 달라고 하면 눈치 주는 일은 없다. 그들도 아깝게 모두 쓰레기통으로 들어가는 것보다는 싸 가지고 가는 것이 낫다고 여기는 것 같다. 미국에서 미국인 집에서 자취할 때에 집 주인 내외와 종종 같이 외식을 하러 나갔는데, 남은 음식을 스스럼없이 꼭 싸 가지고 오는 것을 목격할 수 있었다. 마치 음식을 남기는 것은 사회적으로 지탄을 받는 일 같은 인상이었다. 잘사는 미국인들이 일상생활에서도 우리들보다 훨씬 더 알뜰하다는 것을 느낄 수 있었다. 우리가 본받을 일이다.

나는 우리나라가 못사는 나라였기 때문에 우리의 음식들도 외국 음식에 비하여 그 품격이 떨어진다고 자기비하적으로 생각했다. 김치가 그렇고 특히 된장이 그런 줄 알았다. 특히 냄새나는 홍어는 더욱 그랬다. 그런데 그것이 아니었다. 내가 평소에 음식을 대하는 자세 그대로, 전 세계 인류 어느 누가 먹는 음식이든 모든 음식은 신성한 것이다. 사람 사이에 귀천이 따로 없듯이 음식도 마찬가지이다. 만약 어느 누구든 자기가 안 먹는, 낯선 이방인이 먹는 음식이라고 이를 멸시한다면 그 사람은 인종도 차별할 사람이다. 국제적 소양을 갖춘 예의 바른 사람이 아니라고 보아야 할 것이다.

그렇지만 음식을 먹는 태도는 그렇지가 않다. 음식을 먹는 자세는 그 사람의 품격을 나타내므로 내국인이든 외국인이든 함께 먹을 때는 특히 유의해야 한다. 우리나라에서도 음식을 먹는 모습을 가지고 예부터 엄격한 예의범절을 가르쳐 왔다. 우리 어렸을 때 부모에게서 배운 바는 이렇다. 똑바로 앉아서 조용히 얌전하게 음식을 먹어야 한다. 소란스럽게 떠들어서는 안 된다. 음식을 먹으며 입을 벌려 이야기를 해서는 안 된다. 음식을 흘려서도 안 된다. 음식을 갖고 돌아다니며 먹어서도 안 된다. 음식을 저작할 때에는 입을 다물고 소리 없이 조용히 먹어야 한다. 쩝쩝 소리를 내어서는 안 된다. 자기 밥은 남김없이 깨끗이 다 먹어야 한다. 다른 사람이 젓가락질을 할 때에는 그것이 끝날 때까지 기다려야 한다. 젓가락질을 올바르게 배워야 한다. 음식을 먹을 때는 밥알을 세듯이 먹어서는 안 된다. 복스럽게 맛있게 먹어야 한다. 어른이 먼저 수저를 들고 음식을 뜨기 전에 내가 먼저 음식을 집어 들어서는 안 된다. 손으로 음식을 집어 먹어서는 안 된다. 수저로 그릇과 부딪히는 소리를 내어서는 안 된다. 사람들 앞에서 소리 내어 코를 풀어서도 안 된다 등등이다.

외국에 나가서도 우리나라의 이와 같은 식탁 예절을 배운 사람은 아무 문제가 없을 것이다. 서양 사람들하고 음식을 먹을 때는 '트림을 하지 않아야 한다.'는 것 하나 정도가 더 추가될 것이다. 우리나라에서도 이는 마찬가지이지만 서양 사람들은 상대방이 음식을 먹으며 트림을 하면 여간 불쾌하게 생각하지 않는다.

또 한 가지 세심한 유의가 필요한 식사 예법이 있다. 요즈음은 나라가 부유해지면서 음식을 다양하면서도 푸짐하게 준비해서 먹으니 이런 일이 발생할 일이 드물겠지만 예전에는 식사 중에 분위기를 어색하게 만들곤 하던 일이 있었다. 집안 형편상 밥상에 올리기 쉽지 않은 찬이 올라오는 경우이다. 어릴 때 일이었다. 어머니는 아이들에게 먹이고 싶은 마음에 어렵게 밥상 위에 올려놓은 불고기 한 점을 내 밥그릇 위에 얹어 주었다. 나는 오히려 항상 자식들에게 양보만 하는 어머니가 안쓰럽다는 생각에 다시 그 고기를 어머니 밥그릇 위에 얹어 드렸다. 어머니는 아버지의 눈치를 조심스레 살피며 조용히 다시 나에게 건넸다. 그러는 실랑이가 아버지에게는 아버지의 경제적 무능을 탓하는 것으로 비춰져서 아버지의 심사를 불편하게 했음은 불을 보듯 했다. 결국 아버지의 자조 섞인 불호령이 떨어졌다.

"조용히 자기 밥이나 먹어!"

나는 지금도 세 사람 중에서 누가 잘못을 한 것인지 자신 있게 판단할 수가 없다. 내 생각에는 아무도 잘못한 사람은 없는 것 같다. 단지 어머니의 자식 사랑이 컸고, 가난했던 탓이 아닐까 한다.

우리의 셰프들이 앞으로 한류 바람을 타고 우리의 음식을 세계만방에 알리는 날이 곧 오리라고 본다. 음식은 그 나라의 육체라고 한다면, 음식 예절은 그 나라의 정신이다. 단지 음식 솜씨만으로 국위를 선양하는 것보다는 우리의 정서와 혼을 담은 식사 자세와 품격도 널리 알려질 수 있도록 하는 데 우리의 자랑스러운 셰프들에게 기대해 본다.

나의 정원

동이 트며 북한산을 돌아 백악산 팔각정 위로 아침 해가 방긋 얼굴을 내밀면서 내 얼굴을 간질이면 나는 못이기는 척 잠에서 깨어난다. 아침이면 우리 집 동쪽 울타리를 타고 올라와 빠끔히 내 잠든 모습을 훔쳐본다. 밉지 않은 분홍빛 둥그런 얼굴의 아가씨는 언제 보아도 싱그러워 가슴을 설레게 한다. 여름이면 창문 바로 앞 나무에 이름 모를 새들도 날아와 아침 해님을 거들어 준다. 아침 해의 동업자 자명종이다. 날이 추워지면 북한산 너머에 사는 이 예쁜 해님 아가씨도 게을러진다. 나를 깨우러 담을 넘어 오는 시각도, 위치도 한 뼘씩 점점 늘어진다. 그래도 하루도 거르는 일은 없으니 듬직한 아가씨이다.

이 아가씨는 대담하기까지 하다. 내가 아침 샤워를 할 때 부끄러워 동쪽으로 난 조그만 창문을 닫으면 어떻게든 비집고 들어와 나를 훔쳐보려고 애쓴다. 못 말리는 아가씨이다. 나는 이 아가씨와 함께 같은 북한산 자락에서 살지만 그중에서도 지팡이 손잡이 끝부분에 보금자리를 틀었다. 그러니 우리는 같은 북한산 위에 사는 이웃지간이다. 아침이면 산 넘어 우리 집에 놀러 와서는 실컷 놀다가 어스름에 놀라 우리 집 뒤꼍으로 꽁무니를 뺀다.

나는 북한산이 좋아서 일부러 북한산이 훤히 올려다 보이는 이곳, 북한산의 끝자락 구기동에서 살고 있다. 북한산이 인왕산과 홍지문으로 맞닿은 곳에 살고 있지만 이곳도 높이가 만만치 않다. 상명대학교와 같은 공간을 사이좋게 나누어 사용하고 있는 우리 집도 작은 산봉우리의 9부 능선 정도는 되니 평창동 주택들처럼 고지대에 위치하고 있는 것이다.

이곳으로 이사 오기 전에는 인왕산 밑 홍지동에서 살았는데 큰 비만 오면 부엌으로 빗물이 차올라서 자다 말고 바가지로 물을 퍼 날라야 했다. 그때는 우리 집 강아지도 눈비비고 일어나 우리를 거들어 주었다. 한 번은 직장에서 저녁 회식으로 거나하게 술에 취해 와서 깊은 잠에 빠져들었는데 그 밤에 홍두깨 비가 우리 마을을 습격했던 모양이었다. 비몽사몽간에 아내가 강아지와 함께 물과 사투를 벌이고 있는 모습이 어렴풋이 느껴졌지만 무거운 내 몸을 추스르지 못했다. 지금도 가끔 비 오는 날이면 그 기억이 내 마음을 무겁게 짓누르곤 한다.

이제 작은 산이라도 꼭대기로 이사를 왔으니 온 서울이 홍수로 잠기어도 우리 집은 물에 잠길 염려가 없다. 밤에 빗소리를 들으며 침대에 들어도 잠자리가 항상 평온하여 좋다. 그렇다고 모질게도 비가 많이 와서 서울 장안이 물에 잠기어도 좋다는 뜻은 아니다. 재미있는 것은 물에서 해방되니 이제는 눈이 우리를 괴롭힌다. 택시를 타고 집까지 오는 길이면 운전기사가 염려스런 목소리로 "눈이 오면 여기는 어떻게 올라오나요?" 하고 걱정을 해 준다. 참 우리나라에는 인정 많은 기사들도 많다. 그러면 나는 "그래서 공기가 좋답니다." 하고 기사의 걱정을 덜어 드린다. 이렇듯 좋은 점이 있으면 또 그것으로 인하여 불편한 점이 있는 법이다. 마치 아이스크림 장수와 우산 장수 두 아들을 둔 어머니처럼 말이다.

밤사이 함박눈이 펑펑 온 동네를 잠재운 어느 날 아침, 나는 남자 체면을 무릅쓰고 비탈길을 한 발로 버티면서 다른 한 발을 천천히 끌어내리면서 눈길을 걸어서 내려가고 있었다. 내 바로 앞에서 한 아낙이 먼저 내려가고 있었다. 그런데 그 아낙은 온 동네 사람이 다 들을 수 있을 정도의, 필요 이상 큰 목소리로 말을 하며 걷고 있었다. 호기심이 들어 유심히 살펴보니 등에는 어린아이를 포대기로 업고 있었고, 오른쪽 어깨에는 커다란 짐을 둘러메고 양손에는 또 다른 아이를 안고 있었다. 아! 이 어머니는 겁먹지도 않은 자식들에게 짐짓 아무렇지도 않다는 듯이 이를 악물고 용감한 말투로 자신의 가련한 처지를 물리치고 있었던 것이었다. 어린 시절 어머니의 모습이 눈에 선하였다. 그 여인의 삶에 대한 용기에 찬사를 보냈다.

그런데 내가 이 동네에 둥지를 튼 진짜 이유는 따로 있다. 우리 집에서 5분만 내려가면 북한산 구기동 입구에 닿는다. 주말이면 오색 단풍의 등산객들로 온통 출렁인다. 이곳을 거쳐서 북한산에 오르면 향로봉, 비봉, 그리고 대남문에 다다를 수 있다. 북한산은 원형으로 생겼기 때문에 이쪽 서남 방면을 통하여도 북한산성이든 백운대든 어디라도 닿을 수 있다. 시간이 문제인 것이다.

다시 말해서 북한산 전체가 우리 집 바로 앞에 있다는 뜻이다. 나는 농담으로 이 커다란 북한산이 우리 집 앞 정원이라고 소개한다. 내가 소유하고 있는 정원이라고 말이다. 그런데 내가 혼자 보기에는 너무 아까워서 다른 사람들도 무상으로 와서 관람하도록 허용하고 있다고 말이다. 나는 졸지에 인심 넉넉한 봉이 김선달, 동네 아저씨가 된다. 북한산 자락 이름 없는 작은 봉우리 꼭대기에 둥지를 틀고 살고 있지만 인심 좋은 우리나라 최고 부자인 셈이다. 더 이상 부러울 것이 있을 리 없다. 서울 시내에 땅 한 조각 갖기 어려운 판에 나는 무려 일 년이면 약 500만 명이 무료로 관람하는 78.5㎢에 달하는 어마어마한 면적의 정원을 내 앞마당으로 소유하고 있으니, 우리 부모님에게 좋은 팔자로 태어나게 해 주어 그저 감사할 따름이다.

어떤 때는 나이 들어 잠에서 일찍 깨어 두 눈만 말똥말똥 하다가 창 너머 아가씨가 궁금해지면 내가 먼저 찾아 나선다. 구기동 등산로 중 어디든 찾아들어 한참을 걷다 보면 나를 제일 먼저 반기는 것이 어느 부지런한 거미가 밤새 뽑아 놓은 새 명주실이다. 얼굴에 가만히 감기는 느낌이 상쾌한 가을 아침 이슬 같다. 수십 년을 길이 닳을 정도로 다니는 길이라 웬만큼 어두워도 발에 차이는 돌부리 하나 없다. 포금정사 터 너른 바위에 잠시 걸터앉아 숨을 고르면 게으른 해님 아가씨가 미안한 듯 얼굴을 빠끔히 내민다. 온 산에는 구경 나온 손님 하나 없다. 지나간 날에 수많은 손님들이 다녀가며 혹시라도 나무 하나 다쳤나 싶어 주위를 두리번거리며 산을 넘어 가면 모든 나무들이 내게 걱정 붙들어 매어 놓으라고 말을 건넨다. 그래도 내가 제일 걱정하는 것은 간간히 눈에 띄는 쪼개진 슬레이트 조각들이다. 석면으로 만들어져 있기 때문에 찾아오는 손님들에게 큰 해가 될 수 있다. 예전에 철거된 절터에서 간간히 돌무덤 밖으로 삐져나오는 조각들이다. 준비해 간 비닐 봉지에 주섬주섬 담는다.

북한산은 우리 당대만의 산은 아니다. 지질학자들은 1억 7천 년 전에 생성되었다고 한다. 셀 수 없는 많은 세대가 앞서 이곳을 찾아왔으며 이후로도 수많은 세대가 이곳을 찾아올 것이다. 다른 명산들처럼 한나절 이상을 차로 이동해야 당도할 수 있는 곳도 아니다. 도심 속에 이렇듯 아름답고 웅장한 명산이 있는 것도 드물다고 한다. 이웃사촌처럼 한 공간에서 같은 공기를 마시며 함께 살아 움직이는 가까운 친구이다. 가까울수록 조심하라고 하지 않았던가. 말 한마디, 행동거지 하나 올바르게 하지 않으면 이 친구는 언제 우리 곁을 떠날지도 모른다. 내가 산에 오르면서 가벼이 막걸리 한두 잔으로 싸구려 기분을 사는 것을 싫어하는 이유이다.

새벽 댓바람에 정원 한 바퀴 짧은 길로 돌아 집에 돌아오면 아내가 아침밥을 지어 놓고 나를 기다리고 있다. 바람기 있는 남편은 분홍빛 둥그런 아가씨를 은밀하게 만나고 왔는데 그것도 모르는 눈치이다. 사나이 인생이 이 정도면 부럽지 않으랴.

여행

계절이 가을 들녘의 벼 이삭처럼 익을 대로 익어 축축 늘어진다. 은행나무 가로수에서는 노랗게 익은 세월이 작은 바람에도 우수수 무너져 내리고 있다. 이제 일 년 농사의 끝을 알리는 정기국회가 마무리되면 홀가분한 마음으로 해외여행을 다녀오려고 한다.

직장생활을 하면 늘 하는 일이라 할지라도 마디가 있어서 좋다. 한 마디를 열심히 끝마치고 나면 다음 마디가 시작되기 전에 숨 돌릴 틈이 있어서 좋다. 생텍쥐페리의 어린 왕자가 말하는 '사막이 아름다운 것은 어딘가에 샘이 숨어 있기 때문이다.'라는 시적 궤변보다는 차라리 '삶이 아름다운 것은 언젠가 여행을 떠날 수가 있기 때문이다.'가 더 공감을 일으킨다.

여행하기 정말 좋은 계절이다. 온 세상천지가 장난기 어린 화가가 마치 물감을 온통 끼얹어 놓은 것 같다. 가을 색깔은 나이가 들면 들수록 더욱 마음이 끌린다. 자연이 주는 최고의 성찬이 끝나기 전에 마음에 드는 이와 함께 여행을 다녀와야겠다.

만추

세월 따라
벗겨지는 자연의 아름다움
가을의 화려함이
나이 따라 서럽게도
더욱 그윽하다.

광화문
은행나무 가로수길
수많은 인생에게
노란 세월이 우수수
무너져 내린다.

야속한 바람은
쉬어 갈 줄도 모른다.

여행은 역시 머릿속에서 모든 상념을 깨끗이 비운 상태에서 홀가분한 마음으로 떠나야 제맛이 난다. 무거운 임무를 띠고 떠나거나 마음속 한구석 미진한 업무에 대한 부담감을 안고 떠나는 여행은 발걸음을 무겁게 할 뿐이다. 가급적 휴대전화도 꺼 놓은 상태에서 온전히 여행에만 빠져들어야 여행다운 여행을 기대할 수가 있다.

최근에 나는 일본을 생애 처음으로 다녀왔다. 물론 미국, 중국, 유럽 등지는 벌써 다녀온 경험이 남 못지않게 쌓여 있다. 일본은 흔히 우리들에게 '가깝고도 먼 이웃 나라'라고 소개되어 있다. 우리나라와는 유난히도 얽히고설킨 애증의 역사가 깊은 나라라서 선뜻 업무에 지친 심신을 훌훌 털어 버리고 싶은 휴양지로 선택하고픈 마음이 내키지 않았었다. 그래도 이미 몇 차례 다녀온 경험이 있는 동료가 극구 추천하여 크게 마음이 내키지는 않았지만 직장 동료들과 함께 다녀오게 되었다. 다녀와서 내가 일본에게서 받은 느낌은 '비슷할 것 같으면서도 다른 이웃 나라'였다.

역시 여행은 배우는 것이 참 많은 활동이다. '백문이불여일견百聞而不如一見'이라고 했던가. 책으로 수십 번을 읽고 들은 것보다 직접 가서 한 번 보고 겪은 것만 못했다. 일본에 대한 내 느낌뿐만 아니라 사고의 깊이도 한층 더 깊어지는, 정말 아깝지 않은 멋진 여행이었다. 오래도록 기억에 남고 내 사고 체계에도 큰 영향을 줄 것 같은, 소득이 많은 여행이 되었다.

외국 여행을 하다 보면 나라마다 참 독특하면서도 다양한 문화를 지니고 있음을 느끼게 된다. 이러한 상이한 문화를 접하면서 신기한 호기심이 드는 것만이 아니라 이처럼 다양한 문화들이 각자 고유함을 유지하며 존속되고 있다는 것이 여간 대견하고 고마운 것이 아니다.

만약 이러한 다양성이 파괴되어 어디를 가나 단일하고 획일적인 문화만 있다면 인간의 삶이 얼마나 무료하고 무의미해질까 하고 생각하게 된다. 여행이 흥미롭고 가치 있는 활동이 될 수 있는 근본적인 이유가 여기에 있다. 언제든 여행의 참맛을 맛볼 수 있도록 각자의 고유성을 존중하고 이를 유지 발전시킬 수 있도록 하는 인류의 세심한 배려가 필요하다는 생각이 든다. 20세기가 표준화, 효율화, 대량화의 가치에 매몰되었다고 한다면 이제는 우리 인류도 21세기에서는 개별화, 다양화, 개인 존엄화의 가치를 모두 함께 추구해 볼 것을 기대해 본다.

여행의 매력은 비단 외국여행을 통해서만 얻을 수 있는 것은 아니다. 내가 항상 느끼는 것은 국내 어디를 가도 '여기에 이런 곳이 다 있었구나!' 하고 놀라움을 금치 못한다는 것이다. 요즈음은 우리나라 경제가 부강해져서 국민 소득도 올라 개인적으로 해외여행도 많이 하지만 그렇다고 국내 여행을 무시할 수는 없다.

여행이란 본질적으로 익숙한 곳에서 낯선 곳으로 이동을 하여 정서적으로, 그리고 정신적으로 새로운 자극을 받는 행위이다. 인간은 반복된 일상생활에서는 새로운 자극이 없어서 발전이 없다. 단지 기계적으로 움직이며 연명을 하고 있을 뿐이지 감정은 굳어가고 있는 것이다. 인간은 나이가 들어가며 더욱더 감수성이 무디어지기 때문에 병리학적으로 더 나쁘게는 우울증으로 발전할 가능성도 있다.

그러므로 우리는 우리의 두뇌를, 그리고 마음을 외부의 자극에 예민하게 반응할 수 있도록 항상 말랑말랑하고 부드러운 상태로 유지하는 것이 좋다. 어린아이들처럼 조그만 외부의 변화에도 섬세하게 반응할 수 있는 상태를 유지하기 위해서는 일부러라도 가슴이 설레는 자극에 수시로 노출될 필요가 있다. 그러기 위해서는 내가 항상 보아 오던 익숙한 주위에서 멀리 떨어져 색다른 장소, 나와 다른 사람들, 그리고 내가 일찍이 해 보지 못한 낯선 경험들을 직접 마주해 보아야 한다. 이것이 여행의 목적인 것이다.

어차피 인생 자체가 이승에서의 여행이라고 한다면 우리는 반려자와 함께, 가족과 함께, 그리고 가까운 친구들과 함께 이 여행을 아름답고 다채롭게 수를 놓아야 한다. 이승을 떠나는 순간 자연이 우리에게 선사한 많은 놀라운 볼거리를 접해 보았고, 아름다운 생각을 지닌 많은 사람들을 만나 보았으며, 가슴 벅찬 경험을 많이 쌓았노라고 자랑스럽게 말할 수 있어야 하지 않겠는가?

이 인생에서의 여행을 통하여 우리 모두 여행의 참맛을 언제든 풍요롭게 맛볼 수 있도록 하자.

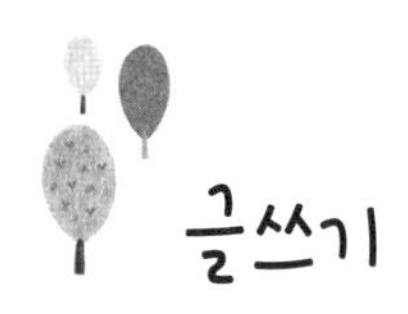

글쓰기

한 직장에서 근무하던 몇몇 인사들을 퇴직 후에도 조그만 모임으로 종종 만나고 있다. 나는 아직 현직에 있지만 다른 분들은 모두 다른 직장에서 다행히 임시 계약직 자리를 구해 마지막 봉사를 하고 있다. 우리는 삼 개월에 한 번 꼴로 시내 한적한 골목에 위치한 오래된 한옥의 한정식 식당을 일부러 골라서 만난다. 우리의 낡은 모습과 닮아서일지도 모른다. 과거 직장에서의 지나간 우리들의 추억거리, 떠나온 직장에서 후배들이 만들어 내는 이야기, 그리고 개인을 둘러싼 신변 이야기들이 주로 밥상 위의 정갈한 어머니 맛 음식과 더불어 버무려진다.

사회 돌아가는 시사문제도 우리 테이블에 오르지만 상식적인 수준 이상의 반향을 불러일으키지는 않는다. 그래도 감칠맛이 있고 생동적인 것은 개인적인 경험담을 나눌 때가 사람들의 이목을 많이 끈다. 경제적인 문제가 역시 우선이다. 노후에 어떻게 살 것인가, 귀가 모두 쫑긋한다. 모두들 최소한 국민연금의 수급 대상이기 때문에 절박한 상황은 아니나, 어떻게든 적으나마 부수입을 얻고 싶어 한다. 만만한 게 부동산 중개사다. 늦은 나이에도 다시 중개사 자격시험을 보겠다고 벼른다.

다음 단골 메뉴는 노후 취미생활이다. 어떤 이는 요즘 색소폰을 배우고 있다고 하고, 어떤 이는 영화 감상에 흠뻑 빠져 있다고 한다. 최근에 거리에서 연주한 이야기, 최근에 관람한 영화에 대한 품평회를 한다. 모두들 흥미로워들 하지만 여전히 무엇인가 시원한 샘물 같은 것을 갈구하고 있는 인상이었다. 밥상에 오른 취미활동을 덩달아 취하기에는 어울리지 않거나 성에 차지 않을 것 같다는 눈치였다. 나름대로 사회에서 낮지 않은 지위에 있었고 고등교육 이상을 받은 지식인으로서 짧지 않을 노후를 의지하며 자신의 고상한 정서적 갈증을 해갈해 줄 취미거리에 목말라 계속 허공을 헤매고 있는 인상들이었다.

아직 현직에 있는 나는 운동 이외에는 특별히 주목받을 취미 생활이 없다. 그럼에도 불구하고 내가 의미심장하게 주목을 요구했다. 이 순간에 내가 나서야 한다는 막연한 생각이 들었다. 최근의 특별한 일화를 소개하고 싶어서였다. '그래 한번 과감하게 내 새로운 도전을 심판받아 보자.'

학창 시절 국어과 은사님이자 문인협회에서 큰 역할을 하고 계신 작가 선생님의 권유로 최근에 시, 수필 등 글을 쓰기 시작한 내 이야기를 소개했다. 글하고는 거리가 멀어 보인 내가 그런 화두를 던진 게 생뚱맞기 그지없었다. 그러나 모두들 한마디도 놓치지 않으려는 듯이 흥미진진하게 내 이야기에 촉각을 곤두세웠다. 선생님에게서 최근에 배운 글쓰기의 의미, 요령, 글 쓰는 자세, 그리고 반드시 피해야 할 금기 사항 등등을 전개했다. 생각보다 듣는 이들의 호응이 뜨거웠다. 그들의 부러워하는 눈초리는 누구라도 놓치지 않았을 것이다.

우리 모임 구성원들이 성장한 지난 시기에는 경제적으로 어려운 시기임에도 불구하고 글을 사랑하는 사람들이 많이 있었다. 문인이 되고자 일간지의 신춘문예를 기웃거리거나 어려운 월간 문예지의 문을 두드리는 작가 지망생들이 부지기수였다. 우리 자랄 때 학창시절에 문예반에서 글 한 번 써 보지 않은 사람이 없을 정도로 그때는 그야말로 문예 부흥기였다. 웬만한 동네 서점마다 문예지가 넘쳐흐르고 눈에 잘 띄는 곳에 배치되어 설레는 마음으로 찾아오는 학생들을 반기곤 했다.

지금은 사정이 많이 달라졌다. 우리 모임에서 문학 얘기를 나눈 것도 아마도 생소했을 것이다. 한동안 그들 주위에서도 문학 얘기를 꺼내는 사람이 없었을 것이다. 바삐 돌아가는 직장생활을 하면서 한가롭게 문학 얘기나 하는 사람은 회사에서 따가운 눈총을 사는 왕따 감이다. 경제 주제 화제에 능숙하게 끼이지 못하면 도태되고 말며, 최소한 어설픈 정치 얘기라도 읊을 줄 알아야 무시당하지 않는 사회이다. 그리고 인터넷의 보급 탓도 무시하지 못할 만큼 그 영향력이 크다. 정보에 대한 목마름을 스마트폰으로 인스턴트 음료수처럼 간단히 해결하고 만다. 철 지난 문학이 한가롭게 끼어들 여지가 바늘구멍만큼도 없다.

그렇더라도 우리의 처지는 이제는 다르다. 현직에서 이미 물러났기 때문에 현실적인 고민에 우리의 발목을 잡힐 필요는 없다. 앞으로 노후생활을 정서적으로 또 정신적으로 풍요로우면서도 의미 있게 보내고자 무의식중에 열망하고 있다. 또한 문학은 정보와는 차원이 다르지 아니한가. 두뇌보다는 가슴 깊숙한 곳의 허전함을 달래기 위해서 역시 산속 깊은 시원한 옹달샘 같은 고색창연한 문학이 필요하지 않겠는가. 온갖 화려한 산해진미의 뷔페로 주린 배를 채우다가도 언뜻언뜻 예전 어머니의 손맛이 배어 있는 구수한 된장국을 찾게 되는 것과 마찬가지일 것이다. 최소한 일 년에 한 권이라도 문예지를 사서 마음의 갈증을 풀어 주는 여유가 있고, 좀 더 욕심을 내어 일 년에 한 편 정도는 시나 수필을 써서 일간지나 문예지의 문을 두드린다면 좋지 않을까. 친구의 색소폰 소리 울려 퍼지는 거리에서 고바우 영감 모자를 눌러 쓰고 낭랑한 목소리로 자작시 한 수를 멋지게 읊어 주는 것도 격조 높아 보이지 않을까 상상해 본다.

나도 실은 문학에 대하여는 낫 놓고 기역자도 모르는 문외한이다. 나를 가까이에서 아는 사람들은 다 아는 사실이다. 지나가는 강아지도 아마 우습다고 할 일이다. 어느 모임에서 내가 시를 한 번 쓰고 싶다는 발언을 했다가 국문과를 졸업한 친구가 박장대소를 한 적이 있다. 그런데 꼭 전공을 해야만 시나 수필을 쓰는 것은 아니지 않은가. 습작을 하면서 나도 모르게 사물을 대하는 방법이 달라지고 있다는 느낌을 받았다. 감수성이 예민해지고 있다고 할까. 사소해 보이는 것도 허투루 간과하려 들지 않는다. 다른 사람의 조그만 글에도 전에 없이 관심이 가고 경의를 표하게 된다. 살아가며 접하는 온갖 사물과 사람에 대한 이해의 폭과 수준이 틀림없이 넓고 깊어질 것이다. 앞으로 내가 쓰는 글에 대한 책임감도 들어 행동도 조심하게 될 것 같다. 우리 아이들이 자식들을 낳게 되면 할아버지가 글 쓰는 사람이 되어 나름 조그만 문집이라도 있게 되면 무척 자랑스럽게 생각할 것이다. 나도 우리 가계 조상님들 중에 글을 하신 문인이 한 분도 없고, 더군다나 유품으로 변변한 문집 하나 없는 것을 무척 서운하게 생각하고 있었기 때문이다.

예의 모임에서 내 일화 소개가 앞으로 큰 파장을 일으킬 것 같은 인상을 받았다.

"여러분, 전직 고관대작이라고 자기 명함에 박고 다니는 것을 보았습니까. 지금 여러분들은 앞으로 모든 사회 직업과의 인연이 다해서 완전히 은퇴하고 나면 명함에 무엇이라고 자신을 소개하고 싶습니까?"

좌중의 모든 이들이 자기의 미래 명함에 시인 아무개, 수필가 아무개를 떠올려 보는 눈치였다. 그분들이 자랑스럽게 내게 명함을 내미는 날을 손꼽아 기다려 본다. 그때 나는 당당히 문인들과 교류하는 품위 있는 늙은이가 되어 있을 것이다.

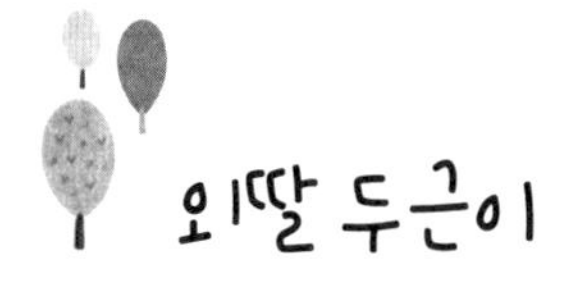

외딸 두근이

스산한 초겨울 바람이 낙엽을 재촉하는 황량한 어느 날, 땅거미조차 점점 검게 짙어 오는 초저녁에 직장으로 아내한테 난데없이 전화가 왔다. 근무 나간 남편한테 웬만해서는 전화를 하지 않는데 전화가 갑자기 오니 불길함에 마음이 덜컹 내려앉았다. 퇴근 시간이 다 되어 곧 볼 수도 있을 텐데……. 가슴 조이며 전화를 받으니 집사람이 한동안 말이 없었다. 처음 있는 일이었다. 긴장된 목소리를 한껏 낮추어 "여보, 왜 그래? 무슨 일 있어?" 하고 물어도 아무런 반응이 없었다. 필시 전화는 이어져 있고 인기척이 느껴지는데 적막이 한동안 흘렀다. "무슨 일이냐고, 무슨 일이 생겼어?" 재촉했다. 머릿속에는 내가 상상할 수 있는 안 좋은 일들이 떠오르기 시작했다. 우리 부부의 양쪽 부모님들은 이미 돌아가셨기 때문에 내가 상상할 수 있는 불행한 일의 가짓수는 많지 않았다.

혹시? 하고 가슴이 서늘해지는 순간, 아내가 흐느끼기 시작하더니 이내 엉엉 울음을 터뜨렸고 그 울음소리가 사무실 공간에 메아리쳤다. 심각한 상황을 암시했다. 우리 양쪽 부모님들이 돌아가셨을 때도 소리 없이 가슴으로 삭혔던 아내였다.

"여보, 왜 그래? 무슨 일인데……?"

"두근이가 죽었어. 아이들이 다 곁에 있으니 빨리 와."

두근이는 우리 집에서 키우는 유일한 딸, 암컷 강아지였다. 내가 예전에 지방에서 근무할 때 어느 나이 지긋한 여승이 첫아들 손을 붙들고 시장에 장보러 가는 아내에게 우리 집에는 팔자에 딸이 없고, 아들만 셋일 거라고 예언한 적이 있었다. 그 예언대로 아들만 셋인 집안에서 외딸 노릇을 톡톡히 하던 아주 콧대 높은 여자아이였다.

원래 집사람이 강아지나 고양이 따위 동물을 끔찍이 무서워했기 때문에 우리 집에서는 애완동물은 상상조차 할 수 없었다. 하지만 아이들이 한창 정서적으로 예민한 시기인 중학생, 초등학생 때라 집에 풀 한 포기 키우지 않던 우리 집의 분위기가 은근히 걱정이 됐다. 나도 어릴 때를 돌이켜 보면 "삐약삐약" 슬피 울어 대는 병아리를 학교 앞에서 방과 후에 사다가 호랑이 아버지의 눈치가 보여 가슴 졸여 가며 내 새끼처럼 가슴에 품고 키운 적도 있었다. 또 친척집에서 강아지 한 마리를 얻어 와 새로 이름도 지어 주고, 친구처럼 함께 동네 어귀를 숨차게 뛰어다니며 놀았었다. 어느 날 이 친구를 누군가가 몰래 데리고 갔을 때는 며칠을 대문간에 힘 빠진 두 동공을 박아 두어야 했다. '내가 무슨 잘못을 했기에 집을 뛰쳐나갔나?' 하며 숱한 나날을 회한으로 보내기도 했었다.

어느 날 애들 큰이모네 집에서 강아지를 키우겠냐고 연락이 왔다. 아내가 애들을 데리고 수원에 가서 보고 온다고 하더니 돌아오는 길에 조그맣고 하얀, 예쁜 암컷 마티즈 한 마리를 데리고 왔다. 이름을 '두근'이라고 했다. 강아지가 어찌나 앙증맞게 조그만지 몸무게가 두 근도 안 된다고 조카가 붙여 주었단다. 실제 몸 크기가 보통 마티즈의 삼분의 일 정도에 불과한데 형제들 중에 유일하게 기형으로 작게 태어났다는 것이었다. 이 아가씨가 어찌나 예쁘게 생겼는지 털이 흰 눈처럼 새하얗고, 눈은 단추처럼 동그랗고, 눈동자는 검정콩처럼 새까맣고, 콧잔등은 참기름을 바른 듯 반질반질했다. 안으면 솜사탕처럼 가볍고 부드러워 부수어질까 조바심이 났다. 사람으로 치면 당 현종의 애첩 양비귀가 보고서 울고 갔을 정도였다. 인형같이 아장아장 걷는 모습은 또 어찌나 앙증맞게 예쁜지, 귀엽다는 표현도 부족할 정도로 눈에 넣어도 아프지 않을 것 같았다.

목소리도 또한 청아하기가 그지없었다. 두근이가 짖으면 귓가에서 마치 수정 구슬이 유리 쟁반에 구르는 듯했다. 성격은 또 어떤가. 아름다운 장미의 가시처럼 성격이 까칠하고 도도했다. 훤칠하고 잘생긴 우리 집 큰아들 이외에는 다른 사람은 아무리 자기한테 잘 해 주어도 소 닭 보듯이 했다. 지조 높으신 몸을 만지고 싶어 가까이 다가가기만 해도 새까만 두 눈을 동그랗게 부릅뜨고 "콰르릉 콰르릉" 하며 위협했다. 그러면 몸집도 조그마한 게 너무 서슬 퍼렇게 도도해서 어루만지는 걸 포기하게 되었다. 전생에 고집 센 예쁜 공주는 될 성싶었다. 큰아들이 잠을 자면 꼭 그 곁에 가서 잠을 청하고 절대 다른 사람에게는 곁을 내주지 않았다. 우리가 잠든 큰아들 곁에 가까이 가면 사색이 되어 덤벼들었다. 녀석이 큰아들의 애인이자 수호신이었다. 우리 집에 오는 방문객들도 대문간에서 앙칼지게 짖으며 덤벼드는 모습에 깜짝 놀라 뒷걸음을 치거나 조그만 강아지라고 얕보다가 물려서 치료비를 물어 준 게 한두 번이 아니었다. 이 아이를 데리고 집 밖에 산책을 나가면 지나가는 사람들이 보고 귀여워 죽겠다고 호들갑을 떨었다. 우리들의 어깨가 우쭐했다. 그런 두근이니 우리 집에서는 무척 애지중지한 소중하고 사랑스러운 외동딸이었다. 온 가족의 사랑을 독차지한 귀하신 공주였다.

두근이의 갑작스런 돌연사 소식을 듣고 마침 퇴근을 준비하고 있었으므로 부리나케 집으로 달려왔다. 온 가족이 동물병원에서 정성스럽게 강보에 싸 준 두근이를 가운데 두고 침울한 표정으로 숙연하게 앉아 있었다. 병원에서 의사 선생님이 최후의 순간까지 안간힘을 다했는데 숨결이 스러져 가는 것을 막지 못했다고 했다. 나는 조용히 산일을 할 도구를 챙겨서 나왔다. 온 가족이 말없이 두근이를 뒷산 남녘 양지바른 곳에 정성스럽게 묻어 주고 돌아왔다. 그날 밤 내내 우리는 한마디 말도 없이 모두 조용히 잠자리에 들었다. 내심 나는 아이들이 서로를 탓하지 않고 스스로만을 질책하듯이 의젓하게 조용히 두근이를 보내 주는 모습을 보고 놀라움을 금치 못했다.

나중에 사고 경위를 알아보니 둘째와 막내아들이 서로 안아 주겠다고 실랑이하다가 실수로 떨어뜨려 두근이가 뇌진탕으로 죽게 되었다는 것이었다. 그 이후로 그 두 아들이 서로 티격태격 싸우는 모습을 한 번도 본 적이 없다. 나는 두 아이가 이 사건을 계기로 죄의식 없이 정신적으로 성숙하는 계기가 되었기를 기대하는 수밖에 없었다. 모두가 자기 자신을 되돌아보는 가슴 아픈 계기가 되기를 바랄 뿐이었다. 예전에 그 의미심장한 여승의 예언이 실현된 탓인가, 미인박명이라는 옛 말씀 탓인가? 결국 두근이는 우리 집으로 시집온 지 일 년이 못되어 그렇게 우리 곁을 떠나갔다. 그렇지만 두근이는 우리 집에 큰 선물을 주고 간 것이었다.

"사랑하는 두근아! 우리 집에 와 주어서 고마웠다. 남들처럼 죽는 날까지 오래오래 같이 살고 싶었었는데……, 미안하다."

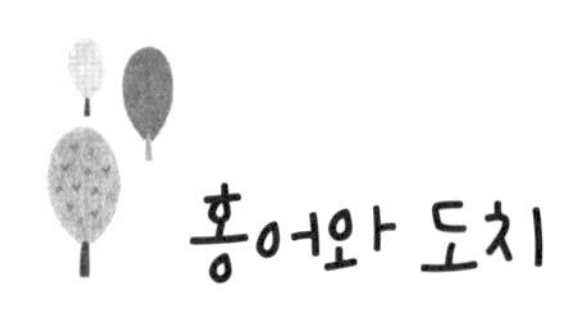

홍어와 도치

키우던 강아지가 사고로 죽고 우리 집은 침울한 분위기가 지속되었다. 그런지 한 달여 되는 날이었다. 아내는 우리가 늘 강아지를 데리고 다니던 동물병원에서 강아지 한 마리를 다시 입양해서 키워 보기를 권하더라며 내 의향을 물었다. 이미 세 아이들의 의향을 물어본 눈치였다. 나도 내심 무슨 전기를 마련해야 한다는 생각을 하던 차였기에 아내가 마음에 들면 나도 그 뜻을 따르겠다고 흔쾌히 동의했다. 그런데 이상하게도 일주일이 다 지나가도 그 강아지를 데리고 오지를 않았다. 어떻게 된 일이냐고 물으니 그 강아지를 아직 치료하고 있는 중이라서 보름은 더 기다려야 한다는 것이었다. 영문을 알 수 없었다.

드디어 오늘은 새 강아지를 집으로 데리고 오는 날이었다.

사무실에서 퇴근하고 부리나케 집에 들어와 현관문을 열고 그놈이 있을 만한 곳에 눈길을 던졌다. 한 놈이 인기척을 느끼고 안방에서 나와 짖지도 않고 내 눈치를 보듯 나를 물끄러미 올려다보았다. 그것이 우리의 첫 대면이었다. 그놈이 낯설어 하지 않도록 자연스런 눈길로 그 녀석의 머리부터 발끝까지 부드럽게 훑어 내려갔다.

영국계 요크셔테리어 품종으로 네댓 살 정도 된 수놈이었다. 요크셔테리어는 원래 추위에 약하고 금발의 털이 얼굴에서는 눈을 덮고, 몸은 발끝까지 치렁치렁 길게 자라는 종이다. 그런데 이놈은 전혀 다르게 생겼다. 콧잔등 위에는 거의 털이 없어서 마치 원숭이처럼 보였다. 몸통도 털이 짧게 깎여 있었는데 군데군데 피부병으로 속살이 훤히 들여다보였고 게다가 여기저기 꿰매어 실밥이 완연히 드러나 있었다. 사경을 헤매다 병원에서 치료를 받고 이제 겨우 회복되고 있는 상태로 보였다. 입양을 권한 동물병원장의 말에 따르면 이 녀석은 유기견으로 길거리를 오래 떠돌아다니다가 피부병도 많이 생겼고, 또 큰 개들을 만나 심하게 물어 뜯겨 여러 군데가 터지고 찢겨 의식을 잃고 쓰러져 있던 놈을 누군가가 병원 앞에 놓고 갔다는 것이었다.

우리는 녀석에게 그동안 아무 일도 없었던 듯이 태연한 척 대하며 그날 저녁 온 가족이 모여서 이름을 새로 지어 주기로 하였다. 다들 내 입만 바라보고 특별한 의견이 없자 내가 '도치'라고 부르자고 제안했다. 가족들이 모두 좋다고 하며, '도치', '도치' 하고 부르기 시작했다. 녀석도 자기의 새 이름이 맘에 들었던지 부를 때마다 귀를 쫑긋했다. 녀석에게는 미안하지만 첫인상이 개보다는 털이 듬성듬성 나 있는 고슴도치처럼 보였기에 줄여서 도치라고 했던 것이다. 아무도 모르는 일이다.

도치가 상처가 다 아물 때까지 가족들은 조심스럽게 지켜보기만 했다. 안아 주었다가 상처를 더 도지게 하지나 않을까 노심초사하면서 병원에서 정기적으로 치료를 받도록 하였다. 아이들도 죽은 강아지를 키울 때처럼 서로 안아 주겠다고 다투는 것이 아니라 의젓하게 지켜봐 주는 것으로 애정 표현을 대신하였다. 마치 자제할 줄 아는 성숙한 애정 표현 방법을 터득한 것 같은 모습들이었다.

한 반년이 지나면서 진짜 거짓말같이 도치가 모습이 변하였다.

미운 오리 새끼가 품위 있고 의젓한 백조로 변하듯 도치도 얼굴에 털이 복슬복슬하게 꽉 차고, 온몸에도 윤기가 철철 흘러넘치는 금발의 털로 치장을 하였다. 동물병원장이 어느 요크셔테리어보다 건강미가 넘쳐흐른다고 하였다. 참으로 흐뭇했다. 이것이 아마도 자식을 키워 백조와 같은 인물이 되었을 때 부모가 느끼는 감정일 것이다.

식구들이 대문을 열고 집으로 들어와 중간 현관문을 밖에서 열고 있으면 도치는 어김없이 누가 집으로 들어오는지 벌써 알아차리고, 심지어 감기로 앓아 침대에 누워 있다가도 뛰쳐나가서 반겼다. 이럴 때면 개가 사람보다 인사성도 밝고 정도 나눌 줄을 안다는 생각에 사람인 내가 오히려 부끄럽기만 했다. 말만 할 줄 몰랐지 자기의 도리는 다하는 도치가 진정 양반이었다. 도치는 아내를 무척 따랐다. 이름을 남몰래 흉하게 붙여 준 나를 좋아할 리는 없었을 것이다. 녀석도 남성이라서 이성을 더 좋아했을지도 모르지만, 아마도 사람의 온기가 없는 동물병원에서 맨 처음 자기를 포근한 가슴으로 보듬고, 사람들의 온정이 넘쳐흐르는 집으로 인도해 온 탓도 크리라고 생각한다.

아내가 도치를 가슴에 안고 있으면, 다른 사람이 아내에게 접근할 수가 없었다. 식구들이 아내에게 가까이 접근만 해도 희멀건 눈동자를 부릅뜨고 하얀 이를 드러내며 '으르렁, 으르렁' 위협을 하는데, 우리가 키우는 강아지라고 해도 무섭지 않을 수 없었다. 그러는 도치가 남편보다 더 듬직했던지 아내는 밖에 낯선 사람이 와서 초인종을 누르면 꼭 도치를 안고 나가 보곤 했다. 집에서 식구들이 고기를 구워 먹더라도 기름기 있는 부분은 떼어내고 순 살 부분만 도치를 주었다. 그것이 아까워서 내가 주워 먹다 보니 은근히 부아가 발동해서 기름기 부분을 도치 밥그릇에 일부러 넣어 주면 그 녀석은 기가 막히게 또 그것은 먹지 않았다. 얄밉기 그지없었다. 그러면 아내는 나에게 잔소리하며 그것을 다시 거두어들였다.

'얄미운 도치 녀석 어디 두고 보자!' 내 눈의 흰자위 부분이 커졌다.

그러나 밥 먹을 때 못지않게 잠잘 때도 나는 도치 때문에 찬밥 신세를 면할 수 없었다. 잠잘 때 또한 쉬하러 화장실 다녀올 때 외에는 한시도 아내 곁을 떠나지 않으니 한 침대에서 자연히 도치의 자리는 나와 아내 사이에 위치하였다. 녀석의 잠자는 모습도 가관이었다. 자다가 꿈을 꾸면 뒤척이다가 잠꼬대를 하였다. 더 깊숙이 곯아떨어지면 코를 심하게 골아 대었다. 어떤 때는 자다가 느닷없이 방귀를 뀌어 내 숨을 멈추게까지 하였다. 진짜 가지가지 했다. 미워서 슬쩍 들어서 침대 밑으로 내려놓으면 아무렇지도 않은 듯 다시 침대 위로 올라와 내 머리맡에서 두 발로 다시 이불을 박박 긁어 대며 잠자리를 골랐다. 못 말렸다.

하루는 내가 도치에게 골탕 한번 먹어 보라고 내가 먹고 있던 잘 삭은 홍어를 주었다. 그랬더니 냄새 한 번 맡아 보고는 눈 한 번 찡그리지도 않고 먹어치웠다. 그러고는 나를 빤히 올려보면서 입맛을 다시는 것이었다. 기가 찰 노릇이었다. 그뿐 아니라 굴 무침, 은행구이 등등 사내들이 좋아하는 술안주 음식도 게 눈 감추듯 먹어 치웠다. 아마도 술을 따라 주어도 받아 마실 녀석이었다. 그렇게 우리의 오랫동안의 샅바싸움에서 내가 당해낼 도리가 없었다.

어느덧 도치가 우리 집에 온 지도 10년이 넘어가고 있었다. 늙어가면서 행동이 점점 이상해졌다. 혼자 집도 잘 지키고 있더니 언제부터는 가족들이 모두 집을 비웠다가 돌아오면 문간에 온통 오줌똥을 지려 놓았다. 새삼 외로움을 못 참는 것인지 아니면 어린아이처럼 혼자 있는 것이 무서워서 그랬는지 알 수가 없었다. 또한 건강도 점점 쇠약해져서 툭하면 감기에 걸리고 군데군데 암도 걸려서 병원 문턱이 닳을 정도였다.

하늘 위에 해가 한가롭게 구름 위를 쏘다니는 어느 오후 도치는 식구들이 모두 안타깝게 지켜보는 가운데 가쁜 숨을 몰아쉬다가 이내 조용히 숨을 거두었다. 우리들 눈에는 남몰래 이슬이 송골송골 맺혔다. 나는 '그동안 너를 많이 골려서 미안했다. 용서해 다오. 그리고 다음 생에는 꼭 사람으로 태어나서 좋아하던 홍어도 맘껏 먹어라.'라고 마음속으로 축원해 주었다.

미신인지는 모르나 예전에 지방에서 근무할 때에 어느 나이 든 여승이 팔자에 우리 집에는 딸이 없을 거라고 예언했는데 정말로 우리 집에는 아들만 셋이 있고, 강아지마저도 수놈인 그 녀석이 천수를 다할 때까지 함께 살게 되었으니 신기할 따름이다.

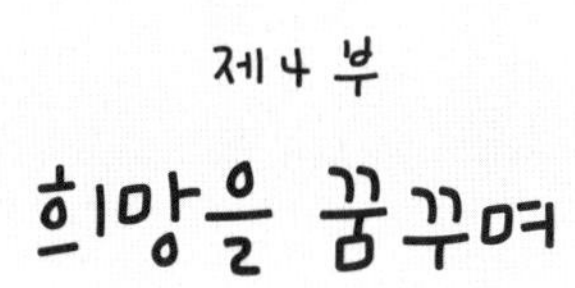

제4부

희망을 꿈꾸며

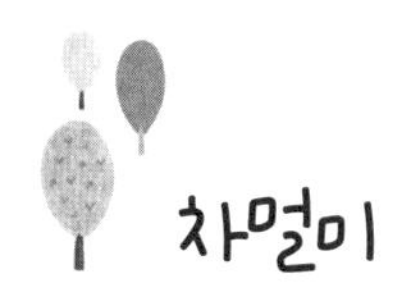

차멀미

초등학교 6학년 때의 일이다. 날씨는 그리 덥지 않았던 것으로 기억되니 아마도 여름이 갓 지나고 제법 선선한 바람이 부는 초가을에 접어들었던 시기였을 것이다. 초등학교에서 가을 소풍을 관악산으로 가기로 되어 있었다. 그 소풍이 초등학교에서는 마지막 야외 단체 행사였다. 종로 수송동에 위치한 초등학교에서 관악산으로 학교에서는 처음으로 버스를 타고 원거리 여행을 가는 것이었다. 그동안 소풍은 창경원(지금의 창경궁), 아니면 비원(지금의 창덕궁) 또는 종묘를 도보로 다녀왔었다. 우리 반 학생들은 모두 들떠 있었다. 지금의 등산 배낭처럼 생긴 등에 메는 소풍 가방에 맛난 음식을 잔뜩 준비해서 학교를 떠나 멀리 떨어진 생소한 곳에서 한나절을 즐겁게 놀다 올 마음에 다들 흥분을 감출 수가 없었다. 유일하게 나만 제외하고 말이다.

나는 내가 화성에서 온 이상한 외계인 같은 생각이 들었다. 다들 멀리 즐거운 소풍을 다녀온다며 좋아서 어쩔 줄을 몰라 하는데 나만 어깨가 한 자나 축 늘어져 오만가지 걱정을 다 하고 있었기 때문이었다. 그러나 나는 내가 그러는 이유를 너무나 잘 알고 있었다. 내 최대의 고질병인 바로 '차멀미' 때문이었다. 초등학교 3학년까지 운행되었던 전차를 탔을 때는 몰랐던 차멀미가 버스나 택시를 타면 심하게 나를 괴롭혔다. 내가 시골에서 태어나 시골에서만 자란 아이였다면 이해할 수도 있었을 것이다. 차를 자주 타 보지 못했던 아이들은 그럴 수도 있었을 테니까 말이다. 그해가 1971년이니까, 당시는 우리나라에 자가용이 그리 흔하지 않았던 시절이었다.

그런데 나는 서울 종로구 청운동에서 태어나 종로구 관수동에서 살고 있었으니, 서울의 가장 중심지의 하나인 종로구를 떠나 본 적이 없는 도시 아이였던 것이다. 우리 집에 자가용은 없었지만 해만 뜨면 거리에 자동차로 넘쳐 나고 차량의 휘발유 매연 냄새를 맡으며 하루해가 지는 곳에서 사는, 그야말로 '서울쥐'였던 것이다. 그럼에도 불구하고 촌스럽게도 지독한 차멀미 때문에 나는 어렸을 때부터 차를 타는 것을 무척 싫어했다. 그래서 부모님들도 웬만해서는 나를 데리고 집 밖 멀리 가는 일이 거의 없었다. 한번은 지금 생각하면 그리 먼 거리도 아닌데 신설동에서 종로 3가까지 부모님과 함께 택시를 타고 오다가 내가 갑자기 얼굴이 창백해지고 꾸역꾸역 구토를 하려 하니까 동대문 근처에서 내려 집까지 모두 함께 걸어온 적도 있었다.

그렇더라도 초등학교에서 마지막으로 가는 소풍이니 결석을 하고 싶어도 그럴 수가 없었다. 나중에 마지막 소풍 기념사진에서 내 모습만 찾아볼 수 없는 불상사를 만들 수는 없었다. 이제 초등학교 졸업을 앞둘 정도로 성장도 했으니 그만하면 내 고질병도 참을 만할 거라고 기대하면서 장거리 버스 여행에 도전해 보기로 결심했다. 소풍 가는 날 아침, 관악산행 시내버스는 우리 반 학생들로 발 디딜 틈도 없었다. 한참을 가다가 결국 고질병이 내 기대를 여지없이 무너뜨리기 시작했다. 아무리 구토를 참으려고 용을 써도 소용이 없었다. 시원한 바람을 쐬면 나을까. 창문을 활짝 열어 갑자기 아이들을 찬 바깥바람에 떨게 만들어도 소용이 없었다. 하나님, 부처님, 어머니를 찾아 그동안 내 욕심만 차리고 동생들을 괴롭힌 것을 뉘우쳐도 안 됐다. 앞으로 부모님 말씀 잘 듣고 착하게 살겠다고 맹세해도 무심하게 통하지 않았다. 이제 더 이상 고립무원처럼 기댈 곳도 없었다. 어느새 내 주위가 버스 바닥 하나 가득 아침에 먹었던 음식들로 장식이 되었다. 친구들에게 미안하고 창피해서 견딜 수가 없었다.

그날 관악산에서 우리는 모두 노래자랑도 하고, 보물찾기도 하며 즐겁게 뛰어놀고, 가방 하나 가득 채워 간 음식도 다 비우고, 또 마지막 소풍을 기념하는 단체 사진도 찍었다. 그러나 나는 어머니가 정성스럽게 싸준, 내가 제일 좋아했고, 아이들에게 맛있다고 자랑스럽게 여겼던 김밥을 하나도 먹을 수가 없었다. 즐거워하는 모습 대신 파리한 모습으로 돌아온 아들과 그에게 업혀서 도로 돌아온 김밥을 보고, 어머니의 가슴에 박힐 대못이 눈에 선하게 들어와도 도리가 없었다. 돌아오는 버스에서 또다시 차 바닥을 내 입에서 되살아난 김밥으로 장식할 수는 없었다.

그렇게 맥 빠진 내 마지막 가을 소풍은 배고프게 끝났다. 당시 찍은 빛바랜 관악산 소풍 단체 사진을 보면 내 얼굴 표정에서 고통스런 단식의 흔적을 찾아볼 수 있다. 초등학교를 졸업하면서 나는 앞으로의 진로에 대하여 심각하게 머리를 짜내 보았다. 이 차멀미는 내 장래 진로에도 그 손길을 뻗쳤다. 이 지긋지긋한 놈은 앞으로도 내가 먼 거리 여행에 발을 들여놓지 못하게 훼방을 놓을 것이다. 그렇다면 이놈을 피해서 내가 상상할 수 있는 직업은 몇 가지가 안 되었다. 차를 오랫동안 타지 않아도 되는 것은 집 근처에서 걸어 다니며 할 수 있는 직업들이었다. 어린 내 머릿속에 떠오른 것은 우리 막내 작은아버지가 하던 복덕방, 아니면 둘째 작은아버지가 하던 돼지 불고기 음식점, 아니면 여름에는 찐 옥수수, 겨울에는 군밤을 파는 노점상 등등 겨우 몇 가지가 안 되었다.

그러나 다행히도 초등학교를 졸업하고 더 성장하면서 관악산행 버스에서의 회개와 맹서가 하늘에 가 닿았는지 차츰차츰 내 고질병은 내 곁을 슬금슬금 떠나갔다. 초등학교 6학년 마지막 소풍에서 잊을 수 없는 커다란 상흔을 남기고……. 이제는 상황이 완전히 뒤바뀌었다. 언제 그랬냐는 듯이 나는 오히려 차 운전하는 것을 좋아하게 되었고, 차뿐만 아니라, 비행기, 배를 장시간 타도 멀미는 다시 찾아오지 않았다. 심지어 사이클, 인라인 스케이트, 스케이트보드, 외발자전거에 이르기까지 지금은 타는 것이라면 못 타는 것이 거의 없다.

이제 나는 내 차멀미를 다시 평가하려 한다. 어린 시절 나를 그렇게 괴롭히고 공포를 주었던 지긋지긋한 원수를 말이다. 내가 먹은 것이라면 적당한 양의 음식이든 욕심에서 비롯된 과다한 음식이든 가리지 않고 토해 내게 해야 직성이 풀렸던 순 악질 중에서도 악질이었던 그 차멀미를 재평가하려 한다.

지금 나는 어린 시절 나를 괴롭혔던 차멀미에게 감사를 해야 할지도 모른다.

'소년기에 나의 꿈을 그다지 화려하고 거창하지 않도록 해 준 것'에 대하여, '또한 지금 내가 의지하고 있고, 또 자랑스럽게 생각하고 있는 현재의 직업에 대하여 진정으로 감사하고 또 만족할 수 있도록 해 준 것'에 대하여, '그리고, 어느 자리, 어느 위치에 있든지 항상 겸허하고 감사한 마음으로 최선을 다하는 자세를 갖게 해 준 것'에 대하여 말이다.

이제 머리에 지식도 어느 정도 들었고, 세상을 사는 이치도 조금 깨칠 만한 나이에서 되돌아보니 차멀미는 내 원수가 아니었던 것이다. 나를 혹시라도 분에 넘치는 욕심에서 지켜 준 고마운 친구, 어리고 약한 동생들과 사이좋게 지내라고 가르쳐 준 진정한 친구였던 것이다.

차멀미는 내 친구! 고맙네, 친구!

★ 이 작품은 월간 문학공간 제310회 신인문학상 수상 작품임.

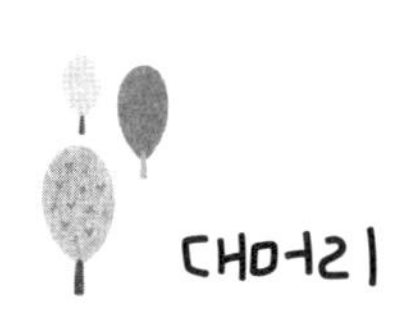

대머리

나는 꽤 성장해서까지 이발소에 머리 깎으러 혼자 가는 것을 꺼려했다. 내 기억으로는 아마도 초등학교 6학년까지 어머니와 같이 갔던 것 같다. 심지어 집에서 가까운 곳에 이발소가 있을 때도 그랬다. 어머니가 집안 일로 바쁘면 그 일이 끝나길 기다렸다. 어머니도 그리 싫은 기색을 보이지는 않았다.

비단 내가 어리광을 늦게까지 부려서 그랬던 것만은 아니었다. 이발소에 함께 가면 이발사들이 꼭 한마디씩 거들며, 어머니의 머리를 힐끔 보았다. 손때 묻은 바리캉에 부러진 머리카락들이 튀어 사방으로 흩어지고 있었다.

"아들 머리카락이 칠흑같이 새까맣네요."

"머리카락이 돼지털처럼 뻣뻣하고, 머리숱이 참 많아요."

어머니의 은근한 자존심을 툭 건드려 주기에 충분한 말들이었다.

내가 30대 중반에 머리숱 풍성하던 어머니가 큰 병을 앓았다. 신장이

제대로 구실하지 못해 온몸이 풍선처럼 부어오르는 병이었다. 병원 신세를 6개월 동안이나 져야만 했었다. 혈액 투석도 종종 했어야 했고 또 피가 부족해지면 혈소판 수혈도 했어야 했다. 응급상황에서 다급히 수혈을 해야 하는 때에는 아들 피가 다 마르는 심정이었다. 다행히 수혈할 수 있는 피가 준비되어 있다는 것이 얼마나 고마웠는지 모른다. 이름 없는 생명의 은인, 혈액 기증자들에게 머리 숙여 감사드렸다. 그 이후 나도 내 몸의 건강이 허락하는 한 수시로 헌혈하여 그들에게 보답코자 하였다.

헌혈을 하면 그중 일부를 사용해서 내 건강상태도 체크해 주어 좋았다. 헌혈증서가 쌓이면 주위에 많은 피의 수혈이 필요한 사람이 있을 때 서랍을 찾아 헌혈 증서를 모두 내주곤 했었다. 내 돈 드는 일이 아니니 선심도 쓰고 어려운 처지의 위급한 사람도 구원해 줄 수 있어서 일석이조였다. 그래서 어느 직장을 가나 직원들을 독려하여 함께 헌혈대에 오르는 것을 즐겨했다. '그 양반은 일만 하는 사람이 아니라 직원들 피까지 빼먹는 흡혈귀'라는 별명까지 따라다니게 되었다.

나이도 들고, 경력도 쌓이면서 직장에서 어려운 자리도 맡게 되었다. 그 중압감에 외모도 변하기 시작하더니 정수리 부분이 허옇게 민낯을 드러내고 있었다. 남은 머리카락도 약한 바람에도 갈대마냥 휘날렸다. 과거 어머니의 자부심 목록 중 하나로서 남다른 유전적 배경에 근거한 자신감이 여지없이 무너져 내렸다. 나이가 들어 머리가 빠진다는 것은 환경적 요인으로 보아 혹 산재 신청 대상이 아닐까도 의심해 보지만 부질없는 일일 게다.

의학적으로는 남성 호르몬이 넘칠 때, 그럼으로써 남성미가 남모르게 돋보일 때 머리카락이 희생양으로 빠진다는 설명도 있다. 그렇다면 산재 대상이기는커녕 오히려 남자로서 축복받은 일인 것이다. 그러나 현실은 달랐다.

지방에서 근무할 때였다. 직급이 오르며 외모에도 신경이 더 쓰였다. 하루가 다르게 머리카락에 서리가 더 내릴 뿐만 아니라 꽁지 빠진 닭처럼 정수리 윗부분부터 더 성기고 있었다. 희어지는 머리카락은 염색으로 눈속임이라도 하였지만 벗겨지는 머리는 겉피부만 들볶는다고 해서 별 도움이 되지 않았다. 이따금씩 주위 사람들이 나에게 해 주는 위로가 오히려 비수로 내 가슴에 꽂혔다. 여성들이 왜 그 위험한 하이힐을 굳이 신으려고 하는가. 자신의 뒷모습을 아름답게 간직하고 싶어 하는 숭고한 예술가의 자세가 아닌가. 그것을 누구도 감히 사치라고 매도할 수는 없을 것이다.

바르는 약은 나에게는 별로 효과가 없었다. 어떤 이들은 병원에 가서 전립선약을 처방받아 효과를 보고 있다고 너스레를 떨었다. 왕왕 뜻하지 않게 약의 부작용이 어떤 이들에게는 유익한 결과를 초래하는 경우가 있는데, 전립선약이 그렇다는 것이었다. 나도 쑥스러움을 무릅쓰고 동네 조그만 의원을 찾아 멀쩡한 내 전립선에 누명을 씌웠다. 의사도 눈치가 빤하였다.

주말을 서울 집에서 가족과 함께 보내고 다음 주 근무를 위하여 일요일 저녁 강남고속버스 터미널로 향했다. 버스 시간을 기다리다가 불현듯 생각이 나 주위 헌혈 집을 찾아들었다. 여러 번거로운 절차를 거치더니 간호사가 황당하게도 헌혈이 불가능하다고 하는 것이 아닌가. 나는 무슨 자다가 봉창 두드리는 소리를 하나 했다. 얼마 전에도 직원들과 단체로 멀쩡히 헌혈했는데 말이다. 그 이유는 그 현장에서는 알 수 없고 적십자 혈액은행으로 월요일에 확인해 볼 수 있다는 날벼락이었다. 마치 내가 현실을 떠나 꿈을 꾸고 있는 느낌이었다.

내려가는 버스에서 내내 얼굴이 똥색이 되어 곰곰이 생각해 봐도 내가 상식선에서 끄집어 낼 수 있는, 헌혈이 거부되는 사유는 몇 가지가 안 되었다. 사형선고였다. 과거 성장해서부터 최근까지 웬만한 내 행적은 모두 또렷이 복기가 되었다. 도저히 납득할 수가 없는 일이었다. 그래도 이 정도면 행복한 인생이었다는 생각이 일었다. 아내에게는 미안한 마음에 눈물이 핑 돌았다.

밤새 뜬눈으로 지새우다가 9시 정각에 떨리는 목소리로 전화를 걸었다.

"혹시 대머리 약 드시고 계시나요?"

"네에? 대머리 약이요?"

어머니가 사무실 창밖에서 내게 미소 짓고 있었다. 나는 이틀간 문자 그대로 저승 문턱에까지 다녀왔었다. 아니 고작 그 쑥스럽고 알량한 대머리 약이 주범이었단 말인가? 다행스럽기도 하고 기가 차기도 해서 그날로 당장 그 괘씸한 대머리 약을 쓰레기통에 모조리 처박아 버렸다. 죽었던 내 피를 소생시키기 위해서, 약효는 별로 없으나 머리에 바르는 약, 샴푸 등에 다시 의지하고 있다.

아니, 가만히 있어 보자. 약은 그렇다 치더라도 꽁지 빠진 대머리는 어떤가. 내가 오히려 자랑스럽기도 하며, 고마운 대머리를 가지고 있는 것은 아닌가. 내게 새로운 인생을 선사한 대머리였다. 짧은 시간이나마 나를 스크루지 영감처럼 나 자신을 참회의 눈물로 되돌아보게 했고 앞으로 내 인생행로에 또렷한 지침을 주었던 것이 아닌가. 그 누구보다도 어떠한 비바람도 이겨낼 수 있는 힘과 용기를 주었던 것이다. 나는 더 이상 이를 부끄럽게 생각해야 할 이유를 찾을 수 없었다.

. "자, 동료 직원 여러분, 우리 모두 헌혈하러 갑시다!"

존재이유

"눈물 한 방울 나오지 않았습니다."

"빨리 장례를 치르고 아이들을 키워야 한다는 생각밖에 머릿속에 아무것도 떠오르지 않았습니다."

남편이 어느 날 갑자기 뺑소니 교통사고로 숨져 누워 있는 모습을 보고 한 미망인이 겪었던 일이다. 지금은 아이들이 다 성장하여 출가하여 각자 가정을 꾸린 어느 중년 부인이 병원에서 진찰을 받으며 풀어놓은 경험담이다. 그 부인은 얼마 전부터 어지럼증이 심해져 한 시간마다 멀미약을 먹지 않으면 견딜 수가 없다고 했다.

혼자서 자식을 양육해야만 하는 갑작스런 위기감과 무거운 책임감을 느낀 부인은 남편의 주검 앞에서도 눈물조차 보이는 것이 큰 사치였을 것이다. 이제 자식들이 다 성장하여 더 이상 미망인의 존재 목적이 희박하게 되니 그동안의 삶의 잔인한 고통과 앞날의 공허함이 어지럼증으로 짓눌러 왔던 것이다.

어린 시절에 삶의 목표를 생각해 본 적이 있었다. 예닐곱 살 때 집에서 삼촌에게 한글을 배우고 나서 서툰 글씨로 앞으로 무엇을 위해 내가 살아야 할지를 종잇조각에 적어 보았다. 거창했던 것은 아니고 이를테면 만약 전쟁이 나면 나는 도망갈 것인지, 아니면 나가서 싸워야 할 것인지를 자문하고, '나가서 싸운다.' 하는 식이었다. 지금 생각하면 유치하기 짝이 없지만, 그래도 그때는 퍽이나 심각하게 어린 철학자처럼 사뭇 진지했었던 기억이 난다. 그런데 이상하게도 흔히 과학자, 법조인, 연예인 등 무엇이 되겠다는 목표가 아니라 어떤 상황이 되면 나는 '어떻게 처신할 것인가?'에 대한 고민이었다. 어떻게 보면 유치하나마 일종의 숭고한 존재 이유에 대한 생각이었던 것이다.

그 어린 나이에 내가 왜 그런 생각을 했는지는 모르지만, 그런데 요즈음 또다시 철학자도 아니면서 그런 유사한 상념에 다시 빠지곤 한다. 지금은 나도 자식들이 다 성장해서 각자 자기의 삶을 개척해 나갈 수 있는 나이가 되었다. 그래서인지 50여 년 만에 다시 그런 고민을 하고 있는 것이다.

어렸을 때 내 존재 자체는 부모님들의 삶의 이유였을 것이다. 나와 내 형제자매를 건사하기 위해 부모님들이 진정으로 모진 애를 썼었다. 학교 다닐 때 넉넉지 못한 집안 살림에 등록금 내는 시기가 돌아오면 부모님들의 휘어진 허리가 먼저 머릿속에 떠올라 염치가 없었다. 남을 위해 무엇인가를 해야 한다는 사치스런 생각이 둥지 틀 여지가 없었다. 꺾어진 부모님 허리 앞에서는 뻔뻔하고 잔인한 도둑이나 마찬가지였다. 내 숭고한 존재 이유가 부모의 자연법칙에 따른 존재 이유를 뛰어넘을 수는 없었던 것이다. 내 역할은 부모가 원하는 것을 성실히 이행하는 것에 그쳐야 했다. 내가 건강하게 잘 자라 주는 것, 그 이상도 그 이하도 아니었다. 그러나 나에게는 그것이 나 자체의 인생이라는 느낌보다는 부모님에게 신탁되고 예속된 것 같은, 부모님의 인생이라는 느낌이었다. 아무리 덩치가 집채만큼 컸어도 나는 여전히 부모님 책임 아래의 '어린이'에 불과했다. 세월이 언제 흘러 나도 부모님처럼 될 수 있을까? 느림보 거북이 같은 올빼미 시계가 야속했었다.

그래도 툇마루에 걸려 있던 그 낡아빠진 올빼미 시계 바늘들은 잔인하리만치 정확하게 나를 성인식에 데려다주었다. 그 당시는 그 의미를 알 수 없었으나, 나이 들어 반추해 보니 부모님에게 신탁되었던 내 정체성을 회복하는 날이었다. 이때부터는 흔히 사내들이 나이를 증명하기 위해서 즐겨하는 흡연을 하든, 음주를 하든, 거칠 것이 없었다. 문자 그대로 성인이 된 것이었다. 내 삶의 가치를 맘껏 실현해도 부모님의 자연적 영역을 침해하지 않았다. 이 시기를 '총각'이라고 부른다. 인생에서 가장 화려하게 불타는 시기였다. 밤새도록 친구들과 술을 앞세우고 나라 걱정으로 뜬눈으로 밤을 하얗게 새워도, 이상향의 짝을 찾아 방방곡곡을 헤매도, 멀리 절을 찾아들어 며칠을 구도의 사색에 빠져 있어도, 부모에게 미안한 생각조차 들 필요가 없었다. 케네디 묘역에 설치된 영원히 꺼지지 않는 불길처럼 그 뜨거운 열정이 태워도, 태워도 식을 줄 모르는, 문자 그대로 자유인이었다. 그러나 그 시기는 아쉽게도 그리 오래가지 않았다.

어느덧 세월이 또다시 잔인하게 흘러 나도 내 가정을 꾸리게 되었다. 사람들은 이제 나를 비로소 '어른'이라고 불러 주었다. 내 행동에는 무거운 책임감이 따른다는 뜻이었다. 미처 직장이 결정되기도 전에 서둘러 혼례를 치른 나는 내심 생활비 걱정이 한 짐이었다. 몇 푼이라도 벌어 쓸 요량으로 책 외판원으로 거리에 나섰다. 따가운 눈총을 받아가며 하루 종일 거리를 헤매도 한 달에 내가 번 돈은 고작 5만 원에 불과하였다. 아내 생일을 맞아 알량한 케이크 하나 사 주니까 그 돈이 모두 달아났다. 부모님 잘 만나 학교에서 공부만 했지 돈 한 푼 벌 줄 모르는 내 주제가 한없이 무능하고 처량했다. 그날 밤 남몰래 색동 베갯잇이 소리 없이 젖어들었다. 다행히 머지않아 첫 직장이 결정되어 안정적인 직장생활로 그나마 생계를 꾸려 나갈 수 있었다.

그러나 내 삶의 가치에 대하여 심각하게 생각할 겨를도 없이 슬하에 부양가족이 생기면서 세 사내아이들의 양육에 모든 신경과 노력이 집중되었다. 그 바람에 부모님 찾아뵙는 횟수가 점점 줄어들었다. 배은망덕하게도 부모님이 어떻게 사시는지, 어디가 편찮으신지 둘러보기도 만만치 않았다. 불효자가 따로 없었다. 그 역할은 엉뚱하게도 아내의 몫이 되어 있었다.

늦기 전에 부모 살아생전에 효도하라고 했다. 우리가 성장하여 이제 살 만하면 아쉽게도 부모님이 돌아가신다고 했다. 실제 우리 부모님도 그랬다. 오히려 더 일찍 돌아가신 셈이었다. 부모님 입장에서는 또 이렇게 말씀할 수도 있을 것이다. "그동안 자식새끼들 건사하느라 눈코 뜰 새 없었다가 자식이 다 성장해서 스스로 밥벌이를 하면 이제 부모의 역할이 사라지는 것이다. 그때 없던 병도 생겨 결국 일찍 세상을 뜨게 되는 자연의 법칙을 따랐을 뿐이다."라고…….

지난 50년 동안 나는 어떻게 살아야 하는가를 고민할 수가 없었다. 우리 부모들처럼 나도 '어떻게'보다는 '무엇을' 고민하여 자식들을 올바르게 건사해야 하는가에 매몰되어 왔다. 흔히들 아무 생각 없이 앞만 보고 달려왔다는 말이 그것이었다. '어떻게 살아야 할 것인지'를 생각하는 것이 사치였던 것이다. 이제 내 자식들도 스스로 자기 앞가림을 할 정도로 다 성장하였다. 앞으로 그들에게 '어르신'으로서의 내 역할이 크지 않아도 될 것이다.

그렇다면 이제 나는 앞으로 '어떻게 살아야 할 것인가?' 심각하게 고민하지 않을 수 없다.

앞의 실의에 빠진 미망인처럼 되지 않으려면…….

★ 이 작품은 월간 문학공간 제310회 신인문학상 수상 작품임.

가을 축제

물기 없이 건조하고 지루한 여름은 농사꾼의 얼굴에 또 하나의 굵은 고랑을 깊게 파 놓고 어느덧 세월의 뒤꼍으로 물러나고 있었다. 인생의 가을에서 다시 맞는 흰 구름 뛰노는 청명한 가을 아침이다. 이제 제법 아침 공기는 날을 날카롭게 세우고 있다. 여름내 입었던 짧은 반바지 차림의 운동복으로 집 앞의 학교 운동장에 나오니 밑에서부터 한기가 느껴졌다. 약간의 운동으로 이내 몸이 달아오르겠지만 불과 일주일 전에도 못 느끼던 서늘함이다. 가벼운 체조로 몸을 덥히고 있는데, 갑자기 내 시선을 잡아끄는 게 있었다. 한 마리 이름 모를 나비였다.

갓난아기 손바닥만 한 알록달록한 나비가 소리 없이 나에게로 날아왔다. 사뿐히 모래밭에 앉는 듯싶더니 이내 날갯짓을 하여 하늘하늘 주위를 맴돌았다. 그 자태가 꼭 등에 자기 몸보다 몇 배나 큰, 커다란 날개를 단 천사 같았다. 내 가까이에서 이렇게 가슴 설레게 무용 솜씨를 뽐내는, 커다랗고 아름다운 나비를 본 기억이 없다. 어린 시절 종이 나비를 접어 머리 위로 끈에 매달고 달리면 여러 나비 친구들이 나를 반겨 찾아 주었었다. 그 나비들을 마주했던 어린 시절 이후로는 강남 갔다 돌아온다던 제비처럼 내 머릿속에 뚜렷이 남아 있는 나비의 잔영이 없다.

나비가 입고 있는 알록달록한 무늬의 비단옷은 마치 황혼녘의 노을을 닮았다. 흰 바탕에 붉은색에 가까운 노란색이 눈이 부실 정도로 매혹적이었다. 나는 항상 붉은 빛 저녁노을이 지는 장면을 그냥 지나치질 못한다. 카메라가 없음을 탓해서 무엇 하겠는가. 그 아름다운 그림을 내 가슴속 메모리에 충분히 투영시키고 난 후에야 비로소 자리에서 벗어날 수가 있다. 저녁노을은 열심히 땀 흘리며 구름 위에서 노를 저어 자기 일생을 살아 온 태양이 마지막 혼신의 힘을 다해 만들어 내는 예술작품이다. 자기를 가로막는 구름 장애를 헤치려는 몸부림이다. 기력이 다한 태양이 우리들에게 전하려 하는 메시지를 하늘 도화지에 물감으로 뿌려 놓은 것이다. 가로막는 구름이 두터우면 두터울수록 그 노을은 처절하다 못해 너무 고혹적이다. 마치 대못에 박혀 고통스럽게 숨결이 스러져 가는 예수의 아름다운 마지막 절규 같다.

내 호기심 어린 눈길을 의식한 듯 나비가 아쉬운 잔상을 남기며 수줍은 듯 팔랑팔랑 춤을 춘다. 중년의 여승이 고깔모자를 쓰고 승무를 하얗게 추고 있는 모습이다. 나비의 아름다운 날갯짓에 이처럼 넋을 잃고 매료되어 바라본 기억이 없다. 중년의 가을을 맞은 내게는 처음이다. 그 날갯짓 하나하나가 마치 하늘 부채로 내 가슴의 물결을 일렁이게 하는 느낌이었다. 전혀 서두르는 기색 없이 사뿐사뿐 지르밟고 있는 자태에 내 몸이 후줄근 달아오르고 숨이 멎었다. 살아갈 날이 많지 않음을 이미 알고 있어서인지, 초조함 없이 나긋나긋 날갯짓을 하며 주위에서 노니는 모습이 마치 인생을 달관한 경지에 있는 것 같았다. 이미 멀고 먼 가시밭길을 돌고 돌아 삶의 마루턱 위에서 안도의 한숨을 내쉬고 있는 모습이었다.

하늘하늘, 팔랑팔랑 나비의 느린 몸동작 하나하나에 내 온몸이 따라서 전율한다. 감동어린 슬로 모션의 영상물을 틀어 놓은 듯하다. 아! 느린 동작이 이렇게 짙은 감흥을 불러일으킬 수가 없었다. 마라톤 풀코스 완주의 영광들을 뒤로하고, 운동장을 서너 바퀴 돌며 운동할 때 천천히 뛰어도 전혀 조바심이 안 드는 느낌과 진배없다. 이전에는 속도감이 없으면 조깅의 맛이 없다며 조급해지던 내 마음이 어느 순간부터는 온데간데없다. 가을 나비의 가벼운 승무 동작이 내 마음을 닮았다.

어린 시절, 두려움에 떨고 있는 나는 엄마의 치마폭을 놓을 수가 없었다. 세상이 모두 나를 노리는 승냥이 눈빛이었다. 빨리 자라야 했다. 남보다 크게 자라야 했다. 그래야 높게 멀리 보는 줄 알았다. 뒤쫓아 오는 시간의 파수꾼을 따돌리고 흐르는 땀을 닦을 틈도 없이 또 다른 산허리를 넘어야 했다. 세상이 온통 바삐 돌아가는 시계바늘 천지였다. 내 몸에는 누구하나 눈여겨보아 주지 않는 영광의 상처투성이뿐이었다.

피 끓는 젊은 시절, 아무도 알아주지 않는 작은 영웅이 되겠다고 허상의 무지개를 좇고 또 좇았다. 뜨거운 피는 그리 오래 버티지 못하였다. '존재 이유'라는 꿈을 부여잡고 세상 탓만 하다가 정작 나는 응고된 돌덩어리였다. 차디찬 현실의 고통은 빛 샐 틈 없는 높은 담벼락만 그렇게 쌓아 올렸다. 수많은 인생의 선지자들이 있었건만 자만에 찬 자신감은 내가 듣고 싶은 이야기만 듣도록 사주했다.

해묵은 나이테가 내 허리를 두르고 있는 요즈음 나는 안 쓰던 근육을 일부러 사용하고 있다. 닫아 두었던 마음의 빗장도 거두어들이고 문을 활짝 열어 두었다. 여리고 여리기만 한 처녀지는 갓난아기를 닮았다. 잠자는 감성도 불러일으켜 세우고 싶고, 흐르는 뜨거운 눈물에 찌든 가슴도 말끔히 씻어 내고도 싶다. 너무 많이 써 먹어 다 닳아 빠진 오른손을 채찍질로 채근한들 무엇이 달라질까. 태고의 적막함을 간직하고 있는 왼손의 영혼을 깨워 보자. 내가 몰랐던 신세계의 발견과 새로운 성장의 뭉클한 감동을 살며시 어루만져 보자.

그래, 이제는 나도 가을 나비처럼 주위를 맴돌아 보자. 나무 그늘 냄새도 맡아 보자. 동네 아이들이 소란스럽게 뛰노는 모습도 찬찬히 들여다보자. 서둘러서 어디를 가겠다는 것인가. 어린 시절 내 가슴을 뛰게 만들었던 옛 동네 계집아이도 부르고, 초등학교 학급 교단에서 빨갛게 낯붉히며 떨리는 목소리로 부른 애국가 독창도 오게 하고, 환하게 웃는 낯으로 나를 꼭 안아 준 어머니의 그윽한 분 냄새도 부르고, 고등학교 때 피 끓는 청춘을 달래 주던 국어 선생님의 구수한 시 낭송에서 마주쳤던 국화꽃도 모셔 놓고 한바탕 축제를 벌여 보자. 흘러간 친구들도 모두모두 불러 놓고 저녁노을을 비껴 앉아 향기 그윽한 붉은 듯 노란 라테 커피를 기울이며……. 그때 나비가 다시 날아와 주면 좋으련만…….

먼 훗날, 나는 나의 가을을 다시 되돌아볼 것이다. 모든 것을 다 내려놓고 힘없고 회한에 찬 모습으로 은하수에 걸려 있는 오솔길을 걸어 다시 찾아올 것이다. 잃어버린 나비의 전설 이야기를 찾아서……. 그동안 내 저장고에는 많은 이야기가 차곡차곡 쌓여 있을 것이다. 묵은 내 나는 곳간에서 오랜 시간 켜켜이 쌓인 활동사진들 중에서 용케도 나비 그림을 찾아내고는 기쁨에 찬 눈물을 흘릴 것이다. 그러고는 아무 미련 없이 쌓이고 쌓인 모든 추억을 말끔히 비울 것이다.

첫 자원봉사

지난 30년 동안 직장생활을 하면서 '가장 인상에 남는 것이 무엇이냐?'고 물으면, 내 머릿속에 아직까지도 굳건히 자리 잡고 있으며 부동의 1위를 고수하고 있는 것이 하나 있다. 바로 '자원봉사 활동'이다. 이 경험은 아마도 남은 내 인생 전체를 통하여 계속해서 고민하며 풀어야 할 숙제이기도 하다. 왜냐하면 그 의미가 무엇인지, 어떻게 해야 하는 것인지 아직도 자신이 없기 때문이다.

오래전의 일이었다. 직장 내에서 한 연수과정에 입소하였는데 그 교육과정 중의 하나로 연수생 모두 자원봉사 활동을 가기로 되어 있었다. 우리가 지니고 있는 재능이나 노동력을 제공하자는 취지의 활동이었다. 우리의 봉사활동 대상은 중증 장애인 수용시설이었다. 복합 장애인들로서 정신장애와 신체장애를 동시에 지니고 있는 사람들이 대부분이었다.

조를 나누어 식당, 작업장, 정원 등에서 단순한 작업을 도와주는 정도였다. 그 외에 이발 봉사도 있었다. 한 연수생은 자기가 따로 가지고 다니는 이발 세트가 있었다. 그는 이발 봉사를 사전에 희망했던 듯하였다. 나도 군대에서 장난삼아 몇몇 친구들을 깎아 주었던 기억이 떠올라 이발 봉사를 하겠다고 자원을 하였다. 서넛 사람도 내 뒤를 따랐다.

조그만 홀에 의자 두 개를 놓고 그 뒤로 장애인들이 열을 맞추어 앉아 이발을 기다리고 있었다. 나를 포함하여 두 사람이 이발을 담당하기로 하였다. 다른 사람들은 우리가 이발을 끝내 주면 데리고 나가 머리를 감겨 주기로 역할을 나누었다. 내 옆의 이발사는 프로였다. 자기가 가지고 온 장비를 풀어 놓기 바쁘게 능숙한 솜씨로 머리를 잘라나갔다. 반면, 나는 낯선 바리캉을 잡고 뒷머리부터 치고 올려갔으나, 영 모양이 나오질 않았다. 내가 맡은 아이는 영화배우처럼 멋있게 깎아 달라고 하는데, 마음대로 장비가 따라 주질 않았다. 힘이 고르지 않았는지 바리캉이 지나간 자리들이 서로 들쭉날쭉 춤을 추었다.

내가 머리를 깎아 주는 아이는 몸도 제대로 가누지 못하고 수시로 허리가 접혀져서 몸이 앞으로 고꾸라졌다. 나는 가뜩이나 머리 깎는 것이 서툰데 이 아이가 몸도 제대로 세우고 있을 수 없으니, 다른 연수생들에게 이 아이 몸을 좀 붙들어 달라고 도움을 청하였다. 그런데 뜻밖에도 아무도 나서지를 않고 멀뚱멀뚱 쳐다보기만 하는 것이었다. 그러더니 갑자기 아무 말 없이 모두 자리를 떠 버렸다. 나는 하는 수 없이 혼자서 머리를 깎을 수밖에 없었다. 내가 하도 답답해서 '애야, 몸을 좀 가만히 있지 그러니.'라고 나무라듯이 말했다. 힘이 하나도 없는 목소리로 "제가 힘이 하나도 없어서 자꾸 몸이 앞으로 기울어져요. 죄송합니다." 하는 것이 아닌가. 그 말을 듣고 보니 그 아이는 그런 자세로 앉아 있기만 하는 것도 무척 힘들어 하는 것이었다. 너무 미안한 생각이 들어서 "아니다. 내가 미안하다. 용서해 다오. 쓰러져도 좋으니 신경 쓰지 마라."라고 답해 주었다. 서둘러야겠다는 생각에 내 얼굴에서는 땀이 비 오듯이 떨어져 눈을 제대로 뜨기조차 어려웠다. 연신 손목으로 땀을 훔쳐 가며 머리의 모양을 다듬어 가고 있는데 줄 맨 끝에 앉아 있는 사람의 따가운 눈초리를 느낄 수가 있었다. 나는 눈빛으로 무슨 영문인지를 물었다. 그랬더니 돌아오는 말이 섬뜩했다. "장난치지 마세요."라고 하는 것이 아닌가. 망치로 머리를 강하게 두드려 맞은 듯 정신이 아뜩했다. 아니, 이 사람은 내가 장애인 머리를 가지고 장난치고 있는 것으로 보았단 말인가?

서툰 솜씨이긴 하지만 최선을 다해서 진땀을 뻘뻘 흘리며 자세도 자꾸 무너지는 중증 장애아의 머리를 정성껏 깎아 주고 있는데 "장난치지 마."라고 항의하는 것이 아닌가. 한편으로 못내 서운하기도 했지만 다른 한편으로 정신이 번쩍 들었다. 내 행동이 그들에게는 장난치듯 보였던 것이었다. '아! 내 마음과 관계가 없는 것이구나. 내 행동이 능숙하지 못하면 아무리 선한 마음으로 봉사활동을 해도 소용이 없는 것이구나.'라는 생각이 번뜩 스치고 지나갔다.

온몸의 땀이 갑자기 싹 가셨다. 손놀림이 나도 모르게 빨라졌다. 머리의 모양도 그럴듯하게 잡히어 갔다. 영화배우처럼은 아니더라도. 내가 보기에도 신기했다. 비로소 한 아이의 이발을 끝냈다. 뿌듯하였다. 그동안 내 옆의 이발사는 벌써 세 명째 이발을 하고 있었다. 그다음 차례부터는 내 솜씨와 속도도 그에 못지않았다. 맨 끝에 앉아서 나에게 항의했던 사람의 눈치를 살며시 살펴보았다. 그는 얼굴 하나 가득 나에게 만족스럽다는, 프로 이발사로서 인정한다는 눈길을 나에게 은근하게 보내 주었다. 내 가슴은 날아갈 듯이 부풀어 올랐다.

그렇게 내 인생에서의 첫 자원봉사 활동은 강렬한 인상을 남기고 끝을 맺었다. 버스를 타고 연수원으로 되돌아오는 길에 이발 봉사에서 슬그머니 사라진 이들이 내게 다가와 사과를 하였다. 자신들도 처음 자원봉사를 왔는데, 꺼림칙해서 장애인들을 만질 수가 없었다는 것이었다. 그들은 진정으로 뉘우치는 기색이었다. 진심어린 그들의 사과에 오히려 내가 고맙다는 말을 해 주었다.

마태복음 산상수훈에 '오른손이 한 일을 왼손이 모르게 하라.'라는 말이 있다. 신학적으로는 '너에게 선한 행위가 나온다면 그것은 네 것이 아님을 알라. 그것을 알고 은혜 앞에 납작 엎드려 차마 부끄러워 아무에게도 말 못하는 그런 낮은 자리로 내려가라.'라는 의미로 해석된다.

세속적으로는 '좋은 일이든 착한 일이든 뽐내지 말고 겸손하라.'라는 뜻으로 사람이나 신을 사랑해서가 아니라 남에게서 좋은 평판을 얻기 위해 친절한 행위를 하는 자칭 '정의로운 사람'을 비판한 말이다.

누가 자원봉사를 쉽다고 하겠는가. 산에 가면 개울에 피라미들이 뛰어논다. 얼마나 배고프랴. 음식을 던져 주고픈 마음이 저절로 일렁인다. 그런데 음식을 못 주도록 금지하고 있다. 인색하기 짝이 없다. 산에 가면 왕왕 유기견들이 발견된다. 그들에게도 역시 음식을 건네지 말도록 한다. 동네방네 길고양이가 극성이다. 그들에게 음식을 베푸는 것도 남의 눈치가 보인다. 들끓는 것을 방지함이다. 지하철에서 예전에는 앵벌이가 많았다. 사람들의 선량한 마음을 노리는 고도의 사기 흑막이 뒤에 웅크리고 있다. 혼란스럽다. 남에게 베푸는 선량한 선심을 막고 있는 것이다.

미국에서는 남에게 잘못 선심을 썼다가는 큰 낭패를 당하고 만다. 문화적 차이가 크다. 자칫 다른 사람의 자립심을 꺾어 놓을 수가 있다. 이쯤 되면 자유스럽게 봉사할 수 있는 사람은 아무도 없다. 선뜻 남을 도와주고 싶은 마음이 어떤 결과를 초래할지 몰라 두려워서 나올 수가 없다. 그렇다면 우리 인류사회에서 봉사라는 개념이 사라져야 하는 것인가.

나는 아직도 첫 자원봉사 활동에서 망치로 두드려 맞은 강한 충격의 의미를 되새기고 있다. 두 번 다시 얻어맞지 않으려면…….

행복이란

나는 아내에게 마음 상태를 항상 확인하는 습관이 있다. 나도 모르게 나오는 것으로 봐서 거의 무의식적인 행동인 것 같다. 어떤 일이 이루어지고 있을 때 나는 "좋아?", "좋아, 안 좋아?" 하고 확인을 한다. 그 질문의 뜻은 '내가 이 일을 해도 좋으냐, 아니면 싫으냐?'의 동의를 구하는 뜻보다는 내가 이 일을 했을 때 아내에게 '마음이 흡족하냐, 아니냐?'를 묻는 것이다. 그 질문에 아내는 거의 무의식적으로, 즉흥적으로 대답한다. 깊이 생각하고 저울질해서 답변하는 모습이 아니다. "응." 또는 "응, 좋아." 그 대답이면 우리의 대화는 거기서 끝이다. 나는 그 순간 아내의 마음 상태를 확인한 것이다. 답변이 없으면 별로 신통치 않다는 뜻이다. 흡족하지 않다는 것이다. 그러면 설득을 하거나 다른 방법을 강구해야만 한다. 그때그때 아내가 좋다고 생각하면 안심이 되는 것이다. '아내가 만족하고 기뻐하는구나.' 하는 생각이 들어 내 마음도 흡족하다. 사랑하는 사이에서는 느낌이 전염되는 것인가 보다.

누군가 "행복이란 무엇인지 알 수는 없지만, 행복한지 그렇지 않은지는 느끼며 살아간다."고 말했다. 이렇게 순간순간 느끼는 만족감이 많이 쌓일수록 그 사람은 행복한 인생을 살고 있다는 것이다. 그렇다면 순간순간의 쾌락을 추구하며 만족감을 느끼면 진정 행복한 인생이라고 할 수 있을지 의문이다.

사람은 누구나 행복을 갈망한다. 행복에 대한 학자들의 정의도, 이론도 많다. 심지어 행복을 추구하는 방정식까지도 머리 쓰기 좋아하는 이들이 만들어 내었다. 웬만한 국가들은 헌법적 가치로까지 규정하며 추구하고 있다. 정치제도, 방법의 차이가 있을 뿐이지 궁극적으로 모든 인류 사회, 정치체제가 추구하는 것도 따지고 보면 인류의, 국민의, 시민의, 그리고 개인의 행복을 이루는 것이다. 그것은 동서고금이나 인류사회, 국가, 사회, 그리고 가족 등 어느 영역에서도 적용되는 진리일 것이다.

문제는 행복을 화폐처럼 계량적으로 명확히 측정할 수가 없다는 것이다. 관념론에 기초하여 접근하든, 실재론에 바탕을 두고 분석하든 더위나 추위에 느끼는 개인적인 반응처럼 행복은 지극히 주관적인 개념이라는 것이다. 외부의 객관적인 요소가 모두 같다 하더라도 개인에 따라 느끼는 행복의 정도는 다 다르다. 슈바이처 박사가 느끼는 행복감과 도날드 트럼프가 느끼는 그것은 서로 크게 다를 것이다. 그래서 사람들은 "행복이 무엇인지 알 수는 없잖아요."로 시작하는 유행가 가사처럼 행복이 무엇인지를 뜬 구름같이 알 수가 없다고 한다. 단지 행복감을 주관적으로 느낄 뿐이다. 따라서 행복의 경험도 모두 개인적인 상황에 따라 모두 다르다. 심리학적으로 행복의 일반적인 성향을 추론

해 낼 수는 있으나 그것 역시 절대적인 척도가 될 수는 없다.

그런데 사람의 행복감은 그때그때의 만족감과 희열보다는 인간의 내면 더 깊숙한 곳, 더 본질적인 곳에서 연유한 지속적인 개념이라고 보아야 할 것이다. 다른 사람들에게 행복한 적이 있었냐고 물으면 일반적으로 어릴 때라고 답하며 자신 감 없는 목소리로 얼버무리고 만다. 다시 말해서 순간순간 만족감은 많이 느껴 보았겠지만 행복이라고 했을 때는 무엇인가 다른 것을 머릿속에 그리고 있다는 뜻이다. 나는 어릴 때 진정으로 행복감을 느껴 본 경험이 있다. 어느 순간에 나도 모르게 자연스럽게 "아, 너무 행복해."라는 말이 입 밖으로 튀어 나왔었다. 지금도 그 순간을 잊을 수가 없다. 그렇게 말하는 순간 내 가슴은 이미 한껏 부풀어 있다는 것을 확실히 느낄 수 있었다. 내가 "엄마, 나는 지금이 정말 행복해. 다른 집들은 왜 안 그런지 몰라. 그치?" 하고 말을 했을 때 어머니는 한없이 얼굴이 환해졌다. 그 이후로는 나이가 들면서 덤덤해져서 그런지는 모르겠지만 나도 모르게 입 밖으로까지 저절로 행복에 젖어 가슴이 벅차오르는 감흥이 새어 나온 적은 없다.

그때가 내가 한 10살 무렵이었는데, 생활이 넉넉한 형편이 아니라는 것을 인식하기에 충분한 나이였었다. 그럼에도 불구하고 어머니와 아버지가 마음속 깊숙이 서로를 아끼며, 사이좋게 우리 형제들을 보살피며 잘 키워 주려고 애쓰고 있는 모습을 보며, 그런 행복한 느낌을 가졌었다.

그 이후로 성장과정에서 진학이라든가, 수상, 취업 등등 노력의 대가로 학창시절과 직장생활을 통하여 여러 가지 성취 감을 맛보면서 틀림없이 순간적인 행복감을 느꼈다. 그러나 그 당시 부모님들 사이에서 우리 집을 포근히 감싸 안아 주는 것 같은 정신적 안락감과 충일감에는 비교도 되지 않았다.

어릴 적에 어머니가 생활에 보탬이 되고자 집에서 멀리 떨어진 곳에서 가게를 운영하였기 때문에 내가 학교에서 돌아왔을 때 집에 어머니가 안 계신 것이 제일 아쉽고 서운했었다. 그 상실감과 허전함은 내 행복감을 크게 손상시켰다. 아이들에게 어머니의 존재감은 이루 다 말로 헤아릴 수가 없는 것이다. 그래서 나는 우리 아이들에게는 생활이 조금 곤궁하더라도, 사교육비를 충당하지 못해 아이들이 공부를 좀 못하더라도 어머니를 아이들 곁에 있게 해 주고 싶었다. 진정으로 마음속 깊은 곳에서 우러나와 아내를 사랑하는 모습을 느낄 수 있게 해 주었다. 아이들은 내가 내 아버지에게서 느꼈던 감정처럼 나를 엄격하고 냉정한 아버지라고 생각할지도 모른다. 그러한 느낌은 아이들이 나중에 자식을 낳아 키워 보기 전까지는 바뀌기 쉽지 않을 것이다.

우리 아이들이 실제 느끼는 감정은 나도 알 수는 없다. 장담할 수도 없다. 그들이 행복한지 아니면 불행한지 그 느낌은 먼 훗날 나처럼 회상하면서 그들이 밝힐 일이다. 나는 단지 우리 아이들이 우리 부부 밑에서 성장하면서 옛날 나처럼 허전함과 상실감을 안고 살아가지 않도록 부모로서의 역할을 다할 뿐인 것이다. 그래도 간간히 아빠는 빼놓고 엄마와 함께 도란도란 얘기하면서 서로 웃음을 못 참는 우리 가족의 모습을 보면 서운한 가운데 은근한 뿌듯함을 느낄 수 있다. '아이들이 엄마와 함께 행복을 만들고 있구나.' 하고 안도가 된다.

내 경험은 물질적인 풍요가 반드시 행복을 결정하는 것은 아니라는 것이다. 형제간의 애틋한 우애도 좁은 방에서 이불을 서로 끌어당기며 벌어진 문틈으로 새어 들어오는 매서운 북풍 추위를 피하다가 결국은 서로의 체온으로 이불 속 온도를 높이는 것이 현명한 방법이라는 것을 온몸으로 체득하면서 쌓이는 것이다. 어릴 때 나는 우리 곁을 영영 떠난 형이 더 이상 우리 집 대문으로 들어오지 않는다는 것을 한 달 뒤에야 어쩔 수없이 인정할 수밖에 없었다. 나 같은 못된 동생을 데리고 가지 마음씨 착한 형을 데리고 간 하느님을 그렇게 원망했다. 그런 경험들이 나중에 형제간에 어려운 일에 봉착했을 때, 예를 들어 상속 재산으로 분쟁이 생겨도 형제간의 어릴 적 애틋함으로 극복해 나갈 수가 있는 것이다. 풍족하게만 자란 어느 재벌가의 형제들처럼 서로 재산 문제로 부친을 앞세워 볼 상 사나운 모습을 보이는 것이 좋은 것은 아닐 것이다.

내 행복은 우리 집을 행복한 집으로 꾸미는 것이다.

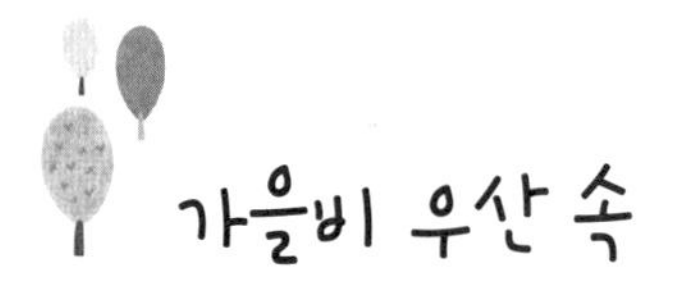

가을비 우산 속

오늘 2015년 10월 27일 화요일 아침 회사에서 조찬간담회가 있어서 6시가 되기도 전에 집을 나서는데 반가운 비가 여명에 후드득후드득 내리고 있다. 지난 밤새 그렇게 내리고 있는 모양새였다. 우리는 통상 비가 내리면 날이 궂다느니 우중충하다느니 부정적 언어로 우리의 심사를 나타낸다. 툭하면 잃어버리는 우산을 챙겨야 하지, 바지며 구두에 물이 튀고, 또한 조금만 부주의하면 겨우 드라이한 머리 숨을 죽이기 일쑤이니 그럴 만도 하다. 머피의 법칙을 굳이 끌어들이지 않더라도 비 때문에 낭패를 본 경험이 없는 사람은 없을 것이다. 나라고 그런 부정적인 시각에서 예외일 수는 없다.

그러나 오늘 이른 아침 출근길에 넉넉히 내려 주는 가을비에는 고마운 마음을 감출 수가 없다. 노래라고는 노래방에서 유행가 한두 곡 가사 보고 따라 부르는 주제에 저절로 떠나간 옛 가수 최헌의 노랫말이 입가에서 맴돈다. "가을비 우산 속에……." 그다음 가사는 기억도 나지 않는다. 그래도 계속 "가을비 우산 속에……."만 되풀이하며, 가을비의 정취를 그려 본다. 남성의 계절, 가을을 타던 끝도 아닌데 그렇다. 그 옛 가수는 가을비에 대하여 어떤 정서를 느꼈기에 허스키한 목소리로 그렇게 애잔하게 불러 댔을까? 거친 여름비에는 어울리지 않을 듯하다.

아무래도 그간 우리나라 사람들에게는 가을비가 여름의 눅눅한 더위를 씻겨 주는 시원한 빗줄기 같다는 느낌을 받지는 않았을 것이다. 서늘한 가을바람에 쫓기어 거리에 나뒹구는 낙엽의 초췌한 모습 위로 추적추적 내리는 가을비는 청승맞게까지 느껴졌을 것이다. 떠나간 옛 애인을 그리며 외로운 심정으로 울고 싶은 마음에 뺨까지 때려 주는 듯한 그런 심사의 비와 흡사했을 것이다. 그런데 오늘 아침 어머니의 넉넉한 앞가슴에서 먹던 달콤한 젖줄기처럼 목마른 대지를 촉촉이 적셔 주는 비는 그간 우리가 알던 추적추적 내리는 그런 가을비가 아니다. 상당히 뼈대 있는 빗줄기로 후드득후드득 힘 있게 내리는 비이다. 가을비라기보다는 때늦은 여름비인 셈이다.

나는 어릴 때 여름에 내리는 시원한 장대 같은 비를 무척 좋아했다. 초등학교도 들어가기 전 철부지 때, 남의 눈을 전혀 의식하지 못하던 어린 시절, 여름에 시원한 빗줄기가 우리 판잣집의 양철 지붕을 요란하게 두드려 대면 마치 같이 놀자고 나를 밖으로 불러내는 듯하였다. 어머니의 꾸중을 피하고, 가뜩이나 빨랫감 많은 어머니의 일을 덜어드리기 위해 몸에 옷을 걸치고 나가면 안 되었다.

빗물들이 어디를 그렇게 바쁘게 가는지 지붕을 타고 내려오기 무섭게 서로 엉겨 붙어서 우수관 구멍 속으로 속속 쏜살같이 빠져 들어갔다. 내 조그만 손으로, 발로 그 구멍을 막으면 내 손과 발을 타고 넘어 재빠르게들 도망갔다. 청맹과니처럼 눈 뜨고도 못 보게 내 눈을 가리는 빗물은 내 온몸을 부드럽게 감싸 주었다. 나는 초원에 갑자기 쏟아지는 빗물에 놀라 뛰는 방아깨비처럼 동네를 펄쩍펄쩍 뛰어다녔다. 실오라기 하나 걸치지 않고서 말이다. 지금은 부모들이 오염된 비를 맞지 못하도록 단속을 단단히 하지만 예전에는 그런 의식이 없었다. 단지 비 맞고 놀다가 감기 들을까 걱정만 했었다. 그렇듯 주룩주룩 씩씩하게, 사내답게 내리는 비는 어릴 적 내 친구였었다.

어릴 때는 비도 참 자주 왔었던 것 같았다. 갑자기 때 아닌 비가 내리면 역전에서, 시내 고급 요릿집 앞에서 파란 비닐우산을 팔아 학비에 보태려고 이리저리 뛰어다니는 고학생들도 많았었다. 여름방학 때 친척집에 놀러갔다가 하수구로 빗물이 오히려 밀려 올라오는 모습도 보았다. 이따금 지역적으로 홍수가 나서 돼지가 둥둥 떠내려가는 모습을 TV에서 비추어 주던 때도 있었다.

최소한 우리나라가 물이 부족한, 그래서 고통을 겪는 나라는 아니었다. 근래는 우리나라의 기후가 아열대로 바뀌면서 강수도 예전 같지 않다. 여름 장마 현상도 뚜렷하지 않다. 연평균 강수량도 과거 100년에 걸친 추세를 보면 연간 강수량이 대체로 증가 추세에 있음을 알 수 있지만, 1990년대 이후에는 대홍수와 극심한 가뭄이 빈발하고 있어 기존의 수자원 시설의 용수공급과 홍수 방어 능력을 취약하게 하는 원인으로 작용하고 있다. 특히 가뭄 시에는 호수나 강이 바닥을 거의 드러내기 일쑤이다. 올 봄에도 비가 안 와 못자리에 벼도 모내기하지 못한 곳도 많았다. 지역에 따라 상수원도 메말라 먹는 물조차 제한 급수를 실시한다. 부족한 물 탓으로 땅속 깊이 저장되어 있는 지하수를 끌어 올려 생수로 먹어 대니 지하수마저 고갈되는 것은 아닌지 불안하다. 내년에도 상반기까지 가뭄이 예측되어 벌써부터 가뭄 대책으로 온통 사회가 부산하다. 앞으로 아무리 힘들어도 우리 세대야 어떻게든 살아간다 할지라도 우리 자식 세대는 물이나 제대로 먹을 수 있을지 걱정이 앞선다. 우리 욕심만 생각할 것이 아니라 우리 후손을 생각해서 지하에서 고이 잠들어 있는 물을 서둘러 깨우지 말고 하늘이 선사하는 빗물이나 잘 받아 관리를 해야 하지 않나 생각해 본다. 또한 우리나라는 다행히 삼면이 바다로 둘러싸여 있어서 필요시 아랍 국가들처럼 바닷물을 담수로 바꾸어 사용할 수도 있을 것이다.

빗물은 어느 정도 내린 후부터는 청정무구한 상태라고 한다. 지상에서 얻을 수 있는 어떠한 물보다도 청정한 상태라서 음료수로 사용해도 아무 문제가 없다고 한다. 나도 어릴 적 거칠 것 없이 빗물과 함께 뛰어놀 때는 가끔 입을 벌려 거리낌 없이 빗물을 맛보기도 했었다. 빗물은 수증기가 서로 응결되어 만들어지기 때문에 가장 순수할 수밖에 없다. 우리나라 사람들은 유난히도 비 맞는 것을 싫어하지만 서양 사람들은 비가 온다고 해서 우리처럼 호들갑을 떨며 비를 피하려는 모습을 본 적이 없다. 우산이 마침 없으면 그냥 비를 맞는 것을 자연스럽게 여긴다. 나도 그런 사실을 알고 나서는 웬만한 비는 우산이 없어도 그냥 태연자약하게 맞으며 걸어간다. 우리가 공기를 매연으로 오염시키지만 않는다면 비는 식수원으로도 훌륭한 것이다.

이렇게 소중한 비를 우리는 너무 등한시하는 것 같다. 선진국들은 이 빗물을 잘 받아 저장해 두었다가 자동차 세척이나 오물 청소 등에 활용하고 있다고 한다. 어렸을 때 내가 비와 함께 놀기 위해 우수관 구멍을 손과 발로 막았듯이 이제는 우리의 소중하고 귀한 빗물을 그냥 흘려보내지 말고 우리도 저장하여 활용하는 방안을 강구하여야 할 것이다. 최근 충남 지방의 극심한 가뭄으로 큰 곤혹을 치루고 있는 우리나라에 오늘과 같은 시원한 단비가 내려 마치 어릴 때 친구가 다시 돌아온 듯해서 반가웠다.

고맙네. 오랜 친구! 어릴 때처럼 자주 볼 수 있으면 좋겠네. 친구!

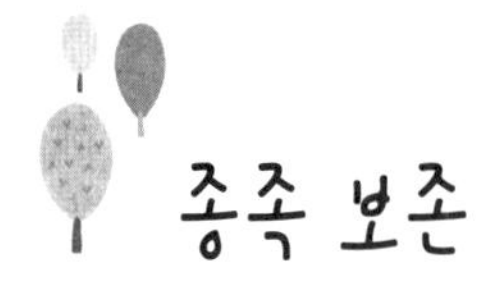

종족 보존

인간은 종족 보존 본능에 충실한 동물이 아니었던가? 불과 200여 년 전에 맬서스Malthus가 인간은 기하급수적으로 증가하고, 식량은 산술급수적으로 늘어나 지구는 사람으로 넘쳐흐를 것이라고 예언하지 않았던가? 그러나 이 예언은 맞지 않았다. 최소한 선진국 사회에서는 타당하지 않았다. 인간은 환경에 적응하는 능력 역시 뛰어난 동물이었던 것이다. 경제적인 윤택과 함께 과도한 경쟁사회에서 크게 불어난 양육비에 겁먹고 자식 낳기를 꺼려했던 것이다. 그 결과로 우리나라의 출산율이 고도 산업화 과정을 거치며 1960년에 6명에서 45년 만인 2005년에 1명으로 급격히 감소하였다. 1960년대에 형제들이 평균 6명에 달하였는데, 이제는 형제자매가 없이 독자만 있다는 뜻이다. 우리나라의 출산율은 전 세계 평균 2.69명은 물론 미국 2.01명, 프랑스 1.9명, 일본 1.32명 등 선진국 평균인 1.56명에도 크게 못 미치고 있다.

지난 45년 동안 과연 무슨 일이 있었기에 우리나라 출산에 이렇듯 세계적으로 유례가 없는 급격한 변화가 발생한 걸까? 그동안 우리는 세계가 주목할 경제발전, 산업화, 그리고 정치적으로는 민주화를 이루었다. 이러한 경제적, 사회적 변화에 맞추어 인구 변화가 일어난다고 하더라도, 상식적으로는 다른 선진국의 예에 비추어 보아도 수세기에 걸쳐서 일어나게 마련인데 우리나라에서는 반세기 만에 벌어지는 이러한 초저출산 현상을 어떻게 해석해야 하는 것인가? 1965년부터 "덮어놓고 낳다 보면 거지꼴을 못 면한다."는 구호와 함께 본격적으로 실시한 정부의 가족계획사업이 1970년대와 1980년대에 효과가 있었던 탓일까. 그동안 우리 국민들이 그렇게 정부 정책에 호의적이었던가? 우리나라 정부의 부동산 정책이나 금융정책을 조롱하듯 역행하는 것이 우리나라 사람들의 청개구리 같은 심사가 아니던가?

정부 정책의 효과 탓이라기보다는, 쉬운 말로 사는 게 어려워서 애를 못 낳는다고들 한다. 경제적인 소비 생활 수준으로 보면 세계 선진국 부럽지 않게 살고 있는 게 아닌가. 그렇다면 소비 생활을 의미하는 것은 아닐 것이고, 우리나라 사람들이 제일 부담으로 안고 있는 바로 양육비용을 의미할 것이다. 아이들 키우는 데 주거비, 식품비, 사교육비, 혼례비용 등 천문학적인 돈이 들어간다. 그것이 사실 우리나라의 현주소이다. 다른 아이들이 나이키 신발에, 오리털 파커를 입고 다니는데, 우리 아이만 동대문 시장에서 값싼 것을 사서 입힐 수는 없을 것이다. 남편 직장도 임시직인데 아이들 배불리 먹이고, 명품으로 입힐 자신도 없기 때문일 것이다.

그러나 근본적으로 보면 나 혼자 사는 게 아니지 않은가. 나 혼자만 잘살 수도 없는 것 아닌가? 내가 살기 위해서는 직장, 시장, 그리고 사회가 필요한 것이다. 직장을 만들고 시장을 형성할, 사회를 구성할 사람이 없으면 나도 살 수가 없다. 그래서 내가 살기 위해서도 그 사회를 구성할 사람을 낳아야 하는 것이다. 남이 아니라, 내가 살기 위해서 말이다. 이제는 내가 살기 위해서 애를 낳자! 애 키우기 힘들다는 것은 모두가 안다. 너도 나도 아이를 안 낳으면, 지금처럼 둘이 만나서 하나만 낳으면, 한 세대의 인구는 30년 만에 인구가 반씩 줄어든다. 그 결과로 2500년경에는 우리나라의 인구가 모두 소멸되고 만다는 어림 계산이다.

나는 우리 세대가 모두 하나나 둘을 낳아 키울 때 일부러 셋을 낳았다. 내가 경제적으로 풍요했기에 셋을 낳았던 것이 아니다. 나는 가정도 조그만 형태의 하나의 사회라고 생각했다. 사회는 반드시 세 명 이상이 되어야 형성이 된다. 하나는 독불장군에 고립무원이다. 아무리 초일류로 호화롭게 키운들 아이가 외로워서 몸부림을 친다. 자기의 행동을 비추어 볼 거울이 없다. 둘은 주고받기의 거래 관계이다. 즉, 모든 행동이 조건부 행동이라는 뜻이다. 내가 상대에게 선물을 주었을 때 상대방에게서 무엇인가 반대급부가 있을 것이라는 보상심리가 작용한다. 이해타산에 젖어서 살다 보면 보이지 않는 부분에 대한 이해가 적을 수밖에 없다. 셋이 되어야 비로소 조그만 사회가 형성된다. 조건 없는 행동, 반대급부의 보상 의식이 없는 행동, 즉 순수한 형태의 봉사활동이 가능한 것은 비로소 3명 이상의 사회에서 가능한 개념이고 행동이다. 나는 우리 가정에서도 조그마한, 아기자기한 나만의 이상사회를 그렸다. 그래서 셋을 낳았던 것이다. 경제적으로 더 궁핍해졌을 것은 뻔했다. 그러나 나는 정신적으로, 정서적으로 윤택한 삶을 살 수 있었다.

우리 어릴 적 부모님들이 흔히 하던 말에 "자기 복은 자기가 갖고 태어난다."는 것이 있다. 아무리 어려운 가정 형편에서도 아이 낳는 것을 꺼려하지 않은 철학이 있었다. 나는 비록 능력이 없어 넉넉지 못한 삶을 살고 있어도 태어날 아이의 운명은 그 자신의 복에 달려 있는 것이니 내가 함부로 할 수 없다는 생명 존엄 사상하고도 이어져 있다. 이러한 사상이 어려운 가정의 흥부가 아홉을 낳았어도 자식 하나 없이 욕심만 많은 형 놀부보다 행복하게 묘사됐던 배경이 되었을 것이다.

우리도 어려운 가정 형편에서도 형제자매가 다섯이나 되었 고 형제들끼리 치고 박고 싸우며 자랐지만 돌이켜 보면 어린 시절 형제들하고 놀던 때가 인생에서 가장 행복했던 시기였다. 그런 모습은 비단 우리 집만의 모습이 아니었다. 우리나라 모든 가정이 다 헐벗고 불우했던 시대에도 수많은 형제들 사이에서 마음만은 서로 의지하며 행복을 만끽했었다. 나라별로 행복지수를 측정하면 우리나라는 경제적으로 부유함에도 불구하고 그 점수가 최하위인 반면, 네팔이나 방글라데시 같은 나라들의 행복 지수가 최상위인 것을 보면 행복과 부유함은 상관관계가 크지 않다는 것을 알 수 있다.

미국에 살 때 교포들은 농담으로 "미국은 재미없는 천국이고, 한국은 재미있는 지옥이다."라고 종종 말한다. 물질적으로 다 갖추어져서 부족할 것이 없는 미국 사회이건만 사는 재미가 별로 느껴지지 않는다는 뜻이다. 등지고 떠나 왔건만 그래도 못살아도 사람 살 만한 맛이 나는 곳이 우리나라였더라는 것이다. 오랫동안 이국땅에서 고향 정취를 그리며 살아온 교포들의 가슴 아픈 정서를 충분히 헤아릴 수 있는 표현이다. 그래서 교포들도 요즈음은 오랜 외국에서의 이민 생활에도 불구하고 다시 고국으로 역이민을 하고 있다. 그야말로 고생을 해도, 매를 맞아도 함께 같은 마음으로 하면 덜 아프다는 말 그대로인 것이다.

"개똥밭에 굴러도 이승이 낫다."는 말이 있듯이 지옥 같은 아귀다툼을 하는 한이 있더라도, 내 형제자매들 사이에 무슨 허물이 그리 크고 고통이 더하겠는가. 우리 민족이 잘 나서 외국에 나가 떵떵거리며 살더라도 고국이 있어야 뿌리 있는 민족 대접을 받지, 멸종이 되어 본적도 찾지 못하는 신세가 되면 얼마나 허망하겠는가?

이제 우리들, 부모들의 의식부터 바꾸어야 한다. 내 자식만큼은 손에 물 한 방울, 흙 한 번 안 만지도록 고상하게 키우겠다는 헛된 욕심을 버려야 한다. 내 자식만큼은 일류 명문 유치원, 대학을 나와 기름때 한 번 안 묻히고 편안하게만 살게 하겠다는 망상을 우리 모두 다 같이 내려놓아야 한다. 다시 한 번 우리가 누린 어린 시절의 진정한 행복을 우리 2세들에게도 물려주어 인구 급감에 대한 걱정 없이 대대로 행복하게 살 수 있는 나라를 만들어 보자. 종족 보존 본능에 충실한 인간이 되자!

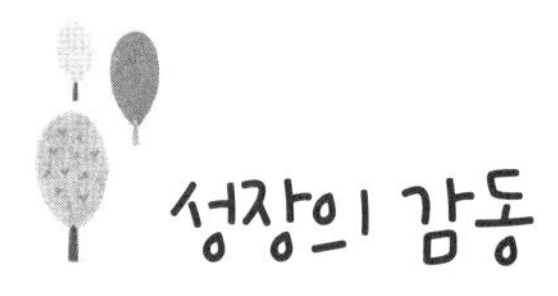

성장의 감동

요즈음은 나이 들어가면서 남몰래 흘리는 눈물이 많아졌다. 감수성이 사춘기 때로 다시 돌아간 느낌이다. 세상을 사는 것이 쉽지 않다는 것을 알기에 그렇다. 세상을 어느 정도 살았다는 뜻이기도 할 것이다. 하루하루 다람쥐 쳇바퀴 돌듯 바쁜 세상을 살다 보면 불현듯 '내가 왜 살고 있지?' 또는 '도대체 나는 무슨 재미로 살고 있지?' 하는 의문이 가끔 가슴에 파문을 일으킨다.

우리 집 아이들 성장하는 모습을 보고 있자면 안타까운 마음이 일렁인다. 밤늦게까지 학교에서 발표할 프로젝트 한다고 근심하는 큰아들의 모습, 직장에서 임시직으로 일하면서 마음이 안착이 안 되어 구름밭을 거닐고 있는 둘째아들의 모습, 그리고 직장 취업과 학업 사이의 외롭고 위태로운 외줄타기를 하고 있는 막내아들의 모습을 안쓰러운 마음으로 지켜보면서도 "열심히 살아라!"라는 어색한 말 한마디 외에는 달리 거들어 줄 방도가 없는 안타까움이 가슴을 촉촉이 적신다.

누구나 성장통이라는 것이 있기에, 또 그것을 스스로 극복하고 당당히 딛고 일어설 수 있어야 하기에, 보는 사람의 마음은 바람 앞의 촛불을 보는 것같이 위태롭기만 하지만 인고의 뿌리는 깊고 굵게 내릴수록 큰 나무로 자랄 수 있다는 것을 알기에 다른 뾰족한 방법이 없이 그저 곁에서 지켜봐 줄 뿐이다.

나도 과거에 대학 진학에 실패하고 부모님의 기대를 저버려 부모님에게 한없이 죄스러웠다. 또한 자신에 대한 실망과 미움을 주체할 수 없어 친구들과 어울려서 일부러 몸도 못 가눌 정도로 술에 만취도 해 보고, 지나가는 선량한 사람들에게 터무니없이 시비도 괜히 걸어 보고, 길거리에서 쓰러져 아무렇게나 누워도 보고 하면서 인생의 밑바닥이 어디쯤인지 갈 데까지 가 보자는 심정으로 온종일 거리를 쏘다니며 시간을 맘껏 죽이던 뼈아픈 성장통을 겪어 보았다. 그랬기에 아이들이 겪을 그 심정, 그 고통이 나에게 또다시 생생한 아픔으로 찾아온다.

사람이 살면서 눈물이 왈칵 쏟아질 정도의 감동을 얼마나 받을 수 있을까? 진한 감동을 받는 순간보다 더 행복감을 느낄 수는 없는 것 같다. 요즈음은 감동경영이라는 말을 흔히 사용한다. 고객을 만족시키기 위해서는 고객의 감동을 이끌어 내고 사원들의 만족감을 통해서 업무에 전념토록 유도하기 위해서는 직원들의 감동을 자아내야 한다는 주장이다. 삶을 살면서 크고 작은 감동을 받으며 살겠지만 내 경험으로는 자식들의 대견한 모습만큼 가슴 뭉클하고 나도 모르게 저절로 눈물이 흘러내리는 것은 없었던 것 같다. 나 자신이 오랫동안 공들였던 일이 어렵사리 성취되는 순간 느끼는 감동보다도 자식들이 아주 작은 성취를 해내는 대견한 모습이 더 내 마음을 울리게 한다. 정말 신비로울 따름이다.

그래서 자식들을 낳고 기르도록 만들어져 있는지도 모르겠다.

그런데도 아이들은 아빠를 무서워한다. 나도 어렸을 때 아버지가 괜히 무서웠으니까 말이다. 내가 잘못을 하면 어머니는 두둔하는 역할을 맡았고 아버지가 혼을 내다 보니 자연히 아버지를 피하게 됐었다. 우리 아이들이 어렸을 때 일이었다. 내가 주말에 집에서 쉬고 있을 때 아이들 공부를 도와주기 위해서 눈망울이 말똥말똥한 세 녀석들을 데리고 영어공부를 가르쳐 준 적이 있었다. 아이들이 잘 따라 주어 나는 재미있게 가르쳤다고 생각했었다. 그때 마침 아내는 아르바이트를 갔을 때였다. 훗날 아내가 나에게 아이들 얘기를 귀띔해 주는데 그때 아이들이 엄마가 언제나 돌아오나 하고 무서움에 떨며 엄마가 돌아오기만을 학수고대하였다는 것이었다. 아마 아이들은 공부를 못한다고 아빠한테 꾸중 들을까 봐 걱정했었나 보다.

그 말을 듣고 나는 깜짝 놀랐고 또 한편으론 무척 서운했다. 그래서 아빠 노릇하기가 쉽지 않다는 것인가. 그래도 아이들이 학교에서 학예발표회 때 악기도 제법 곧잘 연주하고, 운동경기에서 열심히 뛰고, 군대에 가서 의젓하게 참고 견디며 잘 성장하고 있는 모습을 볼 때에는 더없이 기쁠 수가 없었다. 사람의 삶은 고통만 있으면 살맛이 안 날 것이다. 그러나 이따금 이러한 자식들을 통한 진한 감동을 느낄 수 있기에 또다시 그 맛을 보기를 기대하며 시시포스Sisyphos의 돌을 계속 굴려 올리는 것이 아닐까 싶다.

이런 감동의 이야기는 비단 자식들에게서만 느낄 수 있는 것은 아닐 것이다. 직장에서든, 사회에서든, 잔잔한 감동의 멜로디가 흐르는 사회가 우리들의 정신과 영혼을 살찌울 것이다. 어려운 난관을 극복하고 권투 세계 챔피언이 된 홍수환 이야기가 우리에게 감동의 승리감을 맛보게 하듯이, 평생 노점상으로 또 폐휴지 수집으로 길거리에서 온몸을 얼렸다가 달구었다가 하면서 푼돈을 모아 일평생 일군 재산을 사회에 쾌척하는 할머니가 장한 감동의 울림을 만들듯이, 모든 감동의 살아 있는 드라마는 우리가 진정 살아 있다는 느낌을 들게 만든다.

집에서 화초를 키우다 보면 씨앗에서 싹이 터 두터운 흙의 갑옷을 뚫고 머리를 내미는 어린 떡잎을 볼 때 어떻게 그렇게 가느다랗고 여린 싹이 그 무거운 흙덩이를 뚫고 나왔나 싶어 대견할 따름이다. 생명의 탄생에 경외를 느끼게 된다. 이 어린 싹들이 겨울의 모진 추위를 견디어 내고 제법 줄기에 살이 붙어 뼈대를 갖추면 여간 대견스러울 수가 없다. 그렇게 몇 해를 잘 자라다가도 어느 해 겨울을 나면서 일부는 결국 죽어간다. 그동안의 삶을 향한 처절한 고생이 한순간에 물거품으로 변해 버리는 것이다. 그 모습을 보는 내 가슴에도 피멍이 든다. 하지만 이러한 난관이 없으면 성장에 대한 감동의 크기도 덜할 것이다.

또한 많은 사람들은 아이들에게 밥이나 먹여 주고 용돈이나 충분히 주면 잘 성장하겠지 하며 안일하게 생각한다. 집에서 키우는 화초도 온갖 정성과 관심을 기울여야 건강하게 자라서 밝고 예쁜 꽃을 활짝 피우듯이 아이들도 부모의 사랑과 기대 속에 끊임없는 관심과 보살핌으로 비로소 건장하고 듬직하게 성장할 수가 있는 것이다. 부모의 감동어린 지원과 고통스러운 인내 없이는 자식들의 올바른 결실을 기대할 수는 없는 것이다.

모든 자연과 인간 세상에는 장한 감동의 드라마가 숨겨져 있다. 우리나라 역사도 자랑스러운 감동의 희생과 노력이 없이 만들어지지는 않았을 것이다. 우리 후손들이, 우리의 자식들이 이 땅에서 감동이 물결치는 사는 맛을 느낄 수 있도록 감동의 장을 만들자!

우리 모두 자신만의 감동의 드라마를 만들어 보자!

제5부

뜻을 기리며

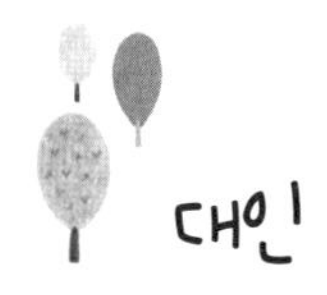

대인

우리나라에는 '대인' 또는 '대인배'라는 호칭이 있다. 큰 그릇의 인물이라는 뜻일 게다. 덩치만 크다고 또는 지위만 높다고 붙여 주는 일이 없으니 외형보다는 인격을 보고 붙여 준다고 할 수 있다. 농담으로 위대한 사람은 위가 큰 사람이라고 한다. 요즘 우리나라에서 대인이라는 칭호가 사용되는 것을 듣기가 좀처럼 쉽지 않다. 일상 사회생활에서나 방송에서도 그렇다. 그 전에는 종종 사용되었던 말인데 무슨 일이 있나 궁금하지 않을 수 없다. 현실에서는 사장이나 회장이 더 많이 사용되고 있다.

한때 우리나라에서는 사장이 흔한 호칭이었다. 우리나라에 무슨 사장이 그리 많은지 모르겠다고 비아냥거리며 호칭의 인플레를 꼬집던 사람도 많았다. 시내 다방에서 '김 사장' 하고 부르면 반 이상이 고개를 돌리더라는 말이 있었는데 요즘은 한 수 더 떠서 상대방을 사장이라고 부르면 어딘지 모르게 뒤통수가 간지럽다. 사장이라고 불러 주어도 나에게 건너오는 상대방의 시선이 곱지가 않다. 자기를 무시한다는 뜻이다. 내가 상대방을 너무 격하시킨 게 아닐까 죄스럽다. 그래서 다음에는 은근 슬쩍 호칭을 대표님이나 회장님 정도로 불러 주게 된다.

미국에서 생활할 때는 그들이 서로에게 사장이니, 대표니, 전무니, 사모님이니 하며 직함을 부르는 것을 들어 본 적이 없다. 서로 통성명을 할 때도 이름을 알려 주지, 직함을 일부러 알려 주지도 않고 굳이 알려고도 하지 않는다. 어떤 직장에서 어떤 일을 하는가를 궁금해 하며 서로 자기가 하는 일을 소개할 뿐이지 그 직장에서 지위가 무엇인지는 서로 관심이 없다. 호칭도 지위고하를 떠나 상대방의 이름을 불러준다. 물론 공식적인 자리에서는 모두 미스터, 미스, 미세스, 미시즈 또는 마담을 이름 앞에 붙여 준다. 그렇다고 일상생활에서 존칭을 꺼리는 것도 아니다. 그들도 써(sir)라고 불러 주면 언제든 입꼬리가 귀에 가서 걸린다. 우리나라 사람들이 분에 넘는 호칭을 즐기듯 그들도 사실 그런 면에서는 큰 차이가 없는 듯하다.

그런데 요즈음 우리나라에서 대인이라는 호칭이 사용되는 것이 꽤 드물어져서 아쉽다. 내 주위에서 대인이라는 호칭을 사용하는 것을 오랜 기간 들어 본 적이 없고, 또한 TV 드라마 속에서도 들은 기억이 별로 없다. TV 드라마는 우리들 실제 사는 모습을 있는 그대로 반영하는 특징이 있기 때문에 그런 호칭이 등장하지 않는다는 것은 우리의 현실을 그 모습 그대로 투영하고 있다고 볼 수 있을 것이다.

대체 무슨 일일까? 대인이라는 호칭을 그래도 예전엔 종종 들어 볼 수 있었는데 말이다. 내가 대학교 다닐 때 여름방학 기간에 서울 교외에 있는, 나룻배를 타고 강을 건너가야 닿을 수 있는, 소위 고시촌이라고 불리던 한적한 민가에서 학우와 함께 취업 준비를 하던 때였다. 그곳에는 행정고시나 사법고시 등 소위 고시 공부를 위해 여러 해 동안 그곳을 떠나지 못하고 마치 도인처럼 행동하는 고시 재수생들이 많았다. 심지어 대학을 졸업하고 4~5년을 그곳에서 마냥 공부만 하는 이들도 있었다. 그런데 이들의 행동이 참 인상적이었다. 그들은 수차례 고시에 낙방하고 시골에서 부쳐 주는 생활비도 점차 줄어들어 가고 있어도 그곳을 뜨지도 못하는 자신의 신세를 한탄하는 것이 아니라 머지않아 나는 고시에 반드시 합격한다, 아직 시운을 못 만난 것이지 내가 무능해서가 아니다는 듯한 의연한 태도를 잃지 않고 있었다.

아무리 어려워도 좌절하지 않고 초조함도 없이 대망을 향해 뚜벅뚜벅 무거운 발걸음을 옮기는 비장한 모습은 가히 대인의 모습으로 비춰졌다. 그 고시촌에서는 그들을 대인이라고 불러 주었고 그들도 그 호칭을 위안 삼아 그들의 갈 길을 꾸준히 가고 있었다.

그리고 직장 동료나 친구들 사이에서도 왕왕 대인 호칭이 사용되었다. 같은 지위의 처지에 서로 이 과장, 김 과장 하며 부르기보다는 그 중에서도 도덕적으로 존경의 대상이 되는 이는 차이를 두고자 이 대인, 김 대인이라고 부르곤 했다. 거기서 한 단계 더 올려 주면 대감이라고도 했다. 이때 대감이라고 하면 그 뉘앙스가 대인하고는 약간 차이가 있다. 현 직위는 그렇게 높은 위치는 아니나 연륜이나 능력으로 보아 충분히 높은 반열과 어깨를 나란히 견줄 만한 이들을 주로 높여서 대감이라 불러 주었고 대인은 직위의 높고 낮음의 의미보다는 그 사람의 됨됨이, 품성을 두고 그 사람의 그릇이 큼을 암시하는 뜻을 내포하고 있었다.

미국에서 유학 생활할 때의 일이다. 다섯 식구가 미국 대학교의 기혼자 기숙사에서 생활하고 있었다. 당시 우리나라는 IMF 외환위기를 겪고 있던 때라 갑자기 오른 달러 값 때문에 한국에서 부쳐 주는 돈으로는 우리 다섯 식구가 생활하기에 빠듯한 시기였다. 우리뿐만이 아니라 한국에서 유학 온 대부분의 학생들이 매일 밤늦게까지 도서실에서 전공 공부를 하며, 또 한편으로는 시간을 쪼개어 현지에서 청소나 한국 가게에서 반찬을 만들어 주는 등 단순한 업무의 아르바이트를 하면서 학비와 생활비를 충당하는 노력을 아끼지 않았었다.

그런 형편은 우리라고 다를 바 없어서 집사람이 중국가게에서 매일 밤늦게까지 손님들 주문을 받고 음식 날라 주는 아르바이트를 해서 근근이 용돈을 보태 쓰고 있었다. 어느 날은 일을 마치고 차를 몰고 돌아오는 길에 얼마나 피곤했던지 깜박 졸아서 눈을 떠 보니 어느새 중앙선을 넘어서 운전을 하고 있더라는 아내의 말을 듣고 모골이 송연해졌다. 아무 말 없이 묵묵히 일하는 아내에 대한 미안함과 고마움이 가슴 깊숙이 파고들었다. 대인이 따로 없었다.

처갓집은 그래도 형편이 좋았던 시절이라 가끔 우리 가족에게 생활에 필요한 물건들, 아이들 간식거리들, 밑반찬들을 라면 상자로 하나씩 미국으로 붙여 주곤 했었다. 우리들은 설렘과 고마운 마음으로 그 상자를 뜯어보았다. 그리고 약간씩 이웃 유학생들에게 나누어 주는 호사를 누리는 기분도 좋았다. 소위 우리 가족이 그 라면 상자로 인하여 유학생 사회에서는 부러움의 아이콘이 되었던 것이었다.

하루는 그런 상자에 배달 사고가 났다. 그런 일이 한 번도 없었는데 서울에서 물건을 보낸 지가 일주일이 넘었는데도 배달이 되지 않았다.

우리가 사는 마을인 오스틴에서 두 시간이나 떨어진 댈러스에 위치한 우편집중국에서 전화가 왔다. 배달이 안 되니 직접 찾으러 오라는 내용이었다. 영문도 모르고 부랴부랴 차를 몰아 댈러스 우편집중국을 찾아갔다. 우리 집으로 배달될 상자가 특수 환기 장치가 되어 있는 박물관 저장고 같은 곳에 놓여 있는 것이 아닌가. 영문을 알아보니 내용물이 생선인데 부패가 심해서 도저히 배달을 할 수가 없고 수취인이 동의를 해 주면 대신 처분을 해 주겠다는 요지의 관계자 설명이었다.

처갓집에서는 정성을 다해 싱싱한 생선을 사서 보냈지만 미국까지 오는 동안 이렇게까지 썩을 줄은 몰랐을 것이다. 미국 항공운송 규정에 농산물이든 수산물이든 가공되지 않은 물건은 국가 간 운송 화물로 취급할 수 없도록 되어 있는 걸로 알고 있었다. 법 적용이 엄격하기로 유명한 미국에서 제대로 지청구를 듣겠구나 하고 마음속으로 각오를 하고 있는 차였는데 뜻밖에도 체구가 우람한 우체국 직원이 부드러운 말투로 자초지종을 얘기해 주며, 내 동의를 구하고 있는 것이 아닌가. 나는 아! 이런 사람이 바로 진정한 대인이 아닌가 하는 생각이 머릿속을 스쳐 지나갔다.

미국에서도 대인이라는 호칭을 보급하면 어떨까 하는 생각을 가져 보았다.

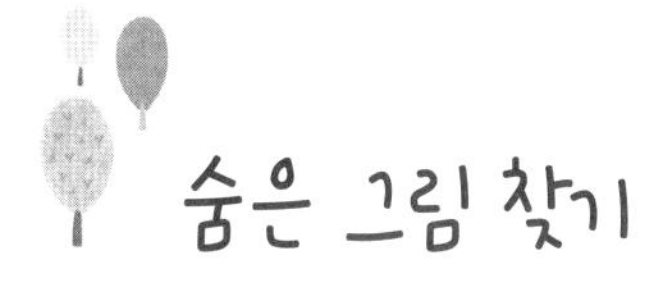

숨은 그림 찾기

내일은 해가 저 바다 멀리서 얼굴을 내밀 때 부족 남자들은 노와 작살을 들고 앞바다로 모여야 한다. 소년은 내일 아버지와 형을 따라 나설 것이다. 어제 하늘 가운데 떠 있는 달빛에 비추어 가며 아버지는 작살에 매달 돌을 날카롭게 갈고 갈았다. 소년은 아직 나이가 어려서 배에 태워 주지 않는다. 그렇지만 소년은 아버지와 형이 고래 잡는 모습을 바닷가 높은 봉우리에 앉아서 바라볼 것이다. 소년이 사는 부락 앞 얕은 포구에는 가끔 커다란 고래가 길을 잃고 들어오는 경우가 있다.

부락의 힘센 아저씨들이 모두 배를 끌고 나가 고래를 포위해서 고래를 잡을 것이다. 고래는 소년이 제일 좋아하는 고기이다. 겨우내 어머니가 소금에 절인 것을 썰어 주면 그는 행복해진다. 며칠 전에는 등에 업힌 아기 고래가 엄마를 잃고 우는 모습을 보고 그도 울었다. 아버지는 어린 아기 고래에게는 미안하지만 우리들에게 음식을 주는 어미 고래를 잡지 않을 수 없다고 소년을 달래 주었다. 소년은 마을 안쪽에 있는 거북이 등 바위에 그려져 있는 아기 고래에게 가서 미안하다고 했다. 그 거북바위 그림에는 소년의 아버지가 직접 잡은 고래를 자랑스럽게 들어 올리는 그림도 그려져 있다. 형과 소년은 가끔 그곳에서 숨은 그림 찾기 놀이를 하며 논다.

선사시대에 우리 조상들이 바위에 그림을 새겨 놓은 곳이 있다. 울산 태화강의 지류인 대곡천이 흐르는 하류 지역에 사람의 접근이 쉽지 않은 강 건너 좁은 지역에서 마치 캔버스처럼 매끈하게 생긴 암석 위에 선사시대의 옛 선인들이 그들의 생활상을 엿볼 수 있는 수많은 그림을 남겨 놓았다. 울산광역시 울주군 언양읍 대곡리에 소재한 거북 바위란 뜻의 반구대 암각화는 국보 285호로 지정되어 있다. 그곳에 설치된 사연댐으로 강의 물이 불어 물속에 잠기게 되는 것을 막기 위해 물막이 공법이 지자체와 학계에 의하여 강구되고 있다.

암각화는 유럽, 시베리아, 몽골, 중국 등 세계 각지에 분포하고 있는데, 우리 한반도에는 현재까지 35개소가 발견되었다. 특이한 점은 이들 대부분의 암각화가 울주의 반구대처럼 하천변의 수직의 암면에, 그것도 커다란 산에서 떨어진 독립된 조그만 암석군에 있는 경우가 많다는 것이다. 이러한 암각화에는 주술적인 의미가 있는 것으로 해석되고 있다.

평평한 수직 바위가 마치 거북이를 닮았다고 해서 '반구대'라고 명명하였다. 약 7,000여 년 전 신석기 시대에 제작된 것으로 추정된다. 현장에 직접 가서 확인해 보니 기대했던 것보다는 아주 작은, 어른 주먹만 한 그림들이었다. 시에서는 더 이상 훼손되는 것을 막기 위해 강 건너편에 조망대를 조성하고 그곳에 망원경을 설치해 놓았다. 망원경으로 인내심을 갖고 세심히 찾아보아야 비로소 희미한 형상으로 그 모습을 찾아볼 수 있으니 꼭 숨은 그림 찾기를 하는 것 같았다. 그 그림들은 비록 크기는 작으나 그 수가 약 300여 개에 달하여 학문적 의의가 무척 크다. 이와 같이 상세히 여러 종류의 고래를 새긴 그림은 세계적으로도 유래가 없을 뿐만 아니라, 고래사냥 벽화는 세계에서 가장 이른 시기에 만들어진 암각화라고 한다.

그림들은 전체적인 화폭에 의도된 구도를 가지고 만들어진 것이 아니고 무원칙하게 빈 공간을 찾아 그때그때 모양을 누군가가 새겨 놓은 것이다. 안타깝게도 오랜 풍상을 견디며 그 형상을 알아보기 어려울 정도로 마모되었다. 그러나 다행히도 학자들이 형상을 그대로 재현하여 전망대 한쪽에 설치된 전시판에 옛 예술가의 작품들을 오롯이 만나볼 수 있었다. 전시판 앞에서 자랑스럽게 그림들을 소개해 주는 아리따운 해설자 아주머니의 고운 말소리를 듣고 그림들이 오랜 잠에서 깨어나 춤을 추듯 움직이기 시작했다.

작살을 맞아 몸부림치고 있는 사각형의 머리와 큰 몸통을 가진 향유고래, 물을 뿜듯 숨을 쉬며 군무를 즐기고 있는 북방 긴수염고래, 애달픈 듯 새끼를 등에 업고 있는 귀신고래, 신들려 팔과 다리를 벌리고 춤을 추고 있는 무당, 배를 타고 고래를 사냥하는 모습, 고래를 잡고 그것을 번쩍 들어 보이며 뽐내는 듯 서 있는 추장, 연주 실력을 한껏 자랑하는 나팔을 부는 소년, 물개, 사슴, 멧돼지, 호랑이 등 수많은 다양한 인물, 육지동물, 해양 동물이 등장한다. 특이하게도 육지동물은 모두 들을 바라보고 수평방향으로 그려져 있고, 사람과 해양 동물은 하늘을 향해 수직방향으로 그려져 있다.

북한산에 오르면 우연찮게 바위에 조각된 부처님을 곳곳에서 만나 볼 수 있다. 절이 있었던 곳도 있고, 등산객의 발길이 드문 곳에서도 뜻밖에 마주칠 수 있다. 나는 홀로 남들이 모를 만한 새로운 등산로를 개척하는 것을 무척 좋아한다. 어느 날 설레는 개척의 마음을 담고 새로운 길로 한참 동안을 접어들었는데, 인적이 매우 드문 곳에서 갑자기 바위 위에 계신 자그마한 부처님이 나를 환한 웃음으로 반기는 것이 아닌가. 깜짝 놀랐다. 신비로운 모습으로 다가온 부처님이 마치 어릴 때 죽은 형이 돌아온 듯 반가웠다. 눈물이 왈칵 쏟아졌다. 오랫동안 몰래 숨어 있다가 나를 놀래려고 갑자기 나타난 것같이 짓궂었다. 정신이 멍한 가운데 넙죽 인사부터 드리고 한동안을 그 자리에 꼼짝 않고 서서 옛 얘기를 나누었다. 미안하고 야속한 마음에 평생 무거웠던 가슴이 솜털같이 가벼워졌다.

일반적으로 바위에 새겨진 부처님의 모습이 반드시 정교하거나 뚜렷한 형태는 아니다. 어떤 부처님은 얼토당토않게 우습게 생긴 모습도 있다. 모습이 우습게 생겼다고 그 부처님의 위엄마저 우습지는 결코 않다. 오히려 더 신비로운 후광이 눈부시기도 하며, 내 경솔한 삶을 준엄하게 꾸짖는 것 같아 두려운 마음이 들기도 한다. 첫인상이 허전하게 생긴 사람을 만만하게 보았다가 나중에 큰 코 다치는 경우와 마찬가지이다.

모든 창작품은 그것을 만드는 이의 영혼이 담겨 있다. 그의 영혼이 그 창작품을 통하여 영원히 살아 숨 쉬게 된다. 후대에 이를 접한 사람들은 이를 통하여 창작자의 고뇌와 염원, 그리고 환희를 공감할 수 있다. 시간과 공간을 초월한 감동의 만남이 이루어진다. 이 만남은 머리로는 이루어지기 어렵다. 머리로는 단지 학문적인 해석만이 가능하다. 창작품을 통한 창작자와의 진솔한 대화는 가슴으로만 가능하다. 모든 인류가 시공을 넘어 대화가 가능한 것은 우리가 따뜻한 가슴을 지니고 있기 때문이다.

나는 반구대 암각화에 그들의 영혼을 새겨 넣은 오래전의 순수한 창작자들과 지금도 대화를 나누고 있다. 바위에 새기는 그들의 벅찬 숨소리를 듣는다. 그들 사이의 대화소리, 웃음소리가 암벽에 부딪혀 메아리쳐 울려 퍼지는 것을 듣는다. 그들이 바위에 그림을 새겨 놓을 때면 후대 사람들이 이 그림을 보리라고는 전혀 생각하지 못했을 것이다. 그들이 예술 작품을 아로새기는 창작자라는 의식도 없었을 것이다. 그들은 그들의 마음을 그대로 적었을 뿐이었을 것이다. 그들의 순수한 마음 그대로일 뿐이다. 순수 자연 그대로이다. 그들의 삶이고 그들의 살아 움직이는 감동의 대화이다. 7,000여 년이 지난 지금 내 가슴도 그 당시 아기 고래에게 미안한 소년과 함께 공명한다.

광화 사상

서울을 대표하는 명소는 어디라고들 생각할까? 사람마다 다르겠지만 나는 단연코 광화문이라고 생각한다. 광화문은 내 고향이자 내 온 삶의 터전이다. 내가 태어난 곳은 광화문이 훤히 내려다보이는 청운동 산꼭대기이다. 초등학교, 중학교, 고등학교를 광화문 주위에서 나왔고 아내를 처음 만나서 사랑을 싹틔운 곳도 광화문이었으며 대부분의 직장생활도 이곳에서 보냈다. 현재도 지인들을 만날 때는 거의 광화문 세종문화회관 언저리에서 만난다. 젊은 시절 친구들과 뜻을 나누기 위해 만든 모임 이름도 '광화문 포럼'이고, 호연지기를 키우기 위해 만든 산우회 이름도 '광화문 산우회'이다.

현재 살고 있는 내 보금자리는 광화문이 머리에 이고 있는 세검정이니 자하문 고개만 넘으면 광화문에 10분 내에 당도한다. 마지막 개인적 욕심은 경복궁 경내가 내려다보이고 사방으로 북으로는 북악이, 남으로는 남산이, 서로는 인왕이, 동으로는 낙산을 바라볼 수 있는 곳에 조그마한 오피스텔을 하나 구입해서 그곳에서 글을 쓰며, 친구들과 함께 담소도 나누며 여생을 보내는 것이다. 문자 그대로 태어나서 죽을 때까지 광화문 인생이라고 해도 좋을 것이다.

광화문 광장 한복판에 서서 북쪽에 버티고 서 있는 산을 올려다보면 두 개의 하얀 둥그런 눈동자를 발견할 수 있다. 흡사 용의 두 눈망울을 닮았다고 하여 경복궁 위를 지키고 있는 북악산을 용의 머리에 비유한다. 용의 두 부리부리한 눈망울이 광화문 벌판을 내려다보고, 입안 여의주의 밝은 광채를 남쪽으로 내뿜으며, 광화문에서 벌어지고 있는 모든 역사적 현장을 청렬한 정기로 목도하고 있는 모습이다. 이러한 광화문 광장은 우리의 역사 그 자체라고 상징적으로 표현할 수도 있다.

보다 상세히 구분하여 표현하자면 우리의 중세 이후의 살아 숨 쉬는 역사의 생생한 현장이다. 1392년 7월 새 왕조 조선을 창건한 태조는 새로운 도읍지가 필요했다. 그곳에는 신흥 사대부들의 새로운 정치이념, 관료들의 청빈한 윤리의식, 그리고 종묘사직의 새로운 종교적 가치관이 함께 용해되어야 했다. 단순히 전략적 요충지라는 기능적 목적 이외에 새로운 정신이 함께하는 것이었다. 이러한 웅대한 꿈을 지닌 정신이 있었기에 어릴 때부터 총명하고 담대했던 태조는 자신의 정치적 성장의 기반이자 마음의 안식처인 함흥을 포기하고 낯선 이곳, 왕도의 기상이 서려 있는 한양을 새 역사의 도읍지로 결정하였던 것이다. 조상 대대로 한가롭게 촌부들이 논밭을 가꾸었을 이곳 광화문 일대는 1393년 9월부터 새 역사를 개척하는, 망치와 정이 힘차게 부딪히는 소리가 온 천지에 울려 퍼졌을 것이다.

1394년 10월 드디어 새로운 하늘이 온 천하에 열리듯 한양 천도가 이루어졌다. 이후 영욕의 600여 년이 지난 그 역사의 공간에 모든 국민이 가장 존경하는 두 분의 지도자가 우리와 함께 자리하고 있다. 문과 무의 상징적 인물인 세종대왕과 충무공이다. 위국애민의 마음으로 한글을 창제한 대왕과 '필생즉사必生卽死, 필사즉생必死卽生'의 애국충절로 국난을 극복한 충무공은 우리 민족의 정신적 표상이다. 예부터 우리 한민족은 문무를 겸비하는 것을 선비의 가장 이상적인 덕목으로 여겨 왔다. 태극의 음양사상과 같이 문과 무를 숭상하는 정신을 상징하듯 수도 서울의 중추에 두 분을 우리들 바로 곁에 모시고 있다는 것은 우리 국민의 정신적 수준을 나타내 주는 것 같아 흐뭇하다.

한글

가 갸 거 겨 고 교 구 규…….
콧물이 석 자나 나온 것도 모르고 놀던 아련한 시절
짐짓 엄한 척하는 삼촌을 따라 부르던 우리의 소리
우리 대한민국의 가락
무릇 가르치는 모습도 이어져 내려오니
한글을 만드신 대왕의
미래를 향한 염원의 노래이다.

우리나라를 방문하는 수많은 외국인들이 두 분의 공적을 알게 되면 우리 민족의 지혜로움에 탄복을 하리라고 조심스레 자평해 본다. 혹 탄복한 외국인이 우리나라의 고유사상이 무엇이냐고 호기심을 갖고 묻는다면 나는 삼국유사에 등장하는 고조선 건국신화에서 밝힌 '홍익인간', 즉 '널리 사람을 이롭게 한다.'는 사상이라고 답하고 싶다. 종교적, 민족적, 이념적 갈등으로 고통받고 있는 전 인류에게 가장 설득력 있는 메시지이다. 혹 광화문 광장의 별칭을 만들어 본다면 나는 '홍익인간 광장'으로 부르고 싶다.

광화문 광장의 가장 큰 상징은 누가 뭐래도 경복궁의 남문인 광화문일 것이다. '광화光化' 즉, '나라의 큰 덕이 온 백성을 비춘다.'라는 의미의 현판이 걸려 있는 이 문은 1395년에 세워졌고 앞의 양쪽에 한 쌍의 해치 조각상이 자리 잡고 있다. 현대적 의미로 해석하면 '나라의 큰 사랑이 모든 사람들을 비춘다.'라는 뜻이다. 바로 홍익인간 사상과 동일한 의미이다. 광화문 광장은 현판에서의 언약처럼 우리 민족의 최고의 고유 이념인 홍익인간 사상을 발현하는 숭고한 사명의 공간인 것이다. 후대는 온 인류를 위하여 '광화사상'을 널리 천착 발전시켜야 할 것이다.

높은 하늘에 떠 있는 태양은 모든 이에게 고르게 비춘다. 남녀노소, 지위고하가 따로 있을 수 없다. 이보다 더 큰 사상은 없을 듯하다. 온 세상 사람들에게 널리 알려 일깨우고픈 철학이다. 세계 역사에서 주목받지 못하던 조그만 나라에서 어떠한 큰 나라보다도 뒤지지 않을 이렇듯 큰 뜻을 품고 살아왔는지, 우리 민족이 자랑스럽지 않을 수 없다. 마치 지구의 심장이 바로 이곳 광화문 광장으로 느껴진다. 온 인류가 뜨거운 가슴에서 우러나오는 진리를 향한 함성으로 하나가 될 수 있는 환희의 광장, 젊음의 터전, 그리고 사랑의 보금자리이다.

광화문은 나와 내 아내와의 7년간의 애틋한 사랑의 기승전결이 오롯이 새겨 있는 추억의 공간이기도 하다. 우리나라의 정치적 격변의 기운이 감돌던 1979년 여름, 지인들의 소개로 광화문 사거리 한 모퉁이 다방에서 우리의 운명은 시작되었다. 짧은 인생이었지만 마치 우리는 퍽이나 인생의 깊은 맛을 본 사람들처럼 진솔하고 진지한 열정의 대화를 나누었다. 7년간의 달콤하지만은 않은 우리의 순수한 만남을 굽이굽이마다 지켜본 광화문 광장은 새로운 결실로 이끌어 주었다. 기나긴 사랑의 여정에 가장 큰 힘이 되어 주었던 것은 첫 만남에서의 젊은이다운 뜨거운 가슴과 진솔함이었던 것 같다. 지금 이 순간에도 광장에서는 수많은 순수한 젊음들이 북악산 여의주의 기운을 받으며 뜨거운 결실을 잉태하고 있을 것이다.

광화문이여 영원하라!

왼손의 발견

오른손잡이, 왼손잡이는 어떻게 결정되는 걸까? 유전인가 아니면 후천적인 습관일까? 습관이라 한다면 왼손을 어릴 때부터 사용하도록 습관 들게 해 주는 부모들도 있다는 말인가? 온통 사회가 오른손잡이에 맞추어져 있는 사회에서는 일어날 수 없는 일이다. 그렇다면 유전이라 한다면 일란성 쌍둥이는 모두 왼손잡이거나 오른손잡이란 말인가? 이해할 수 없는 영역이다.

예전에 우리나라에선 오른손은 '바른손', 왼손은 '그른손'이라 부르며 오른손잡이로 만들기 위해 가정에서 엄하게 훈육을 시키는 경우가 많았다. 해외에서도 오른쪽을 뜻하는 'right'에 '옳음'이라는 의미를 주어서 오른손잡이가 무의식적으로 옳다고 가르쳐 왔다.

그러나 최근에 내가 미국에서 공부할 때 느낀 것은 우리나라보다 왼손잡이가 눈에 띄게 많다는 것이었다. 예를 들어, 버락 오바마와 존 매케인도 왼손잡이이다. 그들이 사인을 하는 장면을 눈여겨보면 알 수 있다. 나와 함께 대학원에서 수업을 듣던 미국 학생들 중에서도 왼손잡이를 쉽게 만나 볼 수 있었다. 특별히 그들이 그런 특징을 수치스럽게 의식하고 있는 눈치도 아니었다. 그렇다고 미국이 왼손잡이를 선호하는 사회는 결코 아니다. 그 나라도 우리나라 못지않게 왼손잡이를 경멸하던 사회였다. 이제는 왼손잡이에 대한 차별의식이 없는 사회가 되었다는 뜻이다.

왼손잡이를 찬양하는 것은 아니지만 아이러니하게도 역사적으로 중요한 인물들 중에는 왼손잡이가 많았다. 피카소, 레오나르도 다빈치, 나폴레옹, 베토벤, 슈바이처, 괴테, 아인슈타인, 스티브 잡스 등등이 왼손잡이였다고 한다. 왼손잡이들에게 우리가 모르는 특출한 무엇인가가 있다는 궁금증을 갖게 한다.

예전에는 우리나라에서 왼손잡이를 보는 일이 매우 드물었다. 왼손잡이는 발달 과정에서 비정상적으로 비추어졌기 때문에 부모들 극성에 왼손잡이를 할 사람이 많지 않았다. 의학적으로는 우열의 차이가 전혀 없다고 한다. 그래도 우리 아이가 소수의 그룹에 속하기를 원치 않았던 것이었다. 그러나 요즈음은 우리나라에서도 심심찮게 왼손잡이를 볼 수 있다. 비근한 예로, 우리 사무실의 여직원이 그렇다. 내가 알고 있는 사람의 가정은 자녀의 반이 왼손잡이라고 한다. 이제는 문화가 바뀐 탓이다. 우리 아이가 원하고 즐겨 하면 구태여 그것이 비윤리적이지 않는 한 아이에게 고통을 안겨 주면서 그 행동을 고치고 싶지 않은 것이다. 오히려 그들의 타고난 재능을 막게 될지도 모른다고 우려하는 것이다. 그래서 특별히 그 자녀들의 성장과정에서 행동 수정을 위해 왼손 사용 제지를 의도적으로 해 본 적이 없다고 한다.

모 국회의원이 한 간담회에서 모두 발언을 하며 우리나라에서 절대 바뀌지 않을 것 같던 문화 두 가지가 바뀐 것을 보고 적이 놀라웠다고 했다. 하나가 남아선호사상이고, 다른 하나가 장묘 문화의 변화라고 했다. 나는 이 자리에서 하나를 더 추가해서 왼손잡이에 대한 인식의 변화도 넣고 싶다.

소수자의 정당한 권리의식의 회복이랄까. 다양성이 존중되지 않던 지난 시대에는 남과 다른 특징을 지닌 사람은 사회로부터 보이지 않는 따돌림을 당했다. 미국사회에서는 인종적인 차별이 심각한 사회적 문제였다. 지금이라고 인종에 대한 차별이 전혀 없는 것은 아니다. 그러나 과거에 비할 바는 아니다.

미국에서는 이러한 유색인종에 대한 인종적 차별을 극복하기 위하여 Affirmative Action이라는 법적 보장 장치까지 마련하여 소수 인종에 대한 적극적인 지원책까지 쓰고 있다. 우리 인류사회에서 소수자에 대한 차별 문제만큼은 가장 선진 문화를 달성했다고 찬사를 보낼 수 있다. 이러한 바탕 위에서 미국에서는—미국의 사회질서는 기독교적인 사고방식에 기초한다고 볼 수 있다—종교적으로 가장 예민한 문제인 동성애자 간의 결혼을 합법화하고 동성애자에 대한 사회기반의 배려까지 고려하고 있어 실로 소수자에 대한 철저한 권리회복을 꾀하고 있다. 우리나라도 결국은 미국의 선례를 따라 각종 소수자의 인권에 대한 정당한 배려가 강구되는 문화로 바뀌어 가리라고 기대해 본다.

이 글을 쓰는 나는 어떨까. 나는 오히려 지독한 오른손잡이이다. 왼손으로 야구공을 던지면 10m도 넘기기 어려웠다. 가히 장애아 수준이라고 해도 좋을 것이었다. 그러나 이것은 3년 전까지의 이야기이다. 지금은 그 정도로 심각한 정도는 아니고 왼손의 운동능력이 오른손의 거의 80%에 달할 정도로 왼손의 능력이 크게 향상되었다. 왼손으로 야구공을 한 40m는 족히 나가도록 던질 수 있다. 물론 고통스러운 훈련의 과정을 겪은 뒤이다. 비단 왼손만이 아니고 왼발도 마찬가지로 강도 높게 훈련시키고 있다.

그 성과는 기대를 뛰어넘는다. 나도 그 효과가 어디까지 나타날지는 알 수가 없다. 그러나 지금 이 정도로도 족함에 남음이 있다. 척추를 중심으로 온몸의 뼈들이 재배열되고 있는 느낌이다. 50년 이상을 한쪽으로의 기형적인 발달 모습에서 양쪽 균형으로의 정상적인 모습을 되찾아 가는 그런 느낌이다. 나는 어릴 때 어머니 등에 너무나 오래 업혀 있어서 다리가 오다리 형태로 많이 휘어져 있었다. 그래서 군대에서 차렷 자세가 제대로 나오지 않아 혹독한 곤욕을 치렀던 뼈아픈 기억도 있다. 그러나 지금은 누가 보아도 내가 오다리인 줄 모를 것이다. 이제 군대를 다시 가고픈 마음이 들 정도이다. 그것도 해병대로 말이다. 과거의 치욕을 멋지게 날려 버릴 것이다. 오랜 훈련 끝에 양손잡이가 되었다는 글을 접했던 기억이 있다. 오른손의 움직임이 좌뇌를 발달시키고 왼손의 움직임이 우뇌를 발달시켜 양손을 사용하게 되면 양쪽 뇌를 고르게 발달시킬 수 있다고 한다. 나는 그런 의도는 없었지만 자연스럽게 무엇엔가 이끌리어 그런 훈련을 하고 있다. 그 훈련의 성과는 육체적, 물리적 효과만을 의미하지 않는다. 꼭 짚어 이것이 정신적, 정서적 효과라고 말할 수는 없으나 막연한 심증이 가는 여러 가지 부수적인 효과를 경험하고 있다. 늦은 나이에 여태까지 느끼지 못했던 신비로운 감흥과 새로운 성장의 즐거움을 은밀히 느낄 수 있어서 좋다.

나는 개인적으로 나이에 관계없이 지속적인 변화가 있어 왔다. 이것을 꼭 성장이라고 표현할 수는 없더라도 그 전에 내가 지니고 있었던 특징적 요소가 그 반대 방향으로 바뀌어 오고 있다는 것을 경험하고 있다. 예를 들어, 어릴 때 운동을 매우 싫어했다면 지금은 운동광이 되어 있고, 무척 내성적인 성격이었다고 하면 지금은 남들이 그 반대로 나를 평가해 주고 있는 식이다. 나는 이러한 내 변화를 무척 고맙게 생각하고 있다. 주로 내가 어릴 때 약점으로 작용했던 특성들이 차츰 나에게서 멀어져 가고 있는 것이다. 즐겁지 않을 수 없다.

왼손의 변화가 나에게 그런 가슴 설레는 멋진 변화를 가속시킨다는 막연한 기대로 오늘도 나는 열심히 왼손과 함께 훈련에 매진하고 있다.

반환점

글을 쓰기로 마음먹은 후 나도 개인 문집을 한 번 가져 보기로 했다. 내가 직업을 대학으로 선택했다면 나도 나름 성실한 성격 탓에 학술 저서 한두 권쯤은 만들었을 것이다. 그러나 내가 직업으로 행정 분야를 택한 이후로는 책보다는 사람들과의 바쁜 일과로 글을 쓰는 것은 꿈도 꾸지 못하였다. 아니, 나 스스로의 무능 탓으로 인한 나 자신의 한계점이었다. 다른 사람들이 저서를 갖고 있으면 한없이 부럽기만 했다. 내가 이르지 못할 영역으로만 여겨졌다. 직장을 옮기며 새로 작성하게 되어 있는 신상명세서에 '저서란'을 빈칸으로 남겨 두어야 하는 부끄러운 심정은 내 무능을 다시 한 번 확인해 주는 뼈아픈 고문이었다.

또 다른 한편으로, 자식들을 생각하며 얼마나 속이 상했는지 모른다. 나도 남들처럼 번듯하게 우리 자식들에게, 우리 후손들에게 당당하게 문집 하나 정도는 남기고 싶었기 때문이었다. 한줌의 재로 흔적없이 언제 사라질지도 모르는 인생에서 부질없는 재산을 후손들에게 남기는 것과는 비교할 수도 없이 소중한, 가치가 있는 일일 것이다. 나도 우리 조상님들의 문집이 하나라도 있었으면 얼마나 좋을까 하고 무척 아쉬워했던 사람이다. 그나마 내가 장손이라서 우리 할아버지께서 한지로 엮어 정성껏 만드신 우리 조상님들의 가계도 유품을 서너 권 가지고 있다. 그 오래 묵은 묵향이라도 흠향할 수 있다는 것이 얼마나 행복한지 다른 사람들은 모를 것이다.

할아버지께서는 글이 짧으셔서 남겨 놓으신 글씨들이 고르지 못하고 우스꽝스럽게 삐뚤빼뚤하다. 그래도 그것이 오히려 할아버지의 순수하고 우직한 성정을 느낄 수 있어서 얼마나 가슴 뭉클한지 모른다. 남기신 유필에 할아버지의 감상이라고는 하나도 없지만 그것이 후손들의 단순한 출생의 기록이라 하더라도 느낌이 남다른데 하물며 내 사상과 감상이 담긴 글이 후손에게 남겨진다면 그것은 실로 커다란 감명을 줄 수 있을 것이다.

아버지도 글에 대한 집착이 많았다. 예전 사람치고는 서울에서 대학까지 마치었으니 글에 대한 욕심이 없을 수가 없었을 것이다. 돌아가시기 몇 해 전부터는 당신의 사상을 직접 B4 용지 크기로 인쇄를 해서 사람이 많이 다니는 길목에서 전단지처럼 돌리기도 했다. 아버지의 글이 지방지 조그만 신문에 게재되었을 때 내게 얼마나 자랑하고 싶어 했는지 모른다. 당신 글에 대한 간절한 소망을 엿볼 수 있는 행동들이었다. 나는 그러한 아버지의 행동이 남부끄럽기만 했었는데 이제와 생각해 보니 얼마나 못난 자식이었는지 속죄할 길이 없다. 나는 왜 아버지가 당신의 흔적을 남기고 싶어 하는 행동에 적극적인 호응을 해드리지 못했던 건가. 못난 자식이다. 아버지의 그 글들을 속죄하는 마음으로 내가 잘 스크랩해서 유작으로 소중히 보관하고 있다.

이 글은 내 인생의 반환점에서 내가 수필을 본격적으로 쓰기 시작한 이래 26번째로 작성하고 있는 글이다. 첫 문집을 약 50편 정도의 글로 엮을 욕심으로 글을 틈틈이 쓰고 있는데, 이 글이 비로소 반환점을 돌아선 작품인 셈이다. 이 시점에서 글쓰기에 대한 감흥이 새롭다.

나는 한때 직장생활을 하다가 잠시 두 달여를 다음 보직을 기다리며 집에서 대기한 적이 있었다. 그때 직장 선배의 권유로 명상의 집을 찾아가 한 달간 명상지도를 받았다. 다람쥐 쳇바퀴 돌듯 서로 맞물린 톱니바퀴들이 빈틈없이 돌아가야 하는 바쁜 현대 생활에서 대부분의 직장인들은 과도한 스트레스에 시달린다. 나 역시 업무의 중압감에서 초죽음이 되어 있던 그런 상태에서 한 달간의 명상체험은 7년 가뭄 끝에 맞이하는 단비와 같은 맛이었다.

비록 한 달간의 짧은 경험이었지만 나는 명상을 통하여 신비한 변화를 느낄 수 있었다. 벽을 마주하고 눈을 감고 부동자세로 앉아서 내가 태어나서부터 현재에 이르기까지 모든 일들을 회상해 가며 마음속에 떠오르는 모든 상념을 버리도록 하는 명상법이었다. 처음에는 머릿속에 온갖 상념들이 무원칙하게 떠올랐다가 사라지기를 반복하면서 시간만 더디게 갔다. 하품만 몇 차례 하다가 이윽고 깊은 꿈에 빠져들기 일쑤였다. 그래도 꾹 참으며 꾸준히 벽을 마주하기를 한 20일 남짓을 하니 차츰 변화가 일기 시작했다.

머릿속에서 회고의 파노라마가 연대기에 맞추어 순차적으로 일관되게 떠오르기 시작했다. 내 일생을 한 차례 회상하는 데 걸리는 시간도 꽤 소요되었다. 이러한 회상을 하루에도 몇 번씩 하다 보니까 희뿌연

흑백사진으로 간간히 무성영화처럼 나타나던 장면들이 나중에는 3D 칼라 동영상 사진으로 바뀌어 과거의 내 행적이 낱낱이 재현되는 것이었다. 당시에 느꼈던 감정뿐만 아니라 그 당시의 냄새, 날씨까지도 그대로 느껴지는 놀라운 변화였다. 나 자신도 깜짝 놀랐다. 마치 타임머신을 타고 과거로 다시 돌아온 느낌이었다. 과거의 등장인물이 아니라 내가 과거로 돌아와 어머니나 아버지도 젊은 상태 그대로 함께 살아서 움직이는 현재 진행형이었다.

소름이 쫙 끼쳤다. 마치 신들린 것 같아 내 자신이 무서웠다. 이러한 깊은 명상을 하고 나면 어느새 아침에 시작했던 명상이 저녁 늦은 시각에야 끝나는 것이었다. 신체적인 변화도 일어났다. 얼굴이 온통 두드러기로 울퉁불퉁하게 일어났다. 그것이 참된 명상의 증상이라는 지도사들의 이야기였다. 그들의 평가 이전에 나 스스로도 이미 명상의 진가를 경험하고 있었던 터라 의심할 필요조차 없었다. 이렇게 명상을 하고 나니까 울고, 웃고, 뉘우치고, 용서하고 등등 온갖 감정이 교차하면서 시원한 카타르시스를 경험하게 되었다. 실로 실컷 울고 나면 마음이 후련해진다고 하는 말이 진정이었다.

오래전의 개인적인 명상 체험담을 상세히 서술한 이유는 최근에 내가 글을 쓰면서 다시 그때의 감흥을 느끼게 되었기 때문이다. 마음속 깊은 곳에 침잠하여 생생한 느낌으로 풀어 나가는 스토리에서 옛날 그 명상 때와 유사한 생생한 감흥이 느껴지는 체험을 다시 하게 된 것이다. 그래서 이것이 글쓰기의 매력이 아닌가 하고 개인적으로 생각해 보았다.

우리 속담에 '시작이 반이다.'라고 하였다. 무슨 일이든 강한 마음을 품고 시작하기가 어려운 일이지, 일단 마음먹고 시작하면 의도했던 것의 반은 성취한 것이나 마찬가지라는 옛 선인들의 지혜로운 말씀이다. 나도 그렇게 어렵다는 수필을 쓰기로 마음을 굳게 먹고 고통스러운 과정을 겪으며 한 편 한 편 꾸준히 글을 써 오고 있다. 그런데 어느새 반환점을 돌았다니 감개가 무량하기 그지없다. 속담이 진정 실현된 것이다.

이제 결승선을 향해 질주하는 일만 남았다. 등산을 하거나 마라톤을 하는 사람은 반환점을 돈 후의 심정을 잘 알 수 있다. 등산이나 마라톤을 하다 보면 정상까지 올라가는 과정이 몇 번을 포기하고 돌아갈까 하는 갈등의 연속이다. 그러나 일단 산정에 다다르면 모든 것을 다 소유한 느낌을 가질 수 있다. 이 세상이 모두 내 세상 같은 착각에 빠져든다. 앞으로 내려가는 길은 어릴 적 자전거를 배울 때 내리막길에서 브레이크로 통제할 겨를도 없이 쏜살같이 미끄러져 내려가는 느낌이 들 뿐이다. 마라톤이나 동네 운동장에서 조깅을 할 때 반환점을 돌고 나서는 훨씬 수월하게 가벼운 마음으로 나머지 반을 달릴 수 있는 느낌과 마찬가지이다.

이제 나는 다시 내리막길에서 자전거를 올라탄 기분이다. 내 개인 문집이여, 파이팅!

역사교과서

폴란드 역사학자 콜라코프스키Leszek Kolakowski는 "우리는 처신이나 성공의 방법을 알기 위해서가 아니라 우리가 누구인지 알기 위해서 역사를 배운다."고 하였다. 나는 누구일까? 나는 내 과거와 현재, 그리고 내 미래로 이루어져 있다. 내 과거는 현재를 경계로 단절되어 있는 것이 아니라 현재를 통하여 긴밀하게 미래로 이어져 있다. 나는 당대를 살아가는 너무나 인간적인 인간인 동시에 우리 부모의 기대를 짐 진 후대를 향한 대리인이자 심부름꾼이다. 나는 아버지를 통해 조상님들로 이어지는, 보이지 않는 끈으로 바싹 마른 굴비 엮듯 엮어진 존재이다. 이 보이지 않는 끈은 역시 내 후손들에게까지 이어져 있다.

나는 어느 날 하늘에서 갑자기 뚝 하고 떨어진 도깨비 같은 존재가 아니라 내 부모를 통해서 과거로부터의 유산을 유전자에 담고서, 과거로부터의 기대를 안고 이 세상에 나와 내 주관과 정체성을 찾으며 미래를 살게 되어 있는 존재이다. 따라서 나 자신이 어떤 존재인가를 규정하는 중요한 실마리를 내 과거, 즉 내 선조들에게서 찾는 것은 당연한 논리적 귀결일 것이다.

아버지는 당신의 자랑스러운 행적에 대하여 자식들 앞에서 수시로 기회 있을 때마다 이야기하였다. 아버지는 생전에 할아버지에 대하여도 말씀이 많았는데, 가슴에 맺힌 것이 무척 많은 듯했다. 심지어 당신의 행적을 설명하다가 돌아가신 할아버지의 희생이 필요할 때에는 할아버지의 흉도 보았다. 할아버지에 대하여 서운한 감정을 얘기할 때는 아버지 당신은 그렇게 하지 않겠다고 다짐하는 것을 느낄 수 있었다.

나는 아버지가 당신의 자랑거리를 단순히 떠벌리려고 할아버지를 험담했다고 생각하지는 않는다. 우리들, 자식들에게 교훈이 되기를 바라는 마음에 그런 이야기를 반복했다고 생각한다. 나 자신도 마찬가지이다. 내가 이룬 자랑스러운 일을 알아 달라는 의미에서 자식들에게 잘난 체하려고 이야기하는 것은 아니다. 그런 부모는 드물 것이라고 생각한다. 자식이 본받기를 바라는 마음인 것이다. 자식들이 본받아 더 훌륭한 사람이 되라는 의미를 담고 이야기를 해 주는 것이다. 그것이 친구들이나 다른 지인들한테 자랑하듯 이야기해 주는 것과의 큰 차이인 것이다.

쉽지 않고 흔치 않은 일이지만 내가 잘못하고 실수한 것도 자식들에게 밝혀 반면교사로 삼도록 하는 것도 역시 필요하다. 우리가 한평생을 영위하는 동안 세상에서 지탄 받는 행동, 사회 규범에서 일탈된 행동이 없었다고 할 수는 없다. 개인적 욕망에 사로잡혀 이성을 잃고 자식들에게 부끄러운 일을 하는 것 역시 속일 수 없는 현실인 것이다. 이와 같이 부모들의 객관적인 공과 과가 자식에 대한 소망, 염원, 그리고 기대에 담겨 자식들에게 언어, 행동, 그리고 감정을 통하여 결국은 어떤 경로를 통해서든 후손에게 전달이 된다.

아버지는 돌아가시기 전에 묏자리에 대하여 관심이 꽤 많았다. 아버지는 이와 같은 조상의, 그리고 당신의 기대가 최종적으로 응축되고 상징적으로 영향력을 행사하는 것이 묏자리라고 생각했다. 아버지는 묏자리가 아버지와 우리 형제자매를 연결해 주는 고리라고 생각했다. 풍수로 대변되는 묏자리의 기운이 우리를 포함하여 우리들 후손들에게까지 영향을 미친다며 묏자리의 중요성을 강조했다. 조상의 후손에 대한 기대가 묏자리의 기운으로 나타난다고 하였다.

실제로 조상님들과 부모님이 계신 산소에 가면 그곳은 또 하나의 대화 공간이 된다. 망자와 후손들 사이의 진솔한 마음속의 회한, 반성, 그리고 성찰이 담긴 대화가 이루어지는 장소인 것이다. 비단 봉분 형태의 산소만을 의미하지는 않을 것이다. 그 형태는 요즈음은 납골당이나 수목장, 위패를 모신 절, 교회 등 다양한 형태로 변모되고 있다. 이런 의미에서 부모가 계신 묏자리는 부모의 진솔한 행적과 자식에 대한 기대와 여망이 고스란히 담겨 있는 부모의 역사교과서인 셈이다. 이 부모의 역사교과서를 통하여 우리는 우리의 과거를 비추어 보고 앞으로의 행동에 지침으로 삼게 된다. 따라서 이 역사교과서는 단순히 과거의 기록물로 끝나는 것이 아니라 묏자리의 기운을 받고 우리의 미래를 이끌어 준다. 과거와 미래는 동전의 양면인 셈이다.

문제는 과거와 미래의 위상이 같다는 것과 형상이 같다는 것은 다른 개념이라는 것이다. 미래의 형상은 내 주관적인 해석과 실천 의지의 조정 과정을 거치며 다양한 형태로 변화가 이루어진다는 것이다. 그런

점에서 조지 오웰은 "과거를 통제하는 자가 미래를 통제한다. 그리고 현재를 통제하는 자가 과거를 통제한다."고 하였다. 내가 어떤 안경을 쓰고서 과거를 보느냐에 따라 미래가 달라진다는 뜻이다. 여기에 인류 사회의 갈등과 다이내믹이 존재할 수 있는 근거가 자리하게 된다. 이것은 인간의 자유의지에 기초한 선택의 문제라서 역사교과서의 사명의 영역 밖에 존재한다.

나 또한 내 역사를, 자식에게 전해 줄 내 자신의 공과 과가 그대로 실린, 그리고 내 자식에 대한 소망과 사랑이 담긴 내 역사를 지금 이 순간에도 집필하고 있다. 먼 훗날 내 역사교과서가 아버지, 어머니 곁의 조그만 봉분 형태로 남을지 아니면 불구덩이 속의 정화과정을 거쳐 순백의 횟가루로 남을지는 모르나 자식들, 후손들과의 연결고리가 될 것이다.

나는 내 역사교과서가, 자식에게 들려줄 내 역사교과서가 패배와 부정으로 얼룩진 오욕의 역사로 기록되고 싶지 않다. '부모의 기대에 부응하여 아내와 자식들을 사랑하며 떳떳하고 당당하며 열심히 삶을 살았노라.'는 내 정체성과 영혼이 담긴 진솔한 기록이 되길 원한다. 부끄러운 참회의 기록이 아니라 자식들에게 희망과 용기를 불어넣어 주는 감동의 기록이 되기를 원한다.

나는 내 역사교과서가 허망한 외부 세력에 의하여 휘둘려 나 스스로의 정체성을 잃고 시궁창의 부유물처럼 이리저리 떠다니는 치욕들로 얼룩지지 않고 내 자신의 신념과 철학으로 갈고 닦여진 차돌과 진주들로 아름답게 장식된, 사랑과 감동의 서사시가 되길 희망한다. 그럼으로써 내 부모, 조상님들이 내 역사교과서를 자랑스럽게 여기고 나를 반기어 주는, 그런 부끄럽지 않은 삶을 살고 싶다.

지금 이 순간, 나는 내 역사교과서를 정성껏 만들고 있다.

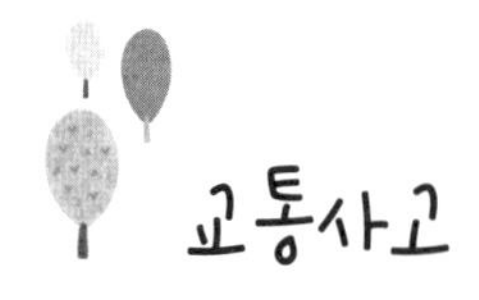

교통사고

예전에는 자동차가 보편화되지도 않았고, 우리나라는 대중 교통수단이 세계에서 가장 잘 보급되어 있어서 국내에서 굳이 자가용 운전을 할 필요는 없었다. 돈이 많아서 과시를 하고 싶다면 모를까. 그렇지만 지금은 자동차가 부의 상징이 아니라 모든 가정의 필수품처럼 개념이 완전히 바뀌었다. 그래서 웬만한 사람은 모두 운전을 할 줄 알게 되었다.

실은 자동차는 공해의 상징이기도 하다. 한때 중국이 경제 선진화에 성공하여 13억 인구가 모두 가정마다 자동차를 구입하면 온 세계의 공해는 어느 정도가 될까 하고 우려를 하곤 했다. 지금은 중국에서 자동차가 어느 정도나 보급이 되었는지 관심도 없다. 우리나라 입장에서는 중국에 우리 자동차 수출길이 더 늘어나기만을 바랄지도 모르겠다.

운전을 아무리 오래하여 잘해도 자신하지 말라는 얘기가 있다. 운전은 자신감에 차 있을수록 오히려 사고 위험이 더 많아진다는 뜻이다. 나는 요새 운전을 하지 않는다. 운전대를 손에서 놓은 지 오래되었다.

운전을 앞으로 하고 싶은 생각도 없다. 아내가 더 차분하게 운전을 잘 하는 것 같고, 아이들 때문에 한 대밖에 없는 차가 내 독차지가 될 수도 없기 때문이다.

젊어서는 나도 운전을 꽤 잘했다. 운전하는 것을 좋아하기도 했다. 미국 사람들이 차를 타고 스피드를 즐긴다는 말이 있었다. 젊은 미국의 상징이 자동차이기도 했다. 나도 미국 사람들처럼 자동차를 몰며 젊음을 맘껏 느껴 보고도 싶었다.

현실적으로 미국에 갈 기회가 있는 사람은 반드시 운전을 잘할 줄 알아야 한다. 미국에서는 대중 교통수단이 충분히 보급이 안 되어 있어서 낭패를 보기가 쉽다. 스스로 운전을 못하면 거의 꼼짝을 못한다고 하는 것이 옳을 것이다.

우리 가족 모두가 미국으로 이사 갔을 때의 일이다.

나는 아이들 어렸을 때에 국내에서 주말이면 가족과 나들이를 다니느라고 운전을 꽤 한 편이어서 미국에 가서도 큰 문제는 없었지만 아내의 경우에는 국내에서 전혀 운전을 하지 않았기 때문에 미국에 가기 전에 부랴부랴 운전면허를 취득해야 했다.

아내처럼 초보 운전이라고 해도, 미국에 가서 운전하는 것은 그리 걱정하지 않아도 된다. 대체로 차선도 넉넉하고, 주차 공간도 넓으며, 차가 그렇게 붐비지 않아서 뉴욕과 같은 대도시라면 모를까 대체로 운전하기가 까다로운 편이 아니다. 아내도 미국에 건너가서 웬만한 장소는 내가 없더라도 혼자서 아이들을 태우고 다녔는데 무난하게 운전을 할 수가 있어서 다행이었다.

그렇지만 미국에서는 운전하는 것보다는 자동차에 대한 상식이 훨씬 더 중요하다. 우리나라에서는 자동차가 조금만 이상이 있어도 걱정이 되어 카센터에 간다. 카센터에서는 능숙한 솜씨의 정비사들이 자동차 전체를 두루 살펴 정비해야 할 부분을 모두 손을 보아 주니 우리 스스로 자동차 부품에 대한 지식을 갖출 필요가 없다.

그러나 미국에서는 우리 스스로가 자동차에 어디가 이상이 있는지 직접 알아야 한다. 인건비가 비싸서 그런지 자동차 정비 카센터에 가면 그 비용도 만만치 않다. 그런데 비용 들어가는 것만큼이나 카센터에서 일하는 기술자들의 실력이 좋은 편이 아니었다. 그래서 그런지 대부분의 사람들이 웬만한 부품은 직접 사다가 교체를 한다. 특히 우리나라 유학생들은 더욱 그랬다.

우리 가족이 미국에 정착하자마자 남들처럼 제일 먼저 중고차를 장만했다. 미국에서는 차가 없으면 꼼짝할 수가 없으니 어쩔 도리가 없었다. 출고된 지 4년이 되었다고 하니, 이제 막 부품들이 고장이 나서 교체시기에 접어들었던 차였다. 거짓말처럼 약 한 달에 한 번꼴로 크고 작은 부품들이 고장 나기 시작했다. 한 번은 자동차 앞부분에서 초록색 액체가 흥건히 땅에 떨어져 있었다. 알아보니 쿨런트가 엔진을 회전 하며 과열된 엔진을 식혀 주는 역할을 하는데 그 더워진 쿨런트를 식혀 주는 라디에이터가 고장이 났다는 것이었다.

평소 다니던 카센터에 가서 라디에이터를 교체하고 나니까 바퀴들이 바람이 많이 빠져 보였다. 그래서 바퀴에 공기를 조금 더 보충해 달라고 하였다. 한 기술자가 알겠다고 하며 바퀴마다 공기를 넣어 주면서 나더러 얼마나 넣을지 알려 달라는 것이었다. 그래서 나는 많으면 많을수록 좋은 줄 알고 많이 넣어 달라고 하였다. 그 기술자는 인심 좋게도 공기를 바퀴마다 빵빵하게 채워 주었고 나는 미국 사람들이 역시 잘 사는 나라라 그런지 인심이 좋다고 속으로 생각하며 고맙다고 하였다.

자동차도 다 손보고 했으니 기분이 홀가분해져 있는데 친구들 가족이 주말에 교외로 바람 쐬러 갔다 오자고 했다. 그렇게 하자고 하고 가벼운 마음으로 온 가족과 함께 멀리 떨어진 명승지를 다녀오는데 운전을 하면서 내내 핸들이 겉도는 느낌이 들었다. 십수 년을 운전하면서 한 번도 느껴 보지 못했던 느낌이었다.

그런데 갑자기 커브 길에서 핸들이 먹히지 않고 중앙선으로 차가 자기 멋대로 침범하는 것이었다. 순간 '사고다!' 하는 느낌이 들며 반사적으로 브레이크를 강하게 밟았다. 이때 머릿속에서는 브레이크를 놓으면 죽는다는 생각이 스쳤다. 그래서 끝까지 있는 힘껏 브레이크를 밟고 있었다.

결국 차는 달리던 속도를 이기지 못하고 팽이처럼 돌기 시작했다. 차가 빠른 속도로 돌면서 내 눈에는 마치 슬로 모션처럼 운전대 앞 정면으로 다른 차들이 우리를 향해 달려오는 모습을 볼 수 있었다. 그 차들은 다행히 우리를 지나쳐 빠른 속도로 사라졌으며, 우리 차는 계속 팽이처럼 전속력으로 돌다가 도로 반대편 쇠말뚝에 가서 차 뒷부분이 "꽝" 하면서 부딪히며 멈춰 섰다.

차는 뒷좌석 우측이 심하게 찌그러졌으며 유리창은 완전히 박살이 났고 뒷바퀴도 펑크가 났다. 다행히 다른 차들하고 충돌사고는 없었지만 쇠말뚝하고의 충돌로 뒷좌석에 앉아 있던 아이들에게 유리 파편이 쏟아지는 큰 충격이 있었다. 우리 가족 모두는 그 충격으로 아무 말도 할 수가 없었다. 일가족 모두 교통사고로 공동 운명체가 될 뻔한 아찔

했던 순간이었다.

교통순찰차가 바로 달려와 사고 접수가 되었고, 뒷바퀴가 펑크 난 채로 집으로 돌아와 자동차 정비소에 맡겨졌다. 자초지종을 다 들은 전문가들의 판단으로는 타이어에 공기가 과다하게 주입이 되었던 것이라는 설명이었다. 나중에 알고 보니 모든 타이어에는 정격 주입 공기 압력 PSI가 정해져 있었다. 우리 차는 40PSI이었는데 그 기준 압력이나 그보다 약간 적게 넣는 것이 가장 안전한 것이었다.

이 사고를 통하여 자동차 부품의 특성에 대한 상식이 없었던 나는 자칫 더 큰 사고로 이어질 뻔했던 것을 불행 중 다행으로 생각하며, 누구나 자동차에 대한 정확한 지식이 없으면 목숨을 잃을 수도 있겠다는 경각심을 얻었던 좋은 경험이 되었다.

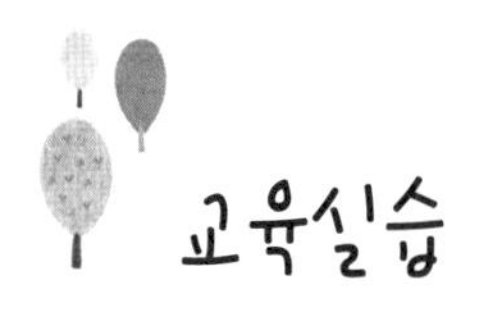

교육실습

수업 시작 버저가 울리기 전에 나는 이미 교무실에서 출석부를 뽑아 들고 학급으로 향했다. 조금이라도 수업 시간을 아껴보려는 마음에서였다. 학급으로 가는 복도에서는 학생들이 아직까지도 장난질이 한창이었다. 나를 본 학생들은 반가운 듯 인사를 했다.

내 손에는 교과서 말고도 카세트 녹음기가 들려 있다. 학생들에게 틀어 주기 위한 교육보조 장비이다. 내가 가르치는 과목은 영어이다. 중학생들에게 영어 과목은 상당히 인기가 있는 편이었다. 1984년 내가 대학교 4학년 재학 중 교사 자격증을 받기 위해 교육실습을 나갔을 때 우리나라에서는 중학교부터 영어 교육을 실시했다.

이번 수업 시간도 학생들이 나를 반겨 줄까. 내가 즐겁게, 머릿속에 쏙쏙 들어가게 가르칠 수 있을까. 막연한 우려 속에서 내 가슴은 콩닥콩닥 뛰기 시작했다. 교실 문을 열고 들어가니, 비로소 수업 시작 버저가 울리고 이미 앉아 있던 학생들이 합창으로 나를 반겼다.

"Good morning! Mr. Baker."

학생들이 나를 그동안 부르던 '선생님' 대신 'Mr. Baker'로 불렀다. 지난 시간부터 교과서에 Mr. Baker와 Mrs. Baker가 등장했기 때문이다.

"Good morning. Students!"라고 응답해 주었다. 까닭 없이 온몸이 후줄근 달아올랐고 입가에 비집고 나오는 미소를 감추기가 힘들었다. 출석부를 펼쳐들고 학생들을 한 명씩 한 명씩 호명하는 내 목소리는 벌써 들떠 있었다. 학생들의 응답하는 목소리가 우렁차고 힘차서 교실 창밖으로 멀리 날아갔다.

출석 점검이 끝나자 곧바로 수업에 들어갔다. 시간이 지나면서 학생들의 주의가 점점 흐려지는 듯싶더니, 마침내 교실이 웅성웅성 소란스럽기 시작했다. 이대로 방치했다가는 수업 진행은 고사하고 옆 반의 학습 분위기마저 해칠까 조바심이 났다.

몇 차례 조용히 하라고 경고를 하다가 어쩔 수 없이 큰 소리가 나오기 시작했다.

"모두 일어서!"

"두 손 들어!"

교탁이 학생들 대신 수차례 주먹세례를 얻어맞고 내 잔소리가 이어졌다. 학생들의 얼차려 시간이 너무 길어지면 진도를 나가야 하는 내가 오히려 불리해진다. 서둘러 분위기를 바꾸고 숨 가쁘게 오늘의 학습 진도를 나갔다. 얼차려에 쫓겨 간 학생들의 장난기가 다시 몰려오기 전에 최대한 빨리, 최대한 많이 나가야 하니 마음이 조급해졌다.

정신없이 수업이 진행되고 있는데, 갑자기 한 학생이 몇 단계의 수업 진도를 뛰어넘는 질문을 하였다. 대학교에서 교육실습차 갔 학교에

왔으니, 내 실력을 평가해 보겠다는 심산인 것 같았다. 순간 교실은 숨 막힐 듯 고요해지며 긴장이 감돌았다. 내가 모르면 뒷감당이 안 될 것 같았다. 그 학생은 어느새 진도를 훨씬 뛰어넘는 예습으로 학습 흥미가 덜 했을 수도 있었을 것이다.

그 학생이 대견스럽기도 했지만, 다른 학생들의 사기도 생각해야 했다. 나는 아무 일도 아니라는 듯이 녀석에게 수업이 끝나고 따로 알려주겠다고 이르고, 모든 학생들과 함께 다시 호흡을 맞추어 진도를 나갔다.

잠시 수업 방식을 바꾸어 학생들 스스로 연습할 시간을 주고, 나는 학생들 주위로 가까이 다가가 한 학생 한 학생 근거리에서 발음을 들어봐 주었다. 교실 뒷부분 한구석에서 수업 내내 자신이 없는 듯한 표정을 짓고 있던 학생 가까이로 갔다. 학업 성적도 좋지 않고 친구들과의 교우 관계도 그리 활발하지 못할 것 같은 학생이라는 생각이 들었다.

나는 아무 말도 하지 않고 뒤에서 가만히 다가가서, 그의 손을 꼬옥 잡아 주었다. 다른 학생들이 그러는 모습을 부러운 듯이 바라보았다. 우리 둘의 체온이 서로 교환되면서 그 학생은 부끄러운 눈치였지만, 그의 조그만 가슴에는 자랑스러움과 용기가 금세 가득 채워져 오르는 것을 느낄 수 있었다.

그 이후로 날이 갈수록 그 학생은 말수도 늘고, 얼굴 표정도 환해지고, 행동에 자신감도 붙고 있다는 것을 읽을 수 있었다. 그 일은 나에게 교육의 참 의미, 교사의 참 역할이 무엇인가를 조금이나마 터득하게 된 계기가 되었다.

어느 날 방과 후 교실 청소 지도를 하는데, 두 학생이 싸우는 것이 목격되었다. 두 녀석을 밖으로 데리고 나가 그들 앞에 섰는데, 내 머리가 하얗게 비워지고 두 다리가 후들후들 떨리는 것이 아닌가. 그렇게 무척 당황스러울 때도 있었다. 사실 이때 나는 학생들에게 지식을 가르치는 것보다 학생들의 행동을 바꾸어 주는 일이 훨씬 더 어렵고 훨씬 더 중요하다는 것을 깨달았다.

아주 짧은 교육실습 기간이었지만 그동안에도 아이들과 봄 소풍을 가서 즐거운 한때도 같이 보냈다. 학생들이 장난기가 발동해서 내게 씨름을 청하여 흔쾌히 수락한 적도 있다. 예쁜 여자 담임선생님이 흥미롭게 지켜보는 가운데 모래밭에서 한 녀석 한 녀석 가볍게 쓰러뜨리다가, 나도 다리가 엉켜 넘어지고 말았다. 상대의 머리에 내 앞니가 부딪쳐 흔들거리는 느낌이 들었다. 그래도 아픔이 고통으로 느껴지지 않고 뿌듯함으로 느껴졌다.

내가 교육실습을 시작한 지 어느덧 한 달이 다 되어 가는 어느 날, 영어과 주임선생님이 방과 후에 시장통에 가서 소주 한잔 하자고 하였다. 약속 장소로 나가 보니, 내가 맡고 있는 학급의 담임선생님도 함께 와 있었다. 얼굴을 다소곳이 붉히고 있는 것이 참 아름다운 담임선생님은 나와 동갑내기 였다. 나는 군대에 다녀와 복학하였으므로 나보다 먼저 교사로 임용되어 있었던 것이다.

대폿집 둥그런 식탁에 둘러앉아, 소주잔이 몇 차례 오갔다. 취기가 올라 노랫가락도 뽑거니 하면서 분위기가 한껏 올라 있었다. 내가 등교하는 동안 항상 잔잔한 미소로 나를 반겨 주었고, 내가 하는 수업에 굳건한 신뢰를 보내 주었던 고마운 처녀 선생님이 바로 옆에 있는 술자리였다. 나는 담임선생님을 위하여 은은한 목소리로 에델바이스를 불려 주었다.

"Edelweiss, Edelweiss, Every morning you greet me."

"Bloom and grow forever. Bless my homeland forever, forever."

그렇게 한 달간의 교육실습은 끝을 맺었다.

다시 대학교로 돌아왔다. 졸업 후 진로를 학생들을 직접 가르치는 일이 아닌 교육행정의 길로 택하긴 했지만, 나에게는 그 교육실습 한 달이 교육의 참다운 의미를 맛볼 수 있었던 매우 소중한 기회였다. 그리고 그 경험은 교육 행정인으로서 30년 넘게 나를 지탱할 수 있는 큰 힘이 되어 주었다. 가르치면서 배운다는 말이 있다. 그 짧은 한 달이 나에게는 한평생을 이끌어 준 선생님이었다.

불안한 마음

'맞은 사람은 발 뻗고 자도, 때린 사람은 발 뻗고 잘 수 없다.', '양지가 음지 되고, 음지가 양지 된다.'는 속담이 있다.

언젠가 TV에서 〈세상에 이런 일이〉라는 프로에서 신체 건장한 초로의 노인이 등장했다. 나이에 비하여 몸매가 다부지게 보였다. 여러 가지 운동 시범을 보여 주었는데 오랜 연습으로 전문 운동선수 못지않았다. 그는 만면에 부끄러운 듯 웃음을 짓고 과거를 회상하며 운동을 하게 된 동기를 말하였다.

"내가 학창시절에 몸이 약해서 다른 학생들에게 많이 얻어맞고 다녔어요. 그래서 복수하려고 이를 악물고 열심히 운동을 했더니 이렇게 튼튼해졌어요. ……재미있는 것은 이렇게 튼튼해지니까 복수심은 오간데가 없고 나중에라도 만나게 되면 이렇게 건강하고, 행복하게 살게 되어서 고맙다는 말을 하고 싶어요."라고 말하는 그의 얼굴에 환한 미소가 가득 퍼져 나갔다.

나는 잠시 그를 괴롭혔던 학생은 어떻게 되었을까 하고 상념에 젖었다. 아마도 학교를 졸업하고 난 후 자기가 심하게 괴롭혔던 급우를 다시 사회에서 마주치지 않기를 바랐을 것이다. 아마도 항상 불안한 마음으로 혹시나 하며 가슴 졸이며 살았을 것이다. '원수는 외나무다리에서 만난다.'고 하지 않던가. 한적한 곳에 홀로 가는 것도 두려웠을 것이다. 만약 이것이 사실이라면 그는 지금쯤 어떻게 되었을까?

항상 두렵고 불안한 마음이 머릿속에 도사리고 있으면 보람 있고 가치 있는 일을 꾸준히 도모할 수가 없다. 그러다 보면 학창시절에 건장했던 몸도 지속적으로 가꾸고 단련시키는 일이 쉽지 않았을 것이다. 십중팔구 그저 평범한 몸매와 건강을 겨우 유지하고 있거나 아니면 그마저도 못해 비만으로 전전긍긍하거나 허약한 체격으로 전락했을지도 모른다. 차라리 떳떳하게 과거의 잘못된 행동을 사과하고 용서를 빌었다면 불안한 마음도 없었을 것이다. 불안한 마음이 없으면 남을 의식하거나 경계할 필요가 없다. 따라서 자신이 추구하고자 하는 것을 올바르게 성취해 낼 수가 있다.

그러나 불안한 마음을 지니고 있으면 자기도 모르게 인간관계에서 남의 눈치를 보게 되고 새로운 일에 도전하지 못하고 움츠러들게 된다. 사람을 음산한 분위기로 만든다. 모든 일에 당당하지 못하고 자신이 없게 된다. 얼굴에서는 순수한 웃음을 찾아볼 수 없고 목소리도 귀에 거슬리는 쇳소리가 난다.

부모에게서 물려받아 유년기에 맘껏 휘두를 수 있었던 훌륭한 체격과 체력을 끝내 유지, 발전시키지 못하고 나약하고 어리석게 퇴락한 사람으로 생을 마감하게 되는 일이 흔하다. 어릴 때 우리의 부모님들은 우리가 실수로 남에게 피해를 입혔을 때에 반드시 그 피해를 입은 사람에게 사과를 하도록 우리에게 교육시킨다. 고마운 일을 남에게서 입었을 때에 즉석에서 감사하다고 인사하는 것이 몸에 배도록 부모님들이 가르치는 것과 마찬가지이다.

잘못을 저지르고도 사과하지 않고 또 용서를 빌지 않는다는 것은 남에게 폐해를 입히고도 죄의식이 없다는 것을 의미한다. 미안함이 없이, 죄의식이 없이 남에게 해를 끼친다는 것은 범죄행위를 저지르는 것과 동일한 정신기제가 작용하는 것이다. 다시 말하면, 잘못을 저지르고도 사과를 하지 않는다는 것은 범죄를 저지르는 것과 심리적으로는 마찬가지라는 것이다. 범죄인의 심리를 지니고 있는 사람은 건전한 시민으로서 정상적인 삶을 살 수가 없기 때문에 그런 사람들의 미래는 어두울 수밖에 없다.

반대로 맞은 사람은 맞아서 수치스러운 생각은 있지만 죄스러운 불안한 마음은 없다. 수치스러운 생각은 남다른 인내심과 굳은 의지 그리고 비상한 결심을 갖게 하는 동기를 제공한다. 남들이 불쌍하다고 동정심을 가질망정, 맞았기 때문에 멍청하다거나 사악한 나쁜 사람이라고 생각하지는 않는다.

때린 사람에게 더 강력한 힘을 구축하라고 북돋우는 사람은 없지만, 얻어맞은 허약한 사람에게는 열심히 갈고닦아 건장한 사람이 되라고 북돋우며, 지원과 성원을 아끼지 않는다. 또 허약한 사람이 꾸준히 노력해서 결국 몰라보게 건장한 사람이 되었을 때 진정으로 찬사를 보내주게 된다. 때린 사람이 자중하지 않고 자만에 빠져 자기 힘만 믿고 까불다가는 더 힘센 사람에게 호되게 맞을 수밖에 없다. 힘에 의존하는 사람은 힘에 의해 망하게 되어 있다. 항상 뛰는 사람 위에 나는 사람이 있기 마련이기 때문이다.

맞기만 한 허약한 사람은 자신에게 행사할 만한 힘이 없으니 성실과 신뢰로서 인간관계 맺기를 좋아한다. 지금은 비록 볼품이 없지만 좌절하지 않고 꾸준히 성장하려고 노력하는 한, 사람들이 미래를 보고 그와 교제하기를 희망한다. 종국에 가서 성공하는 자는 맞은 자이고 실패하는 자는 때린 자이다. 그것보다 더 못한 지경에 이르는 자는 때렸으면서도 사죄하지 않고 용서를 구하지 않는 자이다.

비유가 딱 들어맞을지는 모르겠으나 이솝우화 중 개미와 베짱이 이야기가 떠오른다.

작고 약한 개미는 뜨거운 한여름에 쉬지 않고 열심히 먹이를 지하창고에 실어 나른다. 추운 겨울을 서둘러 대비하기 위함이다. 반면 베짱이는 더운 여름 시원한 그늘에서 노래를 부르며 세월을 보내고 있다. 먹이는 어디를 가나 널려 있다. 이 나무 저 나무에 싱그러운 나뭇잎이 지천이다. 어느덧 세월이 흘러 온통 숲이 차가운 눈얼음으로 뒤덮여 있다. 개미는 넘쳐 나는 창고에서 맛난 음식을 가져다 먹으며 따듯한 온돌방에서 지친 허리를 지지고 있다. 베짱이는 드센 겨울바람에 날개도 떨어져 나가고 배가 고파 쪼그라든 배를 움켜쥔다. 이를 불쌍히 여긴 개미는 베짱이에게 온정을 베푼다. 이러한 우화는 비단 사람에게만 적용되는 진리가 아닐 것이다. 사람들로 구성되어 있는 국가 관계에서도 마찬가지로 적용될 것이다.

이 글을 쓰면서 머릿속에 떠오르는 국가가 있다.

과거에 저지른 잘못을 인정하지도 않고 진정으로 사과하지도 않으며 용서를 구하지도 않는 국가! 힘센 국가들에게는 손이 발이 되도록 비열하게 빌고 용서를 구하지만, 약한 국가 는 우습게보고 오히려 뻔뻔하게 남의 영토를 넘보는 국가이다. 그 국민들은 서로 조금만 실례를 하여도 우리들이 듣기에도 거북할 정도로 '죄송합니다. 죄송합니다.' 하며 어쩔 줄을 몰라 머리를 조아리는 사람들이다. 그렇게 예의바른 사람들로 구성되었음에도 불구하고 한 나라로서의 행동은 어떻게 그렇게 다를 수가 있는지 이해할 수가 없다. 그들 말대로 겉으로 드러나는 마음과 본마음이 다른 것인가?

우리나라 속담에 '음지가 양지되고, 양지가 음지 된다.'는 말을 새겨들어야 할 것이다.

우리는 내일을 향해 쉼 없이 개미처럼 오늘도 열심히 일하고 있다. TV에 출연해 '어느 사이에 복수심은 오간 데가 없고 오히려 이렇게 행복하게 살게 되어 감사하다.'는 노인의 잔상이 떠나가질 않는다.

제6부

멋을 찾아서

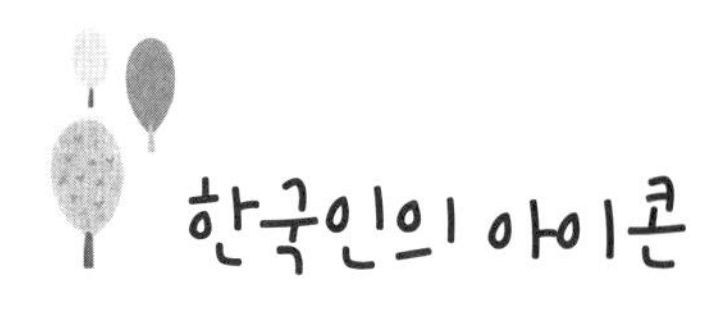

한국인의 아이콘

아침에 등산을 나오는데 아내가 '오늘은 산에 가면 절에서 큰아들 기원을 하라.'고 부탁을 하였다. 부탁이 아니라 반 명령이었다. 아들 일이니 명을 거역할 도리도 없었다. 아들들 대학 진학을 앞두고 항상 하던 행사였다. 늦은 나이에 군대를 가야 하는데, 카투사를 지원했다는 것이었다. 요즈음은 신청자들이 너무 많아서 추첨으로 결정한단다. 나 혼자 산행하는 게 아니라 일행들이 있어서 내 마음대로 절이 있는 곳으로 산행 코스를 정할 수도 없는 노릇이었다.

마침 회원들 중 그 누구도 구기동 집결지에 나오지 않아 잘 되었다고 속으로 생각하며 주저 없이 기도의 효험이 많다는 문수사 길로 혼자서 접어들었다. 산행 길을 걷다 보면 우리들 눈에 익숙한 돌무더기를 흔히 볼 수 있다. 절에 간절히 소원을 빌러 가는 마당이니 이러한 돌무더기도 건성으로 보아 넘길 수 없었다. 조그만 돌멩이를 집어 들어 경건하게 돌무더기에 무게를 더하였다. 물론 그 돌멩이에는 큰아들의 이름 석자가 상상으로 아로새겨졌다. 이 돌무더기는 쌓아 올려진 모양이 매끄러운 형상은 아니더라도 이 길을 지나간 수많은 사람들의 소박한 염원의 결정체이다. 그 돌멩이 하나하나에는 많은 사연이 담겨 있을 것이다. 뜨거운 눈물의 소망이 이 작고 볼품없게 생긴 돌멩이 하나에 응고되어 소리 없는 웅변의 염원 덩어리가 되었을 것이다. 다른 나라들은 어떤지 모르겠지만, 내가 잠시 머물렀던 미국 본토와 하와이에서는 이러한 염원의 돌무더기를 본 적이 없다.

돌 쌓기는 우리나라 사람들의 오랜 관습이다. 한국인의 또 하나의 아이콘이다. 꼭 교회당이나 사찰에서만 기원을 하는 것이 아니라 길을 가다가도 어디서든 초자연에게 기원하는 우리의 고유한 습성을 말해준다. 반드시 그 소원과 염원이 이루어지는 것도 아니다. 그래도 또 언제나 새로운 마음으로 정성껏 기도를 드린다. 초자연의 힘을 의심하지 않는 탓이다. 오히려 나 자신의 부정, 불찰, 그리고 무성의를 탓할 뿐이다.

우리나라 사람들의 인성은 겸손하기 그지없다. 사찰을 가면 법당에 부처님이 중앙에 앉아 계신다. 감히 그 정면에서 부처님을 바라보지 않는다. 혹 부정한 몸으로 부처님께 존엄을 상하게 하지 않을까 저어해서이다. '지성이면 감천이다.'라는 은근한 사상이 있다. 초자연에 또는 조상에게 기원 드리기에 앞서 나를 먼저 정갈하게 한다. 부정 탈까 그러는 것이다. 부정 탄다는 것은 무엇을 뜻할까? 내가 내 도리를 먼저 하지 않으면 그 기원이 이루어지지 않는다는 뜻이다. 이는 남에게 의지하기만 하는 정서와는 완전히 다르다. '수신제가치국평천하修身齊家治國平天下'의 겸손한 노력의 의지인 것이다. 내 할 도리를 먼저 힘써 한다는 뜻이다.

우리들은 산에 가면 산정기를 받는다고 한다. 외국인에게 설명하기가 매우 어려운 개념이다. 우리는 산은 물과 달리 신성이 있는 것으로 믿고 있다. 감히 범접할 수 없는 거대하고 거룩한 힘을 느끼는 것이다. 이는 물리적 개념의 단순한 에너지가 아니라 추상적이고 정신적인 개념인 것이다. 산에 가서 단순히 건강만 다지기 위해 육체적 에너지를 증강하는 것이 아니라 산의 위용과 위엄이 지니고 있는 보이지 않는 거대하고 거룩한 힘의 영향력을 입고자 함이다. 이것이 곧 우리가 흔히 말하는 호연지기를 뜻한다.

문수사를 향하여 북한산을 오르다 숨이 약간 차오르기 시작할 때쯤 세 갈래 길에서 중간 휴식터가 나온다. 왼쪽으로 발길을 놓으면 여승들이 있는 승가사 길이고, 오른쪽으로 발길을 돌리면 문수사와 대남문으로 향하게 된다. 물론 여기서 큰 뜻을 접고 슬그머니 다시 귀환하는 산객들도 더러 눈에 띈다.

그런데 갑자기 이곳에서 문제가 생기기 시작했다. 엊저녁 직장 동료들과의 술자리에서 좀 과했던지 아랫배가 살살 아프기 시작했다. 머지않아 화장실을 가야 하는 상황이 오리라 예견이 되었다. 앞으로 오른쪽으로 접어들어 화장실이 있는 문수사까지는 빨리 가도 한 시간 반은 걸릴 것이었다. 그리고 왼쪽으로 접어들어 승가사 쪽으로 가면 30분 이내에 경내에 당도할 수 있기는 하지만 기도의 효험이 마땅치 않게 여겨졌다. 물론, 도로 내려가면 한 10분 정도 되는 등산로 입구에 화장실이 있으니 별 문제가 안 되었다.

결정의 순간이 왔다. 마침 동료들이 아무도 안 오기도 했으니 산행

도중 배변의 위험을 안고 반드시 함께 올라가야 하는 의무감은 없었지만 특별한 임무를 띠고 나왔으니 그냥 물러설 수도 없는 상황이었다. 진퇴양난의 상황에서 두 가지 사유로 진땀이 났다. 하나는 신체적인 이유로, 다른 하나는 정신적인 연유였다. 실존론과 관념론과의 비등한 싸움이었다.

사실 큰아들에게는 내가 미안한 점이 많았다. 어렸을 때 산 계곡물에 놀러갔다가 아내의 당부에도 불구하고 내가 한눈을 파는 사이에 평상 끝에서 큰아들이 굴러 떨어져 코밑에 영광의 상처를 만들어 준 장본인이기 때문이다. 그때 간담이 콩알만 해졌던 느낌이 지금도 생생하다. 아내가 설마 배반은 안 했을 테니 아들은 모를 것이다. 내가 미워지면 아내의 마음이 돌아설지도 모르지만…….

결국 부모로서 그때 죗값에 대한 속죄라는 명분론이 그 내적 갈등을 평정하였고 나는 위험을 무릅쓰기로 작정했다. 그런데 아무리 사기가 충천이 되어 있는 전쟁터에서의 싸움이라고 하더라도 생리적인 약점을 갖고 시작하는 것은 철저하게 불리한 도전이었다. 이 사서 하는 고충은 마음에 자식에 대한 부채를 진 부모가 아니면 절대로 모를 것이다. 문수사의 부처님은 틀림없이 나를 훤히 들여다보고 내 가상한 행동을 평가해서 그의 효험을 결정하려 들 것이었다.

호연지기의 산정기를 받는 것은 고사하고 내장과 항문과의 지루한 싸움 끝에, 아! 그야말로 기절하기 직전의 악전고투 끝에 고지가 드디어 눈에 들어왔다. 문수사 요사채가 방긋 나를 반기고 있었다. 그런데 스토리가 여기서 싱겁게 끝나면 짓궂은 부처님도 실망하실 것이었다. 결국 나는 부처님의 무료함을 달래드릴 수밖에 없었다. 내 뒤를 이어 곧바로 따라 오는 남녀 등산객들이 있었기 때문에 마음이 무척 급했다.

이윽고 새파란 하늘을 등에 지고 마지막 가파른 암벽 길을 가벼워진 마음으로 오르니 북한산 문수봉 밑에 엉덩이 두 쪽 걸칠 만한 공간을 빌어 법당 양옆에 요사채 두 채가 나란히 앉아 있다. 이름 하여 문수사인데, 문수보살을 모시는 절이다. 이 절은 어사 박문수의 부친이, 그리고 이승만 대통령 모친이 그들을 낳기 위해서 기도를 드리던 곳으로 많이 알려져 있다. 신도들이 자녀의 학업이나 진학을 위해 즐겨 찾는 곳으로 유명하다. 법당에 살그머니 들어가 머리를 조아리니 부처님이 손으로 코를 막고 계신다. 얇게 찢어진 눈으로 나를 지그시 내려 보며 간을 보는 눈치였다.

그 이튿날 큰아들 군대 발표가 있었다. 아내가 희소식을 내게 전해 주었다. 그 순간 내 하얀 엉덩이와 부처님의 웃는 모습이 교차하며 어른거렸다. 큰아들이 제대한 지 한 참이 지난 요즈음도 그때 그 장소를 지나갈 때에는 어디선가 냄새가 나는 듯하여 미안한 생각이 든다.

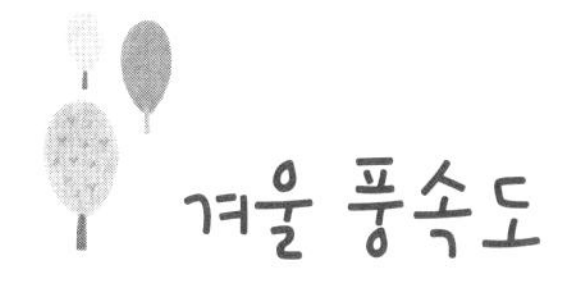

겨울 풍속도

가을비가 내리며 겨울을 재촉하고 있다. 이 비가 그치면 기온이 뚝 떨어져 겨울을 체감할 수 있을 거라는 보도이다. 바람 차가운 겨울이 되면 왠지 그리움이 밀려오는 듯하다. 차가운 바람에 몸이 움츠려 들며 오히려 물밀 듯이 밀려오는 옛 향수에 우리네 겨울 풍속도가 머리에 그려진다.

한국인의 아이콘 하나가 사라지고 있다. 오랜 세월 초겨울이면 더 추워지기 전에 입동을 전후하여 서둘러 큰 장독 두세 개쯤에 김치를 담그는, 즉 김장을 하는 것이 우리들 풍속이었다. 김장 때만 되면 배춧값, 뭇값, 고춧가룻값 등의 등락이 큰 관심사였다. 작황이 좋지 않아 가격이 아무리 올라도 김장은 해야 했기에 경제적 부담이 큰 근심거리였다. 쇠락한 양반네가 아무리 조상에 대한 자부심과 효성이 지극해도 형편이 어려워져 제사를 포기하는 한이 있더라도 겨울의 반양식인 김장 없이는 겨울을 날 엄두도 못 냈다. 그렇듯 김장은 우리 민족의 가장 대표적인 아이콘의 하나였다. 고려 중기 정치가이자 시인 이규보(1168~1241)의 시 〈가포육영家圃六詠〉에 '장에 담근 무 여름철에 먹기 좋고, 소금에 절인 순무 겨울 내내 반찬 되네.'의 한 대목으로 우리의 김장 문화가 처음으로 문헌으로 확인된다. 김장은 절인 배추인 '침채'를 사용하는 '침장'에서 유래되었다고 한다.

지금은 마트에 가면 배추들이 말끔히 잘 다듬어져서 어른 주먹만 하게 생겼다. 그런데 예전에 시장 바닥에 거칠게 쌓아 올려놓았던 배추들은 어린 멧돼지만큼 우람하게도 생겼다. 이렇게 듬직하게 생긴 배추를 적어도 100포기 정도를 일반 가정에서 김치로 담갔으니 우리네 식단에서 김장김치가 차지하는 비중은 실로 족탈불급이었다. 서울 일반 가정에서 겨울을 나기 위한 필수 월동 장비가 두 가지가 있었는데 하나가 김장이었고 또 하나가 19공탄, 즉 연탄이었다. 지금은 이 두 가지가 아련한 추억 속에 잠들어 있는 백설공주처럼 기록으로만 남게 될 형편이지만, 예전에는 추운 겨울 흰 눈을 배경으로 책장을 넘기면 솟아나는 입체 그림처럼 우뚝 서 있던 우리네 향수 어린 풍광이었다.

집 앞마당 한가득 퍼질러져 있는 우람한 배추들의 배를 둘로 갈라 소금을 먹이고, 큰 다라의 소금물에 배추들이 숨이 죽기를 기다렸다가 이 절여진 침채에 미리 버무려 놓았던 양념소를 배춧잎 켜켜이 입혀 주면 이틀에 걸친 김치를 담그는 대장정이 비로소 마무리되었다. 그렇게 김장을 하고 나면 가을 추수로 일 년 농사를 마무리하는 농부의 흡족한 마음으로 어머니는 비로소 아무리 추운 겨울이 코밑까지 들이 닥쳐도 눈 하나 깜박하지 않을 자신이 생겼다. 나도 어머니의 그런 모습에서 안도의 한숨을 내쉬었다.

김장의 맛은 어머니의 기분을 온 겨우내 좌우하였다. 김장의 맛이 항상 일정한 것은 아니어서 어느 해는 겨우내 김치가 씁쓸해서 어머니의 표정과 가슴은 끼니마다 어둡고 씁쓸해야 했다. 안타까운 일이었다. 또 어떤 해는 김치 맛이 시원한 꿀맛이어서 겨우내 득의양양한 어머니의 얼굴이 끼니때마다 싱글벙글했다.

추운 겨울 완당의 세한도처럼 모두가 동면에 들어가면 커다란 장독 속의 김치도 함께 두툼한 담요를 덮고 또는 땅속에서 깊고 깊은 겨울잠에 들어갔다. 얼지 않을 정도로만 한기를 막아 주는 포대기 속에서 김치는 사람 손도 안타고 깊은 잠속으로 빠져 들어갔다. 어린아이가 잠결에 무럭무럭 키 크듯이 김치도 깊은 잠속에서 새근새근 고른 숨소리를 내며 숙성되어 갔다. 그러다 어느 날 어머니가 가만히 포대기를 들추어 잠을 깨우면, 장독 뚜껑이 열리는 순간 눈부신 햇살에 커다란 기지개를 켜며 깊은 잠에서 깨어났다.

미인은 잠이 많다고 했던가. 실컷 자고 난 김치는 빨갛게 뺨이 익어 비로소 새신랑과 맞선을 보게 된다. 부끄러워 빨갛게 익은 뺨에서 식은땀이 뚝뚝 떨어지는데 새신랑은 김치를 김이 모락모락 나는 하얀 밥에 얹어 맛을 보더니 좋아서 싱글벙글 어쩔 줄을 몰라 한다. 김치도 덩달아 영문도 모르고 기분이 좋다. 눈치 없는 새신랑의 성화에 시도 때도 없이 어머니는 김치를 찾았다.

어릴 적 김장김치를 먹을 때 가장 백미는 젓가락에 걸려 올라오는 생선 조각이었다. 정말 운수 좋은 날인 것이다. 지금은 돌아가신 어머니에게 그때 그 생선이 무엇이었냐고 물어볼 수는 없는 상황이지만 주위 사람들의 증언에 의하면 명태 조각이었다고들 한다. 우리들의 잊혀진 입맛을 차지하는 것 중 가장 진수가 이 김장 속에서 이따금 젓가락질 낚시에 걸려 올라오는 이 명태고기가 아닐까 생각한다. 지루한 월동기간 중 간간히 진귀한 보물찾기로 마음에 진한 파동을 일으킨, 우리 조상들의 생활의 지혜로 만들어진 겨울의 걸작이었다. 춥고 어두우며 길고 긴 겨울이, 세월을 낚는 강태공처럼 명태 조각을 낚는 우리들에게는 결코 긴 세월이 아니었다.

최근에 서울의 한 등산로 부근에 그 맛을 재현한 음식점이 있다고 하여 가 보니 '갈치 김치'라는 메뉴가 있었다. 술안주로 주인장이 개발한 것인데 숙성된 김치에 묻어 둔 곰삭은 갈치 조각들이 언뜻언뜻 눈에 띄었다. 그나마 옛날 그 입맛의 추억을 더듬게 하는 맛에 그리운 어머니의 향수를 달랠 수 있어 좋았다.

김장을 하는 풍속도의 한구석에 당당하게 자리를 차지하고 있는 것이 '동치미'이다. 동치미는 김장김치를 만드는 데 필요한 무가 많이 남았을 때 이를 손바닥만 하게 썩썩 썰어 김장김치에 함께 묻어 두거나 아니면 통무를 통째로 실파와 함께 소금물에 담가 두면 만들어진다. 이 동치미는 숙성되는 과정에서 노천에 그대로 방치되어 날씨와 함께 얼었다가 녹았다가를 반복하면서 깊은 맛이 든다. 이한치한이라 했던가. 추운 겨울바람이 집채를 쓸어버릴 듯이 맹위를 떨칠 때 아랑곳 않고 따듯한 아랫목에 옹기종기 모여 앉아 살얼음과 함께 먹는 시원한 동치미 맛은 여린 내 이들을 덜덜 떨게 만들었다.

김장을 하는 행사 중에 가장 맛있는 행사는 무엇보다도 노랗고 여린 속고갱이에 돌돌 말은 빨간 무생채 속말이가 될 것이다. 그 소금기 배어 있는 고소하면서도 매운 기 톡 쏘는 시원한 맛은 추운 겨울에야 맛볼 수 있는 대표적인 우리네 겨울 맛이었다. 그 맛에는 어머니가 김장을 담그는 바쁜 행사 중에도 어린 제비 새끼들처럼 입 벌리고 있는 우리들에게 맛있는 노란 속고갱이를 기쁜 마음으로 넣어 주는 어머니의 애정이 흠뻑 배어 있어 평생 잊을 수가 없다.

우리네 겨울 풍속도는 초겨울 김장하기로 시작되어 겨우내 어머니의 여러 가지 김치 요리로 사랑과 정성이 집 안 가득 피어오르는 따듯하고 훈훈한, 그야말로 정겨운 우리의 모습이었다. 이러한 김장문화는 '자연재료를 창의적으로 이용하고, 이웃 간의 연대감을 높이며, 나눔을 실천하는 훌륭한 공동체 문화'라는 이유로 2013년 12월에 유네스코 인류 무형 문화유산으로도 등재가 되었다. 그러나 지금은 가족이 배추 두 동강이 나듯 옛 규모의 반쪽으로 줄어들고 가옥도 성냥갑 같은 아파트로 거의 바뀌어 예전처럼 김장을 담그는 모습을 좀처럼 찾아보기 어렵다. 초겨울 김장하기로 시작하여 겨우내 김치에 얽힌 감동의 드라마가 한국인의 정서를 규정지었지만 이제는 그러한 우리네 고유한 세시 풍속이 점차 사라지고 있어 차가운 겨울바람에 더욱 쓸쓸해진 허전한 마음을 금할 수 없다.

오늘 밤에는 꿈속에서라도 어머니 김장하기에 다녀오고 싶다.

술

술은 인간이 개발한 최고의 보약이라고 한다. 오죽하면 우리나라에서는 '약주'라고까지 명명하였겠는가. 술은 음식 중에서도 가장 고급스런 음식이다. 술을 만들기 위해서는 많은 양의 기초 재료 음식이 들어가는데 정작 만들어지는 술의 양은 극히 적기 때문에 음식 낭비가 심한 사치스러운 음식이다. 그래서 예부터 우리나라도 술을 귀히 여겼다.

술은 음식이긴 하지만 알코올 성분이기 때문에 도가 지나치면 마약처럼 중추신경을 마비시키는 부작용이 있다. 이는 알코올의 약리작용으로서 인간이 지니는 절제력과 통제력을 제거함으로써 술을 많이 먹은 사람으로 하여금 본능적으로 행동하도록 만든다. 다른 장기에는 약간의 술이 도움이 되기도 하지만 뇌에는 단 한 잔의 술도 좋지 않다고 한다. 기억력이 떨어지고 전두엽이 손상되면서 충동조절을 못하여 난폭하게 되고 뇌세포가 파괴된다고 한다. 그리고 지속적이고 과도한 음주는 영구적인 뇌의 손상을 일으켜서 알코올성 치매를 초래한다고 한다.

우리 선조들은 이러한 술을 어떻게 대했을까?

집안마다 다르겠지만 우리 집에 구전으로 전해져 내려오는 이야기가 있다. 먼 조상 중의 한 분이 술을 너무 좋아하여 공부도 게을리 하고 집안일도 등한시해서 술을 못 먹게 나무라며 손에 돈을 쥐어 주지 않았다. 기운은 장사라서 나중에는 하다못해 조상의 묘에 있는 석물을 뽑아다가 술과 바꾸어 먹었다고 할 정도로 술에 빠져 살았다고 했다. 술에 크게 데인 가족이 그분 사후에 묫자리를 찾을 때 술을 못 먹는 장소를 골라 모셨는데 그것이 효과가 있었던지 그때부터 거짓말처럼 그 후손들은 모두 술을 전혀 못하는 사람들만 나왔다고 했다.

과학적으로는 믿을 수 없는 전설 같은 일이지만 실제 우리 집은 아버지도 전혀 술을 하지 못했고 작은아버지들도 모두 술을 한두 잔 정도 하면 그것이 끝일 정도로 술을 못 먹었다. 오죽하면 누대로 술을 못했기 때문에 우리 집은 대대로 제상에도 술을 올리지 않고 대신 감주로 올려드렸다고 했다. 우리 집 제상에 술이 등장한 것은 아버지 대에서 비로소 등장해서 지금은 나도 항상 술을 올려드리고 있다. 술을 못하는 것은 우리 4남매도 마찬가지이다. 가운데 나만 술을 먹을 수 있지 다른 형제들은 술을 거의 하지 못한다. 내 세 아이들도 둘째가 조금 하는 편이고, 나머지 두 아이는 술을 거의 하지 못한다. 내 아내가 술을 입에도 못 대는 특이한 체질이기 때문이기도 하지만 이 정도 가계 내력이라면 정녕 그 먼 조상의 묫자리의 효력으로 상징되는 후손들의 금주에 대한 염원이 얼마나 위력적인가를 가히 짐작할 수 있다.

술에 대하여 나는 풍수적 영향보다는 유전적 영향을 더 크게 받은 듯하다. 어머니 쪽 큰외삼촌이 술을 많이 먹었다. 망구에 달할 연세까지 소주를 매일 두세 병은 드셨으니 술에 대하여는 강한 신체적 특성을 지니고 있었다. 우리 어머니도 술을 접할 기회는 거의 없이 살았지만 그래도 막걸리 한 사발 정도는 드실 수 있었기에 술을 거부하는 특이 체질은 아니었다. 나는 남들처럼 웬만큼은 술을 먹을 수 있는 체질이라서 술에 관한 한 아무래도 어머니 쪽 형질을 물려받은 모양이다. 나는 젊어서부터 술을 자주하였다. 많이 먹기 위해서라기보다는 대화의 분위기를 좋아했다. 서먹서먹한 분위기를 누그러뜨리고 진솔하고 활기 띤 대화의 장을 좋아했다. 남자들의 호연지기도 느낄 수 있었다. 잘 절제된 술자리라면 오히려 폭넓게 상대방과 교감할 수 있는 좋은 대화의 장이라고 생각했다.

그러나 아버지는 자식들이 술 먹는 것을 무척 경계하였다. 자신의 체질을 닮아 자식들이 모두 술을 못하리라고 생각했었는데 나만 술을 할 줄 알게 되니 술에 대한 나름의 교훈을 일러 주었다. 음주에 대한 우리 집안의 독특한 유래를 지닌 음주 문화 속에서 내 음주 습관에 대하여 걱정이 많이 되었던 것 같았다. 특히 아버지는 학문을 중시한 선비정신이 나름대로 충일되어 있던 사람으로서 더욱 그랬던 것 같았다. 우리 집의 술에 얽힌 이와 같은 내력도 알려 주었고, 술을 먹게 되면 몸의 건강을 해칠 뿐만 아니라 더욱 중요한 것은 정신을 혼미하게 하고 그 이튿날까지도 영향을 미쳐 온전한 정신으로 공부할 수가 없기 때문에 인생에서 패배자, 낙오자가 되기 쉽다고 일깨워 주었다.

그 말씀은 사실 그대로이다. 술은 먹는 이의 기분을 좋게 만들지만 조금만 지나쳐도 이성을 잃게 만들며, 공부에 정진할 시간을 빼앗아가기 때문에 공부를 하는 학생은 절대로 가까이 해서는 안 되는 금물이다. 이것은 언제 어디서나 적용되는 만고불변의 진리이다. 깊은 학문을 하는 사람 중에 술을 가까이하는 사람을 나는 본 적이 없다. 나는 올곧게 정신을 집중해야 하는 일을 하는 사람들은 술에 의지해서는 안 된다고 생각한다.

육체적인 일을 하는 사람들은 어떨까? 전문적인 체육활동을 하는 프로 선수들 역시 술은 이득보다 해로움이 더 크다. 약간의 술은 건강을 증진시켜 주어 육체적인 활동을 하는 선수들에게 도움을 주는 것은 틀림없다. 그러나 그 경계를 넘어서는 순간, 술이 술을 불러 과한 음주를 하게 되므로 건강에는 해가 된다. 프로 선수들에게는 치명적인 독약이 되는 셈이다. 술은 단순히 자양분이 많은 일반적인 음식이 아니라 알코올 성분으로 인하여 인체에 들어가면 오히려 이를 해독하기 위한 인체의 힘든 과정을 수반한다. 이처럼 오히려 체력 손상을 야기하는 작용이 있기 때문에 체력을 축적해야 하는 운동선수들에게는 큰 해가 되는 것이다.

이렇듯 정신적인 일을 하는 학자나 전문적인 체육활동을 하는 프로 운동선수 모두에게 술은 전혀 도움을 주지 못한다. 약간의 술은 보약이라 하지만 인간은 이 알맞은 정도의 양을 스스로 통제할 수 있는 힘이 부족하기 때문에 곧바로 지나친 음주로 이어지기가 쉽다. 이와 같은 술의 특성 때문에 동서고금을 통하여 술을 경계하는 교훈이 수도 없이 많이 있다.

탈무드에서는 '여성이 술을 한 잔 마시는 것은 퍽 좋은 일이다. 두 잔 마시면 그녀는 품위를 떨어뜨린다. 석 잔째는 부도덕하게 되고, 넉 잔째에는 자멸한다.'고 하였다. 이 말은 비단 여자에게만 적용되는 것은 아니다. 남자라고 해서 조금도 다를 게 없다. 나는 그동안 술로 말미암아 인간관계를 그르치고, 사업에서도 큰 낭패를 본 사람들을 많이 보아 왔다. 술이 들어가면 점잖던 사람도 마음이 들떠 입이 가벼워진다. 해서는 안 될 속마음을 털어 놓기 십상이니 술자리에서 이성이 이미 떠난 상태에서 남의 말을 깊이 새겨듣기 어려워진다. 자연히 언성이 높아지고 사소한 일로 말다툼이 벌어진다. 종종 좋게 시작된 술자리가 이렇게 해서 싸움으로 아수라장이 되는 장면을 많이 목격하게 된다.

사회생활을 하다 보면 피치 못하여 술자리를 함께해야 하는 일이 있다. 술을 잘하고 좋아하는 이들은 기분 좋게 술을 먹으며 남에게도 선의로 술잔을 권하기 마련이다. 그런데 내가 술을 잘 못하면서도 억지로 받아먹을 필요는 절대 없다. 자기 몸에 독이 되는 줄을 번연히 알면서도 억지로 먹으면 남들은 술을 잘하는 것으로 오인하여 더 자주 술을 권하게 된다. 술을 못한다고 해서 절대 술자리에서 흉이 되지는 않는다. 오히려 술을 못하면서도 인간관계를 위하여 자리를 함께한다고 생각이 되어 고맙게들 생각한다. 술을 통제하는 능력은 자신에게 달려 있는 것이지 남의 탓이 절대 아니다. 술을 통제하는 능력이 없는 사람은 결코 남도 통제할 능력이 없다는 것을 알아야 한다.

술이 보약이 될 것인지 아니면 독약이 될 것인지는 전적으로 자신의 통제 능력에 달려 있다는 것을 명심해야 한다.

첫인상

불화 중에서 우리 일반인들에게 자주 눈에 띄는 것이 달마대사 그림이다. 험악하게 생긴 대사의 얼굴이 소원을 잘 들어 준다고 해서 일반인들이 달마도를 즐겨 집에 걸어 놓고 있다. 이 그림을 통해 외관상 우리가 알 수 있는 것은 당시 달마대사가 인상이 곱상하지는 않았고 그림만큼이나 실제로도 꽤 험상궂은 얼굴을 하고 있었지 않았나 하는 생각이 든다. 석가모니 이후 수많은 고승들이 있었을 터이지만 유독 달마대사 그림이 지금까지도 신도들의 사랑을 독차지하고 있는 이유가 이와 같은 그의 험악한 인상에 기인한 것 같은 생각이 든다.

인상으로 보아서는 산적같이 험상궂게 생겨서 나에게는 조금도 덕을 베풀 성싶지 않고 오히려 나를 해코지할 것같이 심술궂고 인색하게 보이는데, 뜻밖에도 덕이 많고 뜻이 높을 때 더 한층 존경스럽게 보이는, 그런 반전의 효과와 같은 것이 작용했을 것이다.

인간의 인식은 경험에 기초한다. 내 인식과 다른 존재론적 실체가 따로 있다 하더라도 대상에 대한 내 인식은 내 고유한 것이고 유일한 것이다. 내 주관적인 인식만이 존재할 뿐이다. 설령 객관적인 실체가 존재하더라도 나에게 인식이 되지 않는 한 그것은 무의미한 것이다. 그 인식이 객관적, 보편적 타당성이 있느냐, 없느냐는 별개의 문제이다. 그 인식의 오류가 입증이 되어 바뀌기 전에는 나에게는 최소한 그 인식이 유일한 존재이며 진리일 수밖에 없다.

개개인의 대상에 대한 인식은 개개인의 삶의 과정에서 대상에 대한 경험을 토대로 형성이 된다. 삶의 과정에서 겪어 보았던 많은 사람들의 성향이 그들이 지녔던 얼굴 생김새의 특징과 연결되어 내 무의식적 인식의 교과서가 되어 있는 것이다. 그 대상이 구체적인 실체가 있는 사물이든 추상적인 개념이든 차이가 없다. 우리가 처음 사람을 대면할 때 그 사람의 첫인상을 가지고, 그 사람이 풍기는 아우라를 가지고 우리가 지니고 있는 인식의 교과서에 비추어서 먼저 평가하게 된다. 이렇듯 특히 우리나라 사람들은 타인의 얼굴 모습을 보고 주로 그 사람의 성정을 헤아려 본다.

반면 미국 사람들은 얼굴보다는 그 사람의 목소리를 가지고 타인을 평가한다고 한다. 미국 사람들도 아마도 첫인상을 고려하겠지만 그것보다는 목소리를 상대에 대한 판단기준으로 더욱 중요시한다는 것이다. 이러한 차이는 어느 나라 사람들이 더 옳고 그름의 문제라기보다는 문화적 차이 탓일 것이다. 미국인들은 외모보다는 사람들의 그때그때의 감정 상태가 그의 미묘한 음색에 반영된다고 생각하며, 그 결과 목소리를 중요시한다고 한다.

외모든 목소리든 첫인상은 낯선 사람에 대한 평가에서 중요한 역할을 한다. 이것은 초두효과 때문인데 사람들은 처음에 강력하게 받은 정보를 나중에 들어오는 정보보다 더 중요하게 받아들인다는 것이다. 보통 첫인상이 심어지는 데는 5초의 시간이 걸리지만 이 첫인상을 바꾸는 데 걸리는 시간은 35시간 이상이 걸리기 때문에 첫인상이 사회 생활하는 데 그만큼 중요한 것이다.

사람들은 이러한 첫인상을 통해서 유발되는 그 대상에 대한 호감, 비호감을 가지고 상대방을 평가하게 된다. 그 첫인상의 평가는 전적으로 개인적인 경험에 바탕을 두기 때문에 그 첫인상이 사람마다 모두 동일할 수는 없다. 개인적인 취향이 다르듯이 동일한 타인의 첫인상에 대한 반응도 모두 다르다. 이것이 편견의 오류가 발생하는 이유가 된다. 그래서 요즈음은 기업 등에서 신규 사원을 면접할 때에 1~2시간 대화로 끝내는 것이 아니라 여러 가지 면접상황을 설정하여 최소한 8시간 정도라도 지켜보려고 한다. 이렇게 함으로써 첫인상의 오류를 줄일 수가 있기 때문이다. 나도 여러 차례 면접을 통하여 신규 사원들을 채용해 보았지만 10~20분간의 면접을 통해서는 그 대상자의 전모를 파악하기란 거의 불가능했다.

개인적인 경험으로는 첫인상 때문에 큰 낭패를 볼 뻔했던 매우 중대한 사건이 한 번 있었다. 바로 지금의 내 아내와의 첫 만남에서였다. 부부가 된다고 하는 것은 하늘이 맺어 준 인연이라서 어찌할 수가 없었겠지만 그때는 어린 나이에 신중하지 못하고 외모만 갖고 판단할 수밖에 없는 상황이었다. 내 눈에 비친 내 아내는 훤칠하고 날씬한 몸매도, 탤런트처럼 예쁜 미인도 아니었다. 따라서 허파에 바람 들어간 당시의 젊은 내 눈에는 탐탁지 않게 보였다. 나이가 어리고 경험이 없었기 때문에 누구라도 그럴 수밖에 없었을 것이다.

반면에 내 아내에게 비친 내 모습은 깡말랐지만 훤칠한 키에, 당시 유행한, 멋있어 보이는 긴 장발에다가 건방지고 당돌해 보이는 째진 눈매가 마음에 들었던 모양이었다. 만약 그때 첫인상만 가지고 섣불리 판단해서 그 당시 흔히 사용하던 용어로 After(재회) 약속을 하지 않았더라면 우리의 인연은 그것으로 끝날 뻔했다. 그래도 당시 아내의 아슬아슬한 After 제안으로 만남이 그 후에도 지속적으로 이루어지며 서로 상대방의 마음과 가치관, 성정 등을 알 수 있었던 것이다.

또한 그 반대로 처음에는 호감이 많이 가고 믿을 수 있는 사람처럼 보였다가 나중에 자세히 알고 나서는 실망하는 사람도 많았다. 사람은 절대 단기간에 판단할 일이 아니다. 앞의 달마대사의 그림이 우리에게 시사하는 바가 크다. 그래서 우리의 섣부른 판단을 경계하라는 의미로 스님들이 달마도를 신도들에게 선사하는 것인지도 모르겠다. 그런 교훈적인 측면에서의 깊은 뜻이 아니라면 솔직히 달마도에서의 그와 같은 얼굴을 닮을 일은 아니다.

사람의 얼굴은 그 사람의 거울이라고 한다. 특히 나이가 들어서는 더욱 그렇다. 그 사람이 어떤 마음을 가지고 살아왔는지가 얼굴에 그대로 드러난다는 뜻이다. 옹색한 마음으로 항상 마음 졸이며 살면 얼굴에도 구차한 모습이 나타나고, 항상 남의 눈치나 보고 주관 없이 비굴하게 살면 얼굴에 비굴한 표정이 그대로 굳어지며, 항상 너그럽고 당당하며 올곧게 살면 얼굴도 자신에 찬 모습으로 변한다고 한다. 이는 마음 상태에 따라 발생하는 얼굴 근육의 미묘한 변화가 지속적으로 이루어질 경우에는 그러한 상태의 얼굴 근육이 굳어지게 되므로 아무리 표정을 웃는 낯으로 감추려고 해도 감출 수가 없는 것이다.

결국 자신의 얼굴이 어떤 모습으로 비추어지기를 원하는지는 자신에게 달려 있는 문제인 것이다. 달마대사도 그 험상궂은 얼굴이 원래 자신의 얼굴이 아니라 곱상하고 넉넉하던 자신 것은 도둑을 맞고 남의 화상을 빌려 쓸 수밖에 없었다고 전래되고 있지 아니한가.

다문화주의

나에게 미국사람들의 특성 중에서 부러운 것 하나를 선택하라고 하면 나는 그들의 자유분방한 창조력을 꼽고 싶다. 그들은 참으로 세계의 문화를 선도하는 탁월한 재능이 있다. 나는 아침 출근길에 지하철을 이용하는데, 차량 출입구 위 디지털 모니터 화면에는 사람들의 이목을 끄는 신기한 장면들을 이따금 보여 준다. 나는 마치 넋 나간 사람처럼 이 화면에 시선을 고정하고 목적지의 하차 역까지 가곤 한다. 아마도 내 그런 모습을 혹시 눈여겨보는 사람이 있다면 내가 두 눈을 크게 뜨고, 놀라서 벌린 입도 다물지 못한 채 넋 나간 사람처럼 화면을 주시하고 있는 모습을 더 우습게보지 않을까 걱정이 될 정도이다.

그토록 내 관심을 끄는 장면은 미국 사람들이 새로운 놀이 문화를 선보이는 것들이다. 마치 만화 영화 마리오 형제처럼 담을 껑충껑충 뛰어넘고 다니는 모습들, 외발 원동기를 타고 거리를 질주하는 모습, 외줄을 타고 바다 위에서 솟구쳐 오르며 묘기를 보여 주는 모습, 도약기를 이용하여 날아오르듯 농구 골대에 공을 꽂는 모습 등등 우리가 상상하기 어려운 놀이문화를 다채롭게 선보이고 이를 만끽하고 있는 장면들을 보고 있노라면 새로운 놀이문화 창작에 대한 도전적 열정에 탄성이 저절로 나오며 그들에 대한 부러움에 내 심장이 마치 멎는 것 같은 느낌을 받는다.

그들은 참으로 새로운 문화, 새로운 패러다임, 새로운 장르를 개발하는 데 귀재라는 생각이 저절로 든다. 비보잉, 재즈, 랩, 레게, 아이돌 경진대회, 익스트림 스포츠 등 최근 예체능계에서 새로운 장르를 개발한 곳도 미국이다. 역사가 그리 오래 되지 아니한 미국으로서는 자국이 스스로 창조한 새로운 것에 대하여 무척 목말라 한다는 느낌을 받았다. TV에서 우리나라의 재능 있는 가수가 미국 노래를 곧잘 따라 부르니까 어느 전문가가 훌륭한 재능을 인정하면서도 이제는 미국을 포함하여 세계 어디서든 큰 성공을 하기 위해서는 자기만의 독특한 창법을 개발하지 않으면 한계가 있다고 조언해 주는 것을 보았다. 남을 흉내만 잘 내서는 크게 성공하기 어렵다는 뜻이었다.

이러한 맥락에서 미국이 오래전부터 자국에서 새로운 정치사상 또는 사회사상을 만들어 눈길을 끌고 있다. 바로 '다문화주의 multiculturalism'라는 것이다. 우리 어릴 적에는 우리나라에 외국인이 드물었다. 어쩌다 길거리에서 외국인을 보면 신기한 듯 바라보기도 하고, 용기를 내어 짧은 영어로 말을 걸어 보기도 했었다. 지금은 우리나라에 들어와 있는 외국인이 거의 이백만 명에 육박한다고 하니 어디를 가나 눈에 띈다. 이제는 그들이 더 이상 신기하게 보이지는 않는다. 주말에 북한산에 등산을 가도, 광화문에 있는 꼼장어 대폿집을 가도,

심심치 않게 외국어를 쓰는 사람들을 발견할 수 있다.

예전에는 우리나라에 외국인이 들어와도 단기간 관광차 오거나 사업 계약 목적으로 다녀갔고, 1~2년에 걸쳐 오랜 기간 거주를 해야 할 때에는 정부 외교관들 아니면 대기업들의 상사 주재원들이 고작이었다. 지금은 외국인들이 혼인이나 직장 취업 또는 자영업 개업 등 다양한 형태로 영구 이주 목적으로 입국하고 있다. 입국 목적 자체만 보더라도 이들 외국인은 더 이상 잠시 이방인 자격으로 머물렀다가 본국으로 귀환하는 순수한 의미의 외국인이 아니다. 영구 거주 목적으로 들어오기 때문에 이들은 더 이상 이방인이 아니다. 인종만 다를 뿐이지 외국인이 아니라 우리의 국민인 것이다. 즉, 한국인인 것이다.

우리나라도 이제 서둘러 용어를 정비할 필요가 있다. 우리는 우리와 다른 인종이나 민족은 국적과 관계없이 모두 외국인이라고 표현한다. 우리나라 여자와 혼인해서 국내에서 거주하고 있는 어떤 미국인 영어 강사가 영어교육 시간에 우리들에게 항의한 적이 있었다. 우리 학생들이 그 강사에게 외국인이라는 표현을 쓰자 그분은 왜 자신이 외국인이냐고 항의했다. 자신은 한국인과 혼인을 하였고 한국의 국적을 취득해서직업을 갖고 한국에서 살고 있는데 왜 아직도 자기가 외국인 취급을 당해야 하는지 억울하다는 뜻이었다. 이러한 현상이 빚어지는 이유는 미국에서는 우리나라에서와 달리 인종과 관계없이 시민권이나 영주권을 취득하여 영구 거주 목적으로 미국에 살고 있으면 누구나 미국인이라고 부르기 때문이다. 다만 출신 민족을 구별토록 하기 위하여 African-American 또는 Korean-American이라고 구분하여 불러 주고 있을 뿐이다.

거꾸로 우리나라 사람들이 미국에 가서 그곳 사람과 혼인도 하였고 그곳에서 직장도 얻었을 뿐만 아니라 자식도 낳고 똑같이 세금내고 살고 있는데 언제나 외국인 취급을, 즉 이방인 취급을 받는다면 미국에 대한 애착이 생길 리 만무할 것이다. 그런데 미국은 자타 구분 없이 합법적으로 입국하여 우리나라의 주민등록증과 유사한 '사회보장번호 Social Security Number'를 받으면 모두 외국인이 아닌 자국민 대우를 해 주고 있다. 개인적 차원에서 현실적으로 감지되는 인종 간의 갈등은 인정하더라도 국가적인 제도 운영 면에서는 전혀 차이가 없다. 미국은 지구의 인종 용광로 역할을 하고 있는 것이다. 미국 정부에서는 현실적으로 존재하는 인종 간의 갈등을 치유하기 위하여 많은 노력을 기울이고 있다. 이 노력의 철학적 기반이 바로 다문화주의인 것이다. 그리고 이 철학적 사상이 구체적으로 제도화되어 나타난 것이 '적극적 고용개선 조치Affirmative Action'이다. 소수 민족에게 오히려 더 혜택을 주자는 취지의 제도이다.

내가 잠시 가족과 함께 미국에 거주할 때에 미국인들은 우리 가족이 미국에서 사는 동안 외국인이기 때문에 불편을 느끼는 일이 전혀 없도록 세심한 배려를 기울여 주었다. 아이들이 학교에 입학할 때에도 우리의 의견을 모두 수용해 주었으며, 우리 아이들의 부족한 언어 능력을 감안하여 별도의 언어지도 교사를 붙여 주는 등 오히려 자국민 학생들보다도 더 많은 교육 혜택을 주었다. 이주 온 외국인들이 미국 내 주류 사회에 끼이지 못하고 겉돌지 않고 최대한 빠른 시일 내에 미국 문화에 적응하도록 제도적, 재정적 배려를 아끼지 않았다. 이러한 다문화주의 정신이 다른 선진국들이 자국의 인구가 감소하는 것을 걱정하는 가운데에서 유독 미국만이 오히려 인구가 증가하고 있는 주요 원인으로 작용하고 있는 것이 아닐까 생각한다.

우리나라에서도 동남아 등지에서 혼인이나 취업을 목적으로 우리나라에 이주하려는 사람이 크게 늘어 다문화사회라는 표현으로 이들의 조기 정착을 위해 많은 정책적인 배려를 하고 있다. 자본주의, 민주주의 등의 개념들이 우리 국민들 사이에 완전히 체화되었듯이 이 다문화주의도 이 땅에 빨리 정착되어야 우리나라도 진정한 국제화된 선진국가가 될 수 있다. 우리들 한국인 뼛속 깊이 다문화주의가 체화되지 않고 형식적으로만, 겉모습으로만 다문화 존중을 외쳐서는 그들의 가슴에서 울려 퍼지는 메아리는 없을 것이다.

이름 짓기

오래전에 지방에서 근무할 때였다. 직장생활을 시작한 지 삼사 년 정도가 지난 무렵이었다. 지금 생각하면 파릇파릇한 연둣빛 새싹 분위기가 물씬 풍기는 사회 초년병으로 다른 사람들에게 비추어졌을 것이라는 생각이 든다. 내 깐에는 항상 나이가 들을 대로 든, 농익은 참외처럼 행동을 했어도 남들 눈에는 하룻강아지 이미지를 못 벗었을 것이었다. 당시 내 나이 두 배 정도 되는 직장 상사에게 격의 없는 술자리에서 '형님'이라는 호칭을 불러 드렸다가 그분이 기가 찬 듯 헛기침을 여러 차례 했던 것을 회상해 보니 당시 내가 하룻강아지에는 틀림이 없었다는 생각이 든다. 당시 당황했을 그분께 진정으로 송구스러울 따름이다.

그 당시 직장에서 퇴근한 후 술자리에서 함께 자주 어울렸던 나이 지긋한 몇 분이 있었다. 그분들 중에 한 사람은 지방 대학에서 원로교수로 재직하고 있었고, 그 지방 사회에서 사주추명학四柱推命學으로 무척 명성이 높던 사람이었다. 성품도 고귀해서 주위 사람들도 아무리 친해도 혹 예의에 벗어날까 자신의 사주를 보아 달라고 감히 의뢰하지도 못하는, 그렇게 존경받던 사람이었다. 그런데 갑자기 내가 그 직장에서 얼마간 근무하다가 갑자기 서울로 발령을 받고 자리를 옮겨야 할 처지였다. 친하게 지내던 사람들과의 마지막 송별연 자리에서 그분이 내 사주를 물어보는 것이었다. 나는 날듯이 기뻤다. 나도 내 사주를 보아 달라고 부탁하고 싶었지만 감히 말도 못 꺼내고 있던 차에 그분이 먼저 내 사주를 봐 주겠다는 것이 아닌가. 이를 두고 문자 그대로 '불감청不敢請이어늘 고소원固所願이라'고 하는 것이었다.

그분이 그해 추석 선물로 한참 뒤에 보내 준 내 사주 설명서에는 도입 부분에 다음과 같은 글귀가 쓰여 있었다.

"사람의 운수는 선천적인 사주 운이 35%, 환경 운이 30%, 자기 노력 운이 30%, 그리고 나머지 5%가 성명 운이 좌우한다고 운명학계에서 말합니다."

우리 형제들 이름은 모두 아버지가 우리 항렬의 돌림자를 사용하여 지어 주었다. 아버지도 한문 공부를 예전에 많이 했었기 때문에 이름 정도는 잘 지을 수도 있었을 터였지만 전문적인 작명법 책을 보고 음양오행에 맞추어 지은 것 같지는 않다. 우리 세대 항렬이 '○우雨' 자이니까 앞에 한 자만 고르면 되었다. 원래는 전통적인 작명법에 따르면 우리들의 사주를 보아서 그 사주 특성의 강약을 보완해 주는 음양오행 글자를 선택하여야 하는 것이다. 우리 형제들 이름의 앞 자는 차례로 '근根', '택澤', 그리고 '연淵'이다. 나만 뿌리에 비가 오고 내 두 동생은 연못에 비가 오는 뜻이다. 음양오행보다는 뜻을 보고 지었다는 인상이 짙다.

나는 아버지를 못 믿어 내가 직접 세 아이들 이름을 지었다. 나는 아이들의 운명을 위해서 작명법 공부를 따로 스스로 했다. 작명가들의 전문성이 아버지의 정성을 따르지 못할 것이라는 자신감으로 많은 고민을 하며, 많은 대안을 만들어 그중에서 가장 마음에 드는 것을 선택했다. 그러는 과정에서 심지어는 꿈에 산신령 할아버지가 나타나 이름자를 제시해 주기도 했다. 그런 내막을 모르는 아버지가 속으로 나를 무척 괘씸하다고 생각했을 터이지만 자식들의 5%의 운명을 위해서 눈을 찔끔 감았다. 그래도 세 번째 아들은 차마 내 마음대로 할 수가 없었다. 더 이상 부모님의 가슴에 멍을 지을 수가 없었다. 내 속마음을 읽은 부모님은 타협하여 작명소에서 지어 주었다. 우리 세 아이들도 모두 똑같은 항렬자를 사용하였다.

그렇게 우리가 아이를 낳을 때만 해도 유명한 작명가들이 주위에 많이 있어서 그분들에게 생년월일시를 알려 주면 본인 사주에 맞추어 이름을 지어 주었다. 혹 돌림자를 사용하여 적절한 조합이 나오지 않을 때에는 돌림자를 사용하지 않아도 무방하다.

작명가의 전문성을 무조건 무시할 수만은 없다. 예전에 우리가 태어날 무렵 우리나라에서 가장 많이 알려진 작명가가 있었다. 지금은 오래전에 작고하고 없지만 그 후손이 예전과 똑같은 이름의 간판을 걸고 현재도 영업을 하고 있다. 그분의 명성은 삼척동자도 '김○○' 하면 알 정도로 천하가 다 아는 존재였다. 당시 유명세로 한 번 작명하는 데 꽤 비용이 들어갔기 때문에 우리 집이나 웬만한 가정에서는 그저 부러워할 뿐이었다. 나중에 알고 보니 아내가 그 작명소에서 이름을 받았던 것이었다. 처형들 모두 여자들이 많이 쓰는 글자인 '자', '숙', 그리고

'옥'을 사용하였는데 아내만 어려운 한자 '벼슬 경璟' 자를 사용하였다. 나는 내심 여자의 이름치고는 신기한 의미를 지녔다고 의아해 했다. 그런데 신기하게도, 우리는 7년이라는 긴 굴곡진 연애의 터널을 지나 비로소 부부가 되었고, 나는 그 작명가의 예언대로 지금도 공적 분야에서 일을 하고 있다. 신기할 따름이다.

우리 가계는 파 시조별로 이름을 지을 때 세대별로 돌림자가 정해져 있다. 이 돌림자를 누가 정했는지는 모르나 내 추측으로는 문중에서 옛 선조들이 정하지 않았을까 추측한다. 우리의 파 시조는 조선시대 두 번째 왕 정종定宗의 넷째 아들 선성군宣城君이다. 나는 선성군의 19세손으로서 우리 세대는 ○우雨 자 돌림이고, 내 자식 대는 20세손으로서 인寅○ 자 돌림이고, 손자 대는 21세손으로서 ○항恒 자 돌림, 22세손은 규奎○, 23세손은 ○호鎬, 24세손은 운雲○, 25세손은 ○주柱, 26세손은 광光○까지 이미 정해져 있다. 이러한 내용은 인터넷에 들어가거나 전주이씨대동종약원이라는 곳을 찾아가면 파시조별로 전주 이씨의 모든 항렬자를 알 수가 있다.

아이들 이름 짓는 데 너무 복잡한 것 아닌가 하고 귀찮아하는 사람들이 혹 있을지도 모르겠다. 예전에 모시던 전직 장관이 평소 하던 말씀이 기억이 난다. 무엇을 하더라도, 하다못해 시장에 가서 생선을 한 마리를 사더라도 이것, 저것을 세밀히 비교해서 신중하게 고르는 사람이 사회에서도 성공하고 또 잘 살더라는 것이었다. 직원들에게 교훈 삼아 얘기했겠지만 어느 사회에서나, 또 어느 시대에서나 적용되는 진리임에는 틀림없다. 그동안 살면서 이름 때문에 친구들에게 놀림을 받고, 심지어는 왕따까지 당하여 학교를 옮기는 지경까지 간 학생들도 보았다. 아무리 소홀히 이름을 짓는다고 하여도, '강도야', '석을년', '경운기' 등으로 지어 줄 수는 없는 것 아니겠는가.

요즈음은 아이들 이름을 짓는 데 집안 대대로 내려오는 까다로운 방식을 답습하지 않고 그 시대의 미적 감각에 맞는, 부르기 쉽고 어감이 좋은 이름들을 많이 선호한다고 한다. 매년 등록되는 새로운 이름들을 분석하면 TV 인기 드라마에서 등장하는 인물 등을 흉내 낸 이름들이 다수를 차지한다는 분석도 있다. 미국에서도 예전에 사회에서 성공한 사람들의 이름을 분석한 결과 Tom, Jone, Smith 등 흔하며 부르기 쉬운 이름들이었다는 보도도 있었다.

예전에 사주추명학의 권위자였던 그 노교수가 편지에 적어 주었던 '성명이 그 사람의 5%의 운명을 좌우한다.'는 설명이 그를 수도 있다. 하지만 나는 이름에 얽힌 그동안의 사회 경험과 학자들의 통계분석 내용 등을 보았을 때 그 사람의 성명이 학교생활과 사회생활을 하는 데 많은 영향을 미친다는 것을 알았다.

결코 자식들의 이름을 경솔하게 지을 일이 아니다.

겨울 친구들

오늘밤은 창밖에 소리 없이 눈이 내리고 있다. 지나간 세월이 내 가슴속에도 하염없이 내리고 있다. 오늘같이 눈이 내리는 차가운 겨울밤이면 어디에선가 꼼지락꼼지락거리며 과거가 다시 머리를 내밀고 올라온다. 사람은 나이가 들어 가며 오랜 친구들이 어느새 하나둘 곁을 떠나가는 한편, 이와 반대로 어릴 적 다정했던 옛 친구들이 되살아나서 그래도 사람 사는 맛을 이어가게 한다.

나이가 들어가면 나도 모르게 다시 겁쟁이로 변하나 보다. 겨울이 코밑까지 다가오면, '이번에 올 동장군은 얼마나 센 놈이 올까?' 하고 겁부터 집어먹는다. 난방비 걱정, 바람막이 방풍비닐 설치 근심, 눈길 낙상 불안 등등 삶의 무게가 짐 지우는 현실적 부담이 나를 먼저 무력하게 만든다. 가장으로서의 책임감이 내 어깨를 먼저 무겁게 짓누르니 마음 놓고 차가운 겨울과 맞붙어 싸워 보기가 엄두조차 나질 않는다.

추운 겨울이 가장 겁내는 상대는 역시 철모르는 어린아이들이다. 특히 사내아이들이다. 어린아이들은 진정 하룻강아지 범 무서운 줄 모르고 덤벼 댄다. 아무리 세찬 바람에 눈까지 뿌려 대며 공격을 해 와도 어린아이들은 오히려 더 좋다고 날뛰니 도무지 당해 낼 수가 없다. 나도 어릴 적에는 아무리 차가운 바람이 불어 닥쳐도 어머니가 김이 모락모락 나는 따듯한 아침밥으로 배를 든든히 채워 주면 형이 물려준 커다란 털실로 짠 스웨터를 자랑스럽게 걸쳐 입고 구슬과 딱지를 들고 집을 나섰다. 동네 아이들한테서 딱지랑 구슬을 따다가 동생에게 줄 요량으로 손등이 다 트고 갈라져서 피가 나도 날이 저물도록 추운 줄을 몰랐다. 그러니 겨울이 어린아이들을 두려워할 수밖에 없다.

요즈음은 어른들이 겁만 많은 것이 아니라 게다가 비겁해지기까지 했다. 겨울이 벼르고 별러 큰 맘 먹고 큰 눈을 뿌려 대며 멋진 한 판 싸움을 벌일라치면 새벽부터 아내며, 아이들 다 불러서 집 앞에 눈을 싹싹 긁어모아 담벼락 옆에 몰아 붙여서 꼼짝을 못하게 만든다. 겨울이 아이들에게 멋진 싸움을 걸어 볼 수가 없다.

어릴 때 하늘에서 밀가루를 퍼붓듯 눈이 펑펑 쏟아져 내리면 좋아서 펄쩍펄쩍 뛰며 입에다 넣고 뽀뽀까지 하고 눈싸움에, 빙판 썰매 끌기, 그리고 반들반들한 거리 빙판 미끄럼 타기를 즐기던 기개들은 어디다가 내팽개쳤는지 모르겠다. 아이들이 겨울 친구들을 만드는 것을 애당초 불가능하게 만든다. 아이들이 나가서 신나게 눈밭을 굴러도 좋을 의복과 장비를 마련해 주는 것도 새까맣게 잊고 산다.

예전에는 어린 전사들이 있어서 동네마다 혹은 집집마다 겨울에게서 빼앗은 전리품으로 만든 커다란 눈사람을 집 앞에 포박해 놓았다. 아이들은 이 포로들에게 숯덩이로 눈을 만들어 주고, 나뭇가지 꺾어 코도 만들어 주었다. 그리고 손에는 빗자루까지 쥐어 주어 눈사람을 희화화시켜 줄 정도로 유머도 있었고, 또 추운 겨울밤 얼어 죽지 말라고 털모자와 목도리를 걸쳐 주는 아량도 넉넉했다. 그때 이 어린 전사들이 사용한 무기라고는 어머니가 겨울이 다가오기 전에 정성을 씨줄로 털실을 날줄로 짜 준 벙어리장갑이 고작이었다.

그래도 겨울은 쉽게 물러서지 않았다. 아이들이 전투에 지친 몸으로 곤히 잠들어 있는 사이에 함박눈으로 기습 공격을 또 감행한다. 보초병으로 세워 둔 동네 강아지들이 여기저기 날뛰며 시끄럽게들 짖어 댄다. 이내 강아지들도 제풀에 지치어 꼬리를 내리고 자기 집으로 기어들어가고 온 동네는 이제 무방비 상태에서 밤새 하얗게 질리도록 겨울에 의하여 완전히 점령되고 만다. 시골집 굴뚝으로 뿜어져 나오는 하얀 봉화 연기만이 서로의 위치를 확인시켜 줄 뿐이었다.

깊은 겨울 풍경 속에서 아이들은 무슨 할 일이 그리 많은지, 방학 숙제 책은 한쪽 구석에 덩그렇게 처박힌 책가방 속에서 깊은 동면에 들어가 있다. 겨울방학이 깊어 가며 처마 밑에 매달린 고드름이 하루가 다르게 자라나듯 아이들 가슴속에 밀린 방학 숙제 걱정도 은근하게 덩달아 자란다. 그렇지만 아이들은 추운 겨울날 방 안에 틀어박혀 얌전히 책속에 빠져 들기에는 온몸을 휘몰아 도는 혈기가 너무 뜨거웠다. 그리고 겨울 친구들과 평생을 살며 곱씹을 아름다운 추억을 만들 장난거리가 너무도 많았다. 부모님들에게는 송구하고 민망한 일이었지만 겨울이 다 물러갈 무렵에야 비로소 아이들은 방학 숙제 책들을 긴 겨울잠에서 깨울 수밖에 없었다.

겨울이 오면, 비로소 아이들의 불장난이 합법적으로 허용이 되었다.

추위를 핑계로 동네 큰 형들이 마당 한복판에 지펴 놓은 장작더미 모닥불 주위로 아이들이 모여든다. 아이들은 불이 빨간 빛을 내며 활활 타오르는 것을 무척 좋아한다. 추위를 잊게 해 주는 따스함 때문만은 아니다. 자신을 태우며 강렬한 빛과 함께 뜨거운 열기가 내뿜는 따끔따끔한 자극에 마치 꿈의 요정에 홀린 것 같은 생각이 든다. 고구마도 익혀 먹고, 밤, 감자, 옥수수도 구워 먹는다. 입 주위는 시꺼먼 털 북숭이 영감으로 변하지만 가슴속까지 따스함이 채워진다. 아이들끼리 서로의 얼굴을 보며 배꼽을 쥐어 잡는다. 정월 대보름이면 달을 보고 쥐불놀이를 한다. 옆 동네 아이들이 저 멀리서 동그란 소원을 쥐불에 담아 하늘 높이 날리는 모습도 눈에 선하게 들어온다. 어머니의 말씀처럼 불장난을 하여 잠자리에서 나도 모르게 오줌을 싸게 될까 은근히 걱정이 되었다.

오늘 저녁은 유난히 오래된 예전의 겨울 친구들이 정겹게 내게 다가온다. 기나긴 겨울밤이 깊어질수록 들어가는 나이에 비례하여 잠자리에 드는 시각도 늦어지고 허전함만 더 짙게 밀려온다. 젊은 시절 안개 같은 어렴풋한 큰 뜻을 서로 가슴에 품고 산으로, 들로, 바다로 함께 호연지기를 다지며 우의를 두텁게 하던 친구들의 모습과 이미 유명을 달리한 안타까운 친구들의 소리 없는 메아리가 창가에 어른거린다. 소리 없이 조용히 내리는 함박눈이 장독대 위에 소복이 쌓이는 겨울밤, 예전처럼 활활 타는 군불로 달아오른 사랑방에서 정겨운 친구들과 밤새도록 막걸리를 기울이고픈 밤이다.

연탄 애환

지금은 연탄이 무엇인지도 모르는 아이들이 태반일 것이다. 아마도 아파트에 따뜻한 온기가 어디서 어떻게 만들어지는 줄도 모르는 아이들도 있을 것이다. 머지않아 연탄을 박물관에서나 만나 보게 될지도 모르겠다. 그만큼 우리가 사는 세상이 하루가 다르게 무서운 속도로 변하고 있다는 것을 연탄의 운명을 통해서 단적으로 알 수가 있다.

과거 우리나라의 대표적인 월동 장비는 김치와 연탄이라고 할 정도로 연탄은 우리나라의 숨결과도 같은 존재였다. 그러한 존재가 어느새 내 당대에 박물관에서나 볼 수 있을 골동품과 같은 처지에 놓이다니, 격세지감도 이만저만이 아니다.

사실 나는 나이가 어려서 그렇게 느껴 본 적은 없지만 연탄은 우리나라 최초의 산업화와 그에 따른 부의 상징이었던 존재였다고 한다. 내가 태어났을 때는 이미 서울 웬만한 가정에서는 난방을 위해 연탄을 사용하고 있었으나 내 이전 세대에서는 장작과 숯이 가정 난방의 주요 연료로 사용되고 있었다. 너도나도 산에 가서 나무를 베어다가 땔감으로 쓰니 연료가 산림 황폐화의 주범으로서 커다란 사회적 문제였다. 이 골치 아픈 난제를 해결할 수 있었던 것이 바로 연탄의 등장이었던 것이다.

우리나라에 연탄이 처음 등장한 것은 1920년대 일본인이 평양공업소를 세우면서다. 처음에는 구멍이 없는 조개탄, 주먹탄 형태였지만 열량을 높이기 위해 구멍을 뚫으면서 구멍 수에 따라 구공탄, 십구공탄, 22공탄 등으로 불리었다. 화력이 좋고 지속력이 뛰어나 모든 국민의 사랑을 받던, '국민연료'였던 연탄은 최근 석유, LPG 가스, 도시가스에 밀려 서서히 자취를 감추고 있다.

그러나 아직까지도 쪽방촌이나 달동네 같은 곳에서는 난방을 연탄에 의존하는 집들이 많이 존재한다. 의지할 곳 없는 독거 노인들 또는 극빈자들이 거주하는 곳들이다. 몇 해 전에 내가 지방에서 근무할 때에 겨울이 오면 내가 근무하는 기관에서는 단체 자원봉사 활동으로 연탄 기부를 했다. 사회복지 센터에서 지정해 주는 대상자들은 한결같이 거동이 불편한 독거 노인들로서 그들의 보금자리는 자동차 도로에서 좁은 산길을 한참이나 타고 오르는 외딴 곳에 위치하고 있었다.

우리들의 사랑의 연탄 기부를 받는 노인들은 마치 안 먹어도 배부른 듯한 흡족한 표정을 지어 보였고 우리들도 서로의 얼굴에 묻은 검은 연탄 칠을 보며 맘껏 웃으며 안도의 한숨을 내쉬었다. 그러나 나는 노인들의 흡족한 표정에 뿌듯하지만은 않았다. 마음 한구석에서는 불안한 마음을 금할 수가 없었다. 사실 연탄은 그 자체로서 명암을 가지고 있기 때문이다. 차가운 겨울 우리들에게 따스함을 안겨 주지만 자칫 잘못 관리하다가는 우리의 생명을 앗아가는 무서운 살인 병기이기도 하다.

하기야 불 자체가 인간이 발명한 위대한 문명의 이기이기도 하지만 또 다른 한편으로는 집 전체를 송두리째 태워 버리는 화마로 변하기도 하니 필요악처럼 어쩔 도리가 없기는 하다. 하지만 연탄은 성격이 다르다. 그런 극단적인 부주의가 아니더라도 사소한 관리 소홀로도 인간의 생명에 치명적일 수 있기 때문이다.

아마 우리나라 사람들 성인 대부분이 과거 연탄과 함께 겨울을 나야 하던 시절, 연탄가스를 안 맡아 본 사람이 없었을 것이다. 연탄 없이는 살 수 없었던 시절 우리는 하루아침에 연탄가스 중독으로 일가족이 모두 목숨을 잃을 수도 있는 위험을 안고 살아야 했다.

이 연탄가스는 마치 개구리가 자기도 모르는 사이에 서서히 뜨거워지는 물에 죽는 것처럼 사람도 잠이 든 사이에 자신도 모르게 아무 고통도 느끼지 못하는 채로 사망에 이르게 되는 무서운 부중지어釜中之魚의 병기인 것이다. 그렇기 때문에 고대 이집트의 미녀 여왕 클레오파트라가 피 한 방울 흘리지 않고 상처도 없이 시녀들과 함께 자살할 수 있었던 것은 일산화탄소의 도움밖에는 없다는 추정도 가능한 것이다.

실제 내가 경험해 본 바도 동일한 느낌이었다. 학창시절 이른 아침에 갈증을 느끼고 일어나 방문을 열고 나오는 순간 나도 모르게 쓰러지고 말았다. 추운 겨울 아침이었기에 한동안 정신을 잃고 쓰러져 있다가 차츰 몸에 추운 한기를 느끼며 정신이 되돌아왔다. 일어나 정신을 차리고 보니 아궁이 위에 올려져 있던 펄펄 끓고 있는 큰 솥단지가 내 머리에 부딪혀 심하게 찌그러져 있었다. 이와 같은 위험천만한 경험은 당시에는 비단 나만이 경험했던 것이 아니었다.

그만큼 우리나라 사람들에게는 연탄에 얽힌 애환이 많을 수밖에 없다. 나는 더군다나 연탄가스 중독 후유증으로 어처구니없이 아버지를 잃은 사람이기 때문에 연탄에 대한 애증이 누구보다도 많을 수밖에 없다.

내 본가에는 부모님 두 분만 살고 있었다. 막냇동생은 군대에 가 있었고 나머지 형제자매는 모두 각자 자기 가정을 갖고 있었다. 두 분이 깊이 잠든 사이에 연탄가스가 방구들 틈새로 새어 나왔던 모양이었다. 다행히 아침 일찍 친척의 전화로 두 분을 깨우고 연탄가스를 마신 것 같다는 말을 듣고 119에 바로 신고를 할 수 있었다.

부모님은 바로 인근 병원 응급실로 호송되었고 그곳에서 응급조치가 이루어질 수 있었다. 그런데 이때 병원에서 실수를 한 것이 있었다. 연탄가스 중독 환자들은 무조건 즉시 고압산소실에서 충분한 시간 동안 회복 조치가 필요한데, 실수였는지 그 절차가 누락이 되었던 것이다. 결국 한 달 뒤에 아버지 는 후유증으로 돌아가셨다. 이미 사망하신 뒤에야 누구를 탓할 수도 없는 것이었다.

나는 이러한 연탄에 대한 모든 애증을 박물관에 조용히 묻어 두고 싶다. 내 당대에 모든 사람들의 국민연탄으로 사랑을 받던 그 '구공탄'이 우리 곁을 떠나 박물관 한구석에 골동품으로 자리를 잡더라도 나는 결코 아쉬워하지 않을 것이다. 어린 시절 부모님이 빙판 길에 낙상할까 두려워 안타까운 마음으로 연탄재를 잘게 부수어 길바닥에 뿌리며 연탄에게 고마워하던 생각도 아쉬움 없이 박물관에 보낼 것이다.

순환의 관문

사람이 태어나서 죽는 순간까지 자기의 의사와 관계없이 이루어지는 것이 있다. 즉, 태어나고, 늙고, 병들고, 죽는 것이다. 불교에서 이야기하는 생, 노, 병, 사의 고통이다. 사람은 누구든지 이 네 가지 고통을 피할 수 없는 동일한 과정으로 겪게 되어 있다. 종교에서는 그 과정에서 사람이 의지에 따라, 즉 스스로 선택하며 산 자기 삶에 대하여 죽음의 관문에서 평가를 받게 되어 있다고 한다. 실존주의 철학자 장 폴 사르트르는 태어나서 죽을 때까지의 생애기간 중의 자신의 삶을 B(birth)와 D(death) 사이의 C(choice)라고 익살스럽게 표현했다.

서양 사람들은 기독교의 영향으로 삶을 단선적으로 표현하며, 죽음을 하나님께 돌아가서 하나님과 영원히 함께 사는 하늘세계로의 관문이라고 본다. 반면, 동양 사람들은 고대 이집트 사상이나 인도 불교의 영향으로 삶을 윤회사상으로 그리며, 죽음을 자연에서 태어나서 자연으로 다시 돌아가는 순환의 관문이라고 해석한다.

어렸을 때 누구나 그렇듯이 나도 죽음에 대한 두려움이 많았다. 이 죽음의 두려움이 모든 공포의 근원이 되었다. 특히 죽음은 고통과 직접 연결되어 있다. 고통의 관문을 통과하여야만 죽음에 이를 수 있기 때문이다. 따라서 죽음은 고통에 대한 공포의 이미지가 강하게 각인되어 있다. 우리가 죽을 때 우리를 데리러 온다는 저승사자도 공포의 화신으로 묘사되고 있다.

공포감은 고통이 직접적인 원인이기는 하지만 그 고통 뒤에는 근원적으로 죽음이 있어서 공포감의 먼 원인으로서 죽음의 무의식적인 의식이 있다는 추론이 가능하다면 모든 동물뿐만 아니라 식물까지도 죽음의 공포를 지니고 있다는 설명이 가능할 것이다. 그럼으로써 사람뿐만 아니라 모든 동물과 식물까지도 죽음을 인식할 수 있다는 논리적 전개가 가능하게 된다. 모든 생명체는 공포감을 느낄 수 있기 때문이다.

우리는 자신의 죽음에 대하여 두려움을 느끼는 동시에 타인의 죽음에 대하여는 측은한 마음을 갖게 된다. 이 또한 고통에 대한 공감으로 이어지는 감정이다. 우리들이 장례식에 조문 갔을 때 두려움과 측은함이 동시에 일어나는 이유이기도 하다. 장례식에 가급적 어린아이를 동반하지 않으려는 이유가 아이들이 측은한 동정심보다는 공포감에 휩싸일까를 두려워해서이다.

나이가 들어 가며 누구나 차츰 죽음에 대한 공포가 얼마간 사라져 간다. 사람은 누구나 세월을 따라 흐르며 자신이 특별한 존재가 아니라는 것을 깨닫는다. 사람도 대자연의 일부로서 순환의 쳇바퀴에서 벗어날 수 있는 예외적인 존재가 아니라는 것을 인식하게 된다. 나이 많은 노인들이 '아이쿠, 빨리 죽어야지!' 하는 말이 실없기만 하지는 않다.

바꾸어 말하면 사람의 정신적 성숙도와 죽음에 대한 공포심은 반비례한다. 오히려 생활의 굴레에서 벗어나서 의젓한 죽음을 맞는 순간까지 인생의 참맛을 즐길 수도 있을 것이다. 내 부모님들은 화려하고 빛나는 황혼을 오래 즐기지 못했다. 가을에 오색 단풍으로 물든 나뭇잎들이 가장 화려하고 아름답듯이 인생도 황혼기에 접어들어서가 가장 넉넉하고 여유 있어 보이며 멋있게 보인다. 이 절정기가 지나고 나면 자연스럽게 다음에 올 신세대에게 자리를 양보하고 바람 부는 대로 바람결에 내 몸을 의지하는 것도 당당하면서도 자연의 섭리에 따르려는 의젓함이 엿보여 좋다. 내 부모님들이 노년기는 고사하고 황혼기조차 제대로 누리지 못하고 병마에 못 이겨 일찍 하느님 곁으로 돌아가신 것이 항상 죄스러운 자식에게는 아쉬움으로 남는다.

중국에 여행을 갔을 때의 일이다. 어느 민가 앞에 사람들이 웅성웅성 한떼가 모여 앉아 있고 중노인 한 분이 그들 앞에서 큰 소리로 연신 떠들어 대고 있었다. 그리고 모여 있는 사람들이 모두 즐거워하는 모습들이 차창 너머로 보였다. 중국 교포가 안내해 주길 그 집이 초상을 치르고 있는데 호상이라서 만담가를 초청하여 조문객들을 즐겁게 해 주고 있는 것이라는 설명이었다. 중국에서는 80세 이상을 살다 가면 복받은 인생이었다고 하며 장례식 자체도 애도하기보다는 축복해 준다는 해설이었다.

우리나라에서는 요즈음 장례문화가 많이 바뀌어 애절하게 통곡하는 모습이 많이 사라지고 의연하게 가슴으로 애도를 표하고 있다. 우리나라도 고인이 생전에 크게 고생하지 않고 장수를 누리다 돌아가셨을 때에는 대놓고 축복하지는 않더라도 그래도 불행 중 다행이라고 상주를 위로하는 조용한 애도를 표한다.

그러나 아무리 장수를 누린 호상이라 할지라도 그것은 우리 일반인들의 생각일 뿐이지 부모님 상을 당한 자식들에게야 어디 그게 당키나 한 말이겠는가? 일반인들의 세속적인 평가로 부모를 잃은 자식들의 마음을 더욱 상심케 해서는 예의가 아닌 것이다.

이러한 세속적인 평가와 상관없이 미국 사람들이 언제나 누구에게나 장지에서 검은 상복을 점잖게 차려 입고 조용히 눈으로 애도하는 모습이 나에게는 언제나 진지해서 좋아 보인다.

최근 서강대의 한 교수가 서울대학교 학생을 대상으로 한 "부모가 언제쯤 죽으면 가장 적절할 것 같은가?" 하는 설문 조사에서 '63세'라고 답한 학생이 가장 많았다고 하며, 그 이유로는 은퇴한 후 퇴직금을 남겨 놓고 사망하는 것이 가장 이상적이기 때문이라고 하는 글이 SNS상에 떠돌아다니고 있다. 이것이 사실이라면 우리나라 젊은이들이 너무 타산적이라는 생각이 든다. 요즘 젊은이들이 예전 같지 않게 취업하기가 하늘에서 별 따기처럼 어렵고, 집 장만하는 것은 평생을 벌어 모아도 힘든 세상에 살고 있다는 것은 알고 있지만 부모님과의 정을 돈으로만 따진다는 것이 우리를 서글퍼지게 만든다.

나는 우리 부모님들이 너무 일찍 돌아가셔서 그것이 오히려 나를 더욱 불행하게 하는 것 같아 아쉽게 생각해 왔다. 나이가 들어도 부모님한테는 항상 어린이라고 하지 않던가. 나도 살면서 힘이 들면 어머니 가슴에 묻혀 펑펑 울고도 싶었다. 나이 드신 부모님들이 우리가 챙겨드리는 음식을 맛있게 드시는 모습도 보며 나도 가슴 뿌듯하고 싶었다. 늦게나마 진정으로 효도도 해 드리고 싶었다. 그러나 이제는 그럴 수 있는 처지가 되었는데도 두 분이 모두 곁에 안 계시니 부모님이 야속하다.

나는 자식들에게 늙도록 오래 살아 부담을 주고 싶은 생각은 전혀 없다. 우리 부부는 서로 당부하는 것이 있다. 내가 늙고 병들어 치료하는데 자식들에게 큰 짐이 된다면 나한테 더 이상 미련을 두지 말라는 부탁이다. 이만하면 충분히 이승에서 부모님 잘 만나서 사랑을 듬뿍 받고 자랐고, 좋은 아내 만나서 사랑하고 가정을 꾸려 자식들 잘 키워 놓았으니 부러울 것이 없다는 생각이다. 더 삶의 기회가 주어지면 내가 그동안 우리 사회에서 많은 혜택을 받고 잘 살았으니 이제는 사회를 위해서 무엇을 하며 어떻게 보답을 할까만 남은 것이다.

우리 자식들은 걱정하지 않아도 된다!